Le Serment de l'Alpha

Renee Rose

Lee Savino

Traduction par
Marine Haven

Publié aux États-Unis d'Amérique

Renee Rose Romance et Silverwood Press et Midnight Romance LLC et Midnight Romance LLC

 Réalisé avec Vellum

Table des matières

Livre gratuit - La Vierge et le Vampire

Abonnez-vous à la newsletter de Renee e Lee

Abonnez-vous à la newsletter de Midnight Romance pour recevoir livre gratuit, des scènes bonus gratuites et pour être averti·e de ses nouvelles parutions ! https://dl.bookfunnel.com/5p8orhhczq

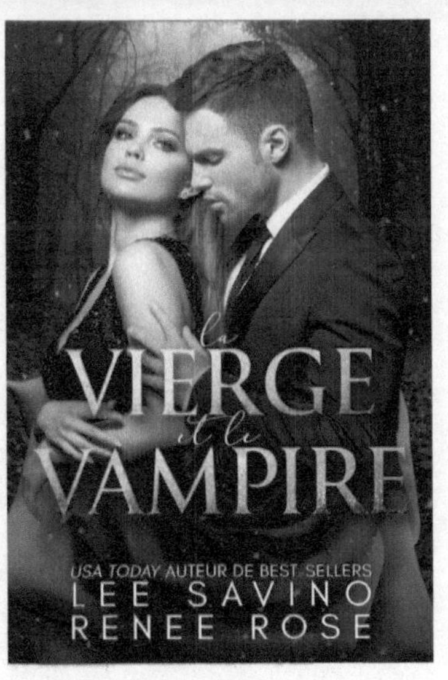

Livre gratuit de Renee Rose

Abonnez-vous à la newsletter de Renee

Abonnez-vous à la newsletter de Renee pour recevoir livre gratuit, des scènes bonus gratuites et pour être averti·e de ses nouvelles parutions !

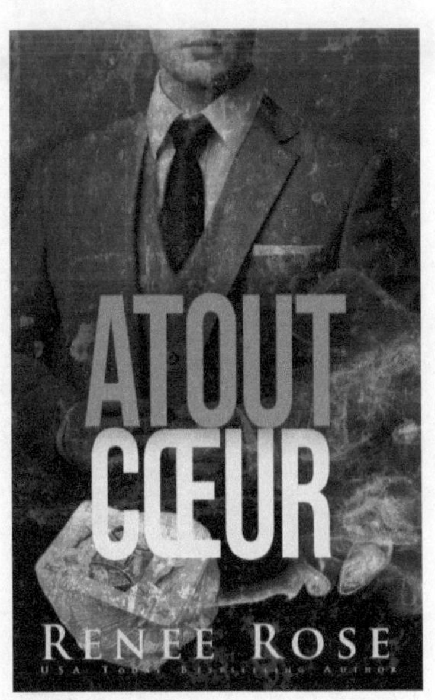

https://BookHip.com/QQAPBW

Chapitre un

Charlie

Ce qu'il y a de génial quand on randonne jusqu'aux sources chaudes le matin à six heures et demie, c'est qu'il n'y a personne. Les sources chaudes de Manby — trois bassins en pierre près des ruines d'un bain public bâti à côté d'un arrêt de diligence — attirent parfois une foule de hippies, mais pas en semaine. Pas à cette heure-ci. Et certainement pas lorsqu'il neige.

Le soleil commence à peine à se lever derrière les montagnes de Taos. Il teinte le ciel de rose, de violet et d'orange. Avec les petits flocons de neige en prime, on dirait un cadeau d'anniversaire parfait de la nature.

Cette randonnée est un cadeau que je me fais. Je dois travailler dans quelques heures, mais je n'ai pas envie de passer ma journée d'anniversaire à distribuer du courrier. Je souhaite faire quelque chose pour que ce jour se démarque des autres. Je retrouverai mes amies pour boire un verre sur la place ce soir, mais me baigner dans les sources chaudes au lever du soleil me paraît une excellente façon de rendre la journée particulière.

Et une excellente façon de ne pas penser à Chad.

Mon petit frère est déployé en Afghanistan, et je n'ai pas de nouvelles depuis des mois. Même nos parents, tous deux officiers de l'armée de l'air à la retraite, n'ont pas réussi à communiquer avec lui.

Dans l'armée de l'air, l'adage officiel est « pas de nouvelles, bonnes nouvelles », mais je m'inquiète pour mon frère depuis le jour où il est entré dans l'armée, et cette peur commence à prendre de plus en plus de place. Elle n'a sans doute aucune raison d'être. J'ai tendance à me faire du souci. Il est probable que je fasse une fixette là-dessus, mais je me sentirais mieux s'il nous informait qu'il est toujours vivant.

J'atteins la fin de la randonnée d'un peu plus d'un kilomètre à travers le canyon. Le sentier se termine au bord du Rio Grande, où je me déshabille. Je cache mes vêtements derrière un rocher. C'est mon côté maniaque : je n'ai pas envie de les voir pendant que je me prélasse dans la nature. C'est aussi pour ça que je préfère venir seule ici. Les autres ne m'aident pas à communier avec la nature, et ils jurent avec le paysage.

La neige tombe doucement, ce qui signifie qu'il fait plus chaud que d'habitude, et il n'y a pas de vent froid. L'eau chaude sera divine. Je prends mon temps pour entrer dans l'eau. Je savoure le contraste entre l'eau chaude autour de mes jambes et le froid qui me picote partout ailleurs.

Je me baisse dans la vapeur et pose mes fesses nues sur le doux sable noir pour m'immerger complètement les épaules.

De l'autre côté de la rivière, un mouvement attire mon regard vers la pente de la paroi opposée du canyon. Je pousse un petit cri ravi.

Un gros mouflon canadien tourne la tête pour me regarder.

Je le salue de la main en souriant. « Salut, mon grand. Merci d'être passé. »

Il baisse la tête pour brouter.

Je me délecte de la tranquillité et laisse la satisfaction m'emplir. Je me baisse dans l'eau jusqu'à ce qu'elle couvre mes oreilles et mon menton, puis ferme les yeux. J'ai l'impression que la chaleur pénètre dans mes os. J'adore cette sensation.

Puis je frôle l'arrêt cardiaque quand quelque chose plonge dans le bassin peu profond depuis les rochers qui le surplombent. J'essaie de comprendre à quoi correspond le fouillis de membres dans l'eau qui bouillonne. Ce chaos finit par prendre la forme d'un homme, bien que ça paraisse impossible. Un homme nu extrêmement musclé. Il se lève et me regarde à son tour. Il a l'air aussi choqué que moi de ne pas être seul.

Mon cerveau court-circuite un moment. Il a un corps incroyable. C'est comme si Dieu avait inventé des muscles supplémentaires pour lui. Ou alors, il en a plus que la normale. Des personnes se baladent peut-être sur Terre avec des muscles en moins parce que ce mec les a tous pris. Dans ce cas, je suis l'une de ces personnes.

Je m'immerge un peu plus dans l'eau.

« Salut. »

C'est la seule chose que je trouve à dire à ce sublime spécimen du genre masculin. Je suis fille de militaire. J'ai vu assez de torses nus pour avoir été vaccinée contre leur effet.

Mais les magnifiques pectoraux tatoués de ce mec pourraient faire exception.

« Salut. » Il recule en tentant de couvrir son sexe de ses mains. Je le reconnais. Il s'agit d'un des collègues du petit ami de Sadie. Les anciens militaires. Les mercenaires. Des types gigantesques. Costauds. Dangereux.

Super sexy.

Sa tentative de courtoisie me fait sourire. Je pense qu'il est encore plus surpris par ma présence que moi par la sienne. « Tu peux entrer dans l'eau. Et tu n'as pas besoin de te cacher. La nudité, c'est normal ici. »

Il esquisse un sourire en coin qui plisse la commissure de ses yeux, puis se détourne à demi pour m'épargner la vue de son entrejambe. Bien sûr, ça me donne une vue de ses incroyables fesses musclées. « Ouais, désolé, mais j'ai la trique depuis que je t'ai vue. »

Oh. « Hum, merci ? »

Il rit à voix basse et s'approche de moi. Il tombe à genoux pour dissimuler ladite trique dans la vapeur. Maintenant, j'éprouve une étrange déception de ne pas avoir eu l'occasion de la voir.

« Je m'excuse. Si j'avais su qu'il y avait quelqu'un, je n'aurais jamais plongé. Je m'appelle Lance, dit-il en me tendant la main.

— Charlotte. Mes amis m'appellent Charlie. » Mes épaules sortent de l'eau lorsque je tends le bras pour le saluer. Son regard descend vers l'endroit où mes seins émergent de l'eau fumante. Il prend une inspiration brusque, et ses narines s'évasent. Ses yeux remontent se poser sur mon visage. Leur teinte m'évoque le bleu de l'océan, et leur chaleur nonchalante me réchauffe de partout.

Merde, qu'il est beau. Et sa façon de me regarder… Son

appréciation évidente réveille ma libido. Elle était en berne depuis que j'ai constaté à quel point les options sont limitées à Taos sur le plan sentimental... Après m'être aperçue que mon Grand Projet de vie ne se réaliserait peut-être jamais.

« Pas de souci. Tu m'as surprise, c'est tout. »

Une petite fossette se creuse quand il sourit. *Waouh*. Il a le visage d'un mannequin, le charme d'une star de cinéma et les épaules musclées d'un nageur olympique. Le danger est triple. « Que fais-tu ici toute seule au lever du soleil, Charlie ? » demande-t-il d'une voix sensuelle. La question ne devrait pas me donner l'impression qu'il vient de me faire des avances, pourtant c'est l'effet qu'elle me fait. Il s'approche de moi en nageant, presque jusqu'à pouvoir me toucher.

Je lève la tête pour lui sourire. Je suis prête à flirter, même si je ne devrais pas. Ce mec a *séducteur* écrit sur son torse musclé. J'ai rencontré un million de types comme lui sur la base militaire où j'ai grandi. Des soldats qui baisent tout ce qui respire sans la moindre arrière-pensée.

Je ne veux pas porter de jugement hâtif, mais je connais ce genre d'homme. Sympa pour s'amuser, mais qui disparaît d'un jour à l'autre. Tout l'inverse de l'homme dont j'ai besoin pour le Grand Projet.

Je savoure pourtant son charme comme s'il s'agissait de mon milkshake au moka préféré, avec de la sauce chocolat et de la crème fouettée surmontée de copeaux de chocolat noir.

Alors que je n'avais pas l'intention d'en parler à quiconque qui ne le sait pas déjà, je m'entends dire : « C'est mon anniversaire.

— Bon anniversaire, Charlie », répond Lance avec un

irrésistible sourire. Il murmure mon prénom comme s'il le savourait.

S'il s'agissait de n'importe quel autre mec, je lèverais les yeux au ciel et resterais sur la défensive, comme d'habitude. Je pourrais toujours choisir d'ignorer le charme de Lance. Si je lui demandais de me laisser tranquille, il le ferait. Mais il flotte dans l'eau, nu, si proche, si magnifique. Toute son attention est focalisée sur moi. J'ai l'impression que le destin nous a réunis.

« Si on était dans un bar, je t'offrirais un verre. Mais vu qu'on est à poil dans une source chaude, tu accepterais que je te masse le dos ? » Ses fossettes réapparaissent. Avec ses longs cils, ses pommettes sculptées et ses yeux d'un bleu intense, ce beau gosse a un charme mortel. « Un massage d'anniversaire ? »

Ha. Nous y sommes. Il joue si parfaitement son rôle de dragueur qu'il pourrait avoir un script. Mais, merde, j'ai envie de laisser la chose se produire.

Je propose sur un ton de défi : « Pourquoi pas un massage des pieds ? » Je sors un pied de l'eau et le laisse flotter entre nous.

Sans hésiter, il le saisit, le maintient sous l'eau et en masse l'arche de ses pouces. Il est bon. Infiniment doué. Il applique juste la bonne pression entre les longs métatarses, puis étire chaque orteil comme s'il débouchait une bouteille de bon vin. Il passe ensuite les doigts entre mes orteils.

Mon plan s'est retourné contre moi. Chaque pression sur mon pied fait naître du plaisir entre mes cuisses. Il s'agit de préliminaires.

Ah, merde. Ce mec est tellement sexy qu'il va faire bouillir l'eau de ce bassin. Si je ne savais pas qu'il ne faut pas coucher avec des militaires, je me laisserais tenter. Pas pour l'incorporer au Grand Projet. Bon Dieu, non. Pour m'amuser, c'est tout. Simplement pour moi.

Je sais qu'il serait bon au lit.

« Tu es amie avec Sadie », dit-il.

Je reste interdite. Je ne devrais pas être surprise qu'il s'en souvienne. Nous nous sommes déjà rencontrés une fois, rapidement, dans un restaurant. Mais il a l'air du genre de mec qui ne remarque une fille que quand elle est nue et juste sous son nez.

« Tu es ami avec Deke. »

Son amusement semble s'accroître tandis qu'il m'observe. Ses fossettes se creusent. « Tu portes des T-shirts mignons. »

Qu'il l'ait remarqué ne devrait pas me faire plaisir à ce point. Il m'a bien reconnue. Et il aime mes T-shirts. Enfin, il les trouve mignons… Est-ce la même chose ?

« Tu conduis une Harley.

— Ducati », répond-il en secouant la tête. Puis il hausse les épaules comme s'il avait pris conscience que je me fiche sans doute de savoir en quoi c'est différent. « Ouais. »

Bon, ce mec me plaît. Je n'en ai pas envie, mais il est vraiment difficile de ne pas l'apprécier. Surtout pendant qu'il me masse les orteils comme s'il avait deviné qu'il s'agit du chemin secret qui mène droit entre mes cuisses.

L'espace d'un instant de folie, j'envisage de lui sauter dessus dans le bassin de la source chaude. Mais je n'agis pas sur des coups de tête. Jamais. Rien ne se produit dans ma vie sans avoir été soigneusement planifié. J'ai toujours un plan.

« J'ai entendu dire que tu fais partie des forces spéciales. »

Une trace de méfiance s'insinue dans son regard. Il se renfrogne quelque peu. C'est logique. Les forces spéciales, c'est du sérieux. Il a dû faire et voir des choses qui l'ont changé pour toujours. C'est ce que je redoute pour Chad.

Mais j'imagine que c'est ce qu'il souhaitait... Chad, je veux dire, pas Lance. Il savait dans quoi il mettait les pieds lorsqu'il s'est engagé.

« J'en ai fait partie. » Sa voix grave et sérieuse me fait un effet qui rivalise avec le plaisir procuré par ses caresses. « Maintenant, on travaille dans la sécurité. »

Ah, oui. Ça aussi, je le savais. Je ne suis pas sûre de ce que j'en pense. Dans le secteur privé, les membres des forces spéciales travaillent souvent comme mercenaires. En tout cas, le danger rapporte bien. J'ai vu leurs voitures et leurs motos hors de prix. Ils sont pétés de fric. Les contrats privés sont lucratifs, mais aussi sacrément dangereux. Et j'ai l'impression que les activités de Lance et ses amis ne sont pas tout à fait légales.

Quoi qu'il en soit, Lance est un accro à l'adrénaline de première classe. Il a quitté l'armée, mais il n'a pas pu renoncer à ce mode de vie. Ce n'est pas un problème en soi, mais je ne m'imagine pas avec ce genre d'homme.

Je me montre du doigt. Il suit le mouvement des yeux, comme un tigre surveillant sa proie. « Fille de militaire. Mes deux parents étaient souvent déployés. »

Son expression s'adoucit. « Désolé ?

— Oui, merci, dis-je en riant. Ça m'a traumatisée, c'est clair. »

Il me masse le talon, le pince sur toute la circonférence, puis caresse mon tendon d'Achille. Malgré l'eau chaude, mes tétons durcissent. Je prends soin de ne pas sortir les épaules de l'eau pour dissimuler à Lance l'effet qu'il me fait.

« Les déménagements, ou les déploiements ? Quelle branche ? »

Il réussit à me désarmer un peu plus à chaque instant

que je passe avec lui. Sa question montre qu'il comprend, et sa façon de m'observer en attendant ma réponse semble indiquer qu'il s'y intéresse vraiment.

Ce qui l'intéresse, c'est de baiser, me rappelle mon côté narquois.

« Les deux. Mes parents étaient dans l'armée de l'air. On a beaucoup bougé. Quand mes parents étaient déployés en même temps, on restait avec mes grands-parents. Une école différente presque tous les ans. »

Le regard de Lance est compatissant.

« Mais, non, je n'ai pas de problème avec la culture militaire en soi. »

Il arque un sourcil et caresse de façon sensuelle mon autre mollet jusqu'à ce qu'il atteigne mon talon. Il passe à l'autre pied. Mon entrejambe se contracte. Ce mec sait vraiment ce qu'il fait. Quand il commence à caresser mon autre pied, j'étouffe un gémissement de plaisir.

« Tu habites à Taos. La culture d'ici, ce n'est pas aux antipodes ?

— Tu n'as pas tort, dis-je en un rire. Pourquoi est-ce que vous avez choisi de vivre ici ?

— Je t'ai posé la question en premier. »

Je le jure devant Dieu, mes mamelons vibrent de plaisir. Toutes mes terminaisons nerveuses sont émoustillées par cet homme. « D'accord, tu as raison. J'ai choisi Taos parce que je voulais l'inverse de ce que j'ai connu dans mon enfance. J'avais envie de m'enraciner quelque part et d'y rester pour toujours. Et j'adore Taos. C'est magnifique, et j'aime l'ouverture d'esprit qui règne ici. Mais je ne suis pas une hippie. Ni une opportuniste qui ne fait que passer jusqu'à ce que les esprits m'envoient ailleurs.

— Non. » Son regard est chaleureux. « Tu as l'air d'avoir les pieds sur terre. »

Les compliments. Une autre technique dans le manuel du tombeur. Je dois reconnaître que Lance est plus doué que la plupart des hommes. Je dois m'échapper avant qu'il ne me reste aucune défense. De toute manière, je dois partir si je veux arriver au travail à l'heure. Je suis déjà restée plus longtemps que je l'avais prévu.

« Oui, bon, je m'amuse bien, mais je dois y aller. Il faut que je sois au travail à huit heures. »

Lance me lâche le pied et se lève d'un coup. De l'eau ruisselle sur son corps. Il se tourne pour éloigner ses hanches de moi. Est-il toujours en érection ?

« Ça marche. » Il sort déjà du bassin, ce qui me permet de me rincer l'œil avec son beau derrière. Des filets d'eau glissent entre les muscles puissants de ses épaules et de son dos.

Je ne peux plus parler pendant un moment. C'est comme regarder une œuvre d'art, la sculpture en marbre d'un dieu grec. Je n'ai pas les mots.

« Donne-moi un peu d'avance, et je te laisserai sortir et t'habiller tranquille. »

Quel gentleman. Quelqu'un de moins charmant s'attarderait pour essayer de jeter quelques coups d'œil. Proposerait de me raccompagner jusqu'en haut du canyon.

Sa joue se soulève lorsqu'il lance par-dessus son épaule : « Joyeux anniversaire, Charlie. J'espère te revoir bientôt. »

Il disparaît derrière les ruines des vieux bains publics, loin du sentier qui permet de sortir du canyon. Puis je pourrais jurer que je l'entends se mettre à courir.

Ma curiosité l'emporte sur la crainte qu'il me voie nue. Je sors du bassin, mais il a disparu. Je le cherche des yeux sur le sentier qui remonte sur le flanc du canyon.

Aucune trace de lui.

Qu'est-ce que...

Où est-il allé ? Et pourquoi était-il si pressé ? Ça n'a pas de sens, mais je n'ai pas le temps d'y réfléchir. Si je ne me rhabille pas et ne file pas d'ici en vitesse, je serai en retard pour le travail.

* * *

Lance

Rafe me tuerait s'il apprenait ma bourde.

Et je ne parle pas de mon énorme érection après avoir vu la sublime humaine.

Charlie.

Je penserai à son visage tous les soirs de cette semaine quand je me masturberai.

Je fonce le long de la rivière sous ma forme de loup pour prendre de la distance avec la source chaude avant que Charlie n'en sorte et découvre que je n'ai pas de vêtements à enfiler. Oh, et que j'ai nagé ici depuis le pont John Dunn. *Sous ma forme de loup.*

Plonger dans la rivière glacée entourée de neige, puis me baigner dans la source chaude est mon petit plaisir le plus récent. Ce matin, c'était la troisième fois que je me rendais jusqu'au pont bas avec ma Ducati. Je me suis déshabillé et j'ai descendu le courant glacé en nageant à quatre pattes pour réveiller mon corps avant le plaisir de la source chaude. Il s'agit d'une activité totalement interdite, puisque nos loups n'ont pas le droit d'approcher les humains.

Mais merde, c'est si bon. Le contraste entre le froid glacial et l'eau fumante. L'exaltation et le plaisir de faire de l'exercice au petit matin.

Je ne peux pourtant plus prendre ce risque. Je ne sais

pas pourquoi mon loup n'a pas remarqué la présence de Charlie avant que je me jette dans ce bassin.

Merde !

J'étais sous ma forme de loup lorsque j'ai plongé. J'ai littéralement dû muter dans les airs lorsque je l'ai remarquée.

Je suis foutrement chanceux ; elle avait les yeux fermés et n'a pas vu mon loup.

J'ai été déstabilisé par mon erreur. Puis par son odeur. Elle était attirante, mais difficile à saisir dans l'eau. Essayer d'en identifier toutes les notes m'a rendu fou. Comme un mélange harmonieux de pin et de pêche.

J'ai déjà vu Charlie en ville. Elle fait partie du groupe d'amies de Sadie, la compagne de Deke. Mais c'était la première fois que je me trouvais assez près d'elle pour la sentir. Et maintenant, je désire plus. Beaucoup plus.

Peut-être parce qu'elle était nue et que je venais de muter, mais mon sexe s'est dressé et il a refusé de retomber tant que j'étais dans le bassin avec elle. Je veux dire, je suis du genre à apprécier une femme nue, peu importe son odeur. N'importe quelle femme nue.

Ça fait peut-être trop longtemps que je n'ai pas réussi à mettre une femme dans mon lit, voilà tout. Parce que, bien que je n'aie pas beaucoup vu le corps de Charlie, imaginer ce qu'elle dissimulait sous toute cette vapeur et cette eau fumante m'a presque fait perdre la tête.

Merde, aucun doute, j'ai envie d'en voir davantage.

De la voir en entier. De préférence, tandis qu'elle se tord entre mes bras et crie mon prénom pendant que je la fais jouir.

Peut-être cette nuit. C'est son anniversaire, après tout. Il serait dommage de laisser une femme insatisfaite pour son anniversaire. Mais Rafe me castrerait si je la pourchassais pour lui donner une nuit de plaisir. Nous ne sommes pas censés fraterniser avec les civils… c'est-à-dire les humains. Charlie est amie avec Sadie, ce qui signifie que la situation pourrait devenir compliquée. Quand on vit dans une petite ville, baiser à droite à gauche est presque impossible.

J'arrive au pont bas où j'ai laissé ma Ducati. Après avoir levé le nez pour renifler et détecter d'éventuels humains, je reprends forme humaine. Je sors des buissons et enfile mes habits restés près de la moto.

Ce que Rafe ne sait pas ne peut pas le déranger.

Chapitre deux

Charlie

« Bon anniversaire ! » Adèle me serre dans ses bras. J'étais tellement plongée dans mes pensées et mon martini que je ne l'ai même pas entendue approcher.

« Chut, doucement, dis-je en lui rendant son étreinte. Je n'ai pas envie que tout le restaurant soit au courant. Les serveurs pourraient venir chanter.

— Ne t'inquiète pas, ils ne font pas ça ici. J'ai même téléphoné au gérant pour m'en assurer.

— Oh, super. Merci. Après l'année dernière, je fais encore des cauchemars. » Nous nous sommes rendues dans un restaurant mexicain, et Tabitha a convaincu tous les mariachis de jouer des chansons d'anniversaire en boucle pendant quinze minutes.

« Moi aussi. » Adèle pose un énorme sac rempli de boîtes de chocolat blanches et dorées à côté de moi sur la table. Cette vue me fait saliver. Il n'y a rien de mieux qu'avoir la propriétaire d'une chocolaterie pour meilleure amie, à part peut-être être son cobaye pour goûter toutes ses nouvelles créations chocolatées. « Le restaurant a reçu l'instruction de ne rien organiser de particulier. Mais je ne peux pas promettre que Tabitha ne contournera pas la règle. Elle aura peut-être engagé un stripteaseur.

— Oh, bon Dieu. » Lorsque j'essaie d'imaginer un stripteaseur, je pense tout de suite à Lance. Torse nu, son tatouage de loup se balançant au rythme de la musique, ses lèvres courbées en un sourire arrogant. Je m'étrangle sur ma boisson et tousse.

Adèle me tape dans le dos. « Ça va ?

— Ouais. C'est passé par le mauvais trou. » Je dois me ressaisir. « Quoi de neuf, de ton côté ? Comment ça se passe à la chocolaterie ? »

Adèle semble un instant bouleversée, mais elle se reprend bien vite. « Ne parlons pas de travail. Et toi ? Tu as fait quelque chose de spécial, aujourd'hui ?

— Non, j'ai travaillé, c'est tout. » Et je me suis baignée dans une source chaude avec un beau gosse. À poil. Mes joues s'empourprent. Je détourne la tête en posant mon menton sur ma main pour dissimuler ma réaction, mais Adèle me connaît trop bien.

« Hum, ce n'est pas tout. Que s'est-il passé ?

— Il est possible que ça concerne un beau mec.

— Oooh ! Pas un stripteaseur ? demande-t-elle pour me taquiner.

— Non. » Je me penche vers elle. « Et n'en parle pas aux autres. » J'adore mes amies, mais je n'ai pas envie que tout le monde sache que je trouve Lance attirant. Sadie s'emballerait ; elle essaierait de nous mettre ensemble et de nous faire participer à des sorties en couples ou un truc du genre. Or je n'ai pas l'intention de sortir avec ce mec. Lance ne fait pas partie du Grand Projet.

« Ton secret sera bien gardé. Il est comment ? »

Je lève les yeux au ciel. « C'est un séducteur. Je les reconnais. Comme tous les militaires de la base où j'ai grandi, dis-je en repoussant mon martini. Mais il avait envie de coucher avec moi, et pendant une minute, j'ai vraiment envisagé de le faire. »

La serveuse s'approche. Adèle commande une bouteille de vin pour la table avant de se retourner vers moi. « Alors ? Pourquoi ne pas coucher avec lui ? »

Je reste bouche bée. Je m'attendrais à cette question de la part de Tabitha, notre amie hippie sans travail stable, adepte de « laisser faire les choses », de l'amour libre et des coups d'un soir, mais pas d'Adèle. Elle est une inspiration pour tout notre groupe d'amies. Elle est notre modèle, pas parce qu'elle a un an de plus que nous, mais parce qu'elle est responsable et a la tête sur les épaules. Dirigeante d'entreprise, elle passe chaque instant de sa journée maquillée et juchée sur d'élégants talons, l'air prête à participer à un shooting photo parisien. C'est la seule personne que je connaisse qui assortit régulièrement des foulards à sa tenue.

« Ça ne fait pas partie du Grand Projet.

— Ah, c'est vrai. » Adèle desserre le joli foulard crème autour de son cou et lisse l'une de ses parfaites boucles brunes. « C'est quoi, le projet, déjà ? »

J'inspire avant de répondre. « Mariée à trente ans, avoir deux ou trois enfants. Les élever à Taos, mais voyager et visiter un parc national différent chaque été. Prendre ma retraite à cinquante ans.

— Hmmm. » Adèle plisse ses yeux verts.

Pour ne pas avoir l'air trop barbante, j'ajoute : « À la retraite, je ferai peut-être un truc un peu fou. Comme entretenir une plantation de cactus. Ou croiser différentes espèces de ficus. »

La serveuse apporte le vin. Adèle se sert un verre, puis en boit une longue gorgée avant de le poser sur la table en un bruit sourd. « Bon, tu veux que je te donne un conseil ? Oublie le projet. Même si tu passes ta vie à travailler pour quelque chose, ça risque d'échouer. Autant y mettre le feu et faire rôtir des guimauves. »

Je reste un instant sans voix. « Bon, qu'est-ce qui t'arrive ? Il s'est passé quelque chose ? C'est à propos de la chocolaterie ?

— Je n'ai pas envie d'en parler. » Je n'avais encore jamais vu de rides d'inquiétude entourer sa bouche. « Pas le jour de ton anniversaire. Aujourd'hui, c'est ta journée. Et je pense que tu devrais sauter le pas. Coucher avec ce mec, peu importe qui c'est. Sans rapport avec le projet, simplement pour prendre du bon temps avec un homme séduisant. Pour te le sortir de la tête. »

Nos amies arrivent. Adèle se réadosse à son siège avec un sourire tranquille, tout signe de stress envolé. Je la laisse détourner l'attention sur moi, mais me promets de la questionner plus tard.

Quant à son conseil, eh bien... je peux peut-être ajouter un coup d'un soir au Grand Projet. Une nuit de sexe torride sans lendemain pour me sortir Lance de la tête. *Bim-bam-boum, merci, soldat.* Puis il passera à autre chose, et je continuerai à chercher quelqu'un avec du potentiel sur le long terme. Quelqu'un qui ait l'étoffe d'un mari. Je pourrais trouver un homme qui possède des notions de comptabilité. Comme ça, il fera nos déclarations d'impôts chaque année.

Mon plan est parfait. Qu'est-ce qui pourrait mal tourner ?

* * *

Lance

Mon secteur professionnel a des avantages. Même si je n'ai pu me résoudre à demander à Deke, ce qui m'aurait forcé à montrer mon jeu, je rassemble toutes les infos que je trouve à propos de mademoiselle Charlie. Où elle travaille : à la poste. Où elle habite : en ville, dans sa propre maisonnette en adobe. Et, ce qui m'importe le plus pour mes projets de ce soir, la marque et le modèle de sa voiture. Sinon, comment la croiser à l'improviste le soir de son anniversaire ?

Elle sort forcément avec ses amies.

Il ne me faut pas longtemps pour passer devant tous les restaurants autour de Taos. Je finis par repérer sa Subaru Forester à côté de la Hyundai blanche de Sadie, garées devant le restaurant le plus élégant d'Arroyo Seco, un village voisin de Taos.

Je n'entre pas. Elle est avec ses amies. Ce serait gênant. J'effectue plutôt une reconnaissance complète des lieux. Je gare ma moto sur le trottoir d'en face, sous un arbre, puis je m'avachis sur la selle et observe les alentours à travers mes lunettes aux verres teintés. Une mission de surveillance dans les règles. Ce que j'ai souvent fait, mais jamais pour une femme. Pas une seule fois.

Charlie est différente. Mon loup m'assure qu'elle a quelque chose de spécial. Et je vais découvrir ce que c'est.

Lorsque le groupe de femmes quitte l'établissement, je descends de moto, traverse la rue sans me faire remarquer et fais mine d'arriver d'une rue latérale. Je passe tranquillement à côté de la voiture de Charlie. « Encore bon anniversaire.

— Lance. » Elle inspire et appuie sa hanche contre sa voiture.

Oh, merde. J'adore l'entendre prononcer mon prénom. Je sens son parfum, un mélange de pêche et de pin. Cette fois, l'odeur n'est pas diluée par l'eau… elle me frappe de plein fouet et se répercute directement dans mon entrejambe. Je me sens beaucoup trop à l'étroit dans mon jean.

Merde. Je n'avais encore jamais réagi de façon si puissante devant une femelle, qu'elle soit humaine ou métamorphe. Je remue les hanches tout en m'efforçant d'ignorer la bosse sous ma ceinture. J'espère que Charlie ne baissera pas les yeux et ne remarquera rien.

« J'ai envie de t'offrir un verre. » C'est une réplique toute faite. Je l'ai déjà utilisée avec d'autres femmes, mais d'habitude, leur réponse ne m'importe pas autant. Sans que je comprenne pourquoi, j'ai besoin qu'elle accepte.

Elle hésite, jette un coup d'œil à ses amies, qui montent dans leurs voitures. Elles n'ont pas remarqué ma présence. Elles sont déjà de nouveau rentrées dans leurs petites bulles personnelles.

« Un verre, c'est tout. » J'use de mon charme et me sers d'une compétence que je maîtrise à la perfection : me montrer amical et ne pas paraître menaçant. Elle m'est utile lors des missions. Je suis celui qu'on envoie pour faire distraction. Mon visage inspire confiance aux gens, même s'il dissimule la puissance et la férocité de l'animal tapi en moi. À l'opposé de la présence intimidante de mon frère Rafe, notre alpha. Ou de celle de Deke, le membre le plus imposant de notre meute, généralement vêtu de cuir de la tête aux pieds.

Bien sûr, je ne suis pas un danger. Pas pour Charlie.

Il n'y a que sa culotte qui soit en danger.

Charlie m'observe. Des mèches blondes échappées de son carré tombent devant son visage. Justement, elle sait que sa culotte m'intéresse. Mis à part ma nature de loup, j'ai l'impression qu'elle sait exactement ce que je suis. Je doute d'être son genre, mais je suis un personnage familier. Elle a grandi sur des bases militaires entourée de mecs comme moi. Alors, elle y réfléchit. Après tout, c'est son anniversaire. Et après ce massage des pieds, elle sait sans doute que je peux lui faire du bien.

Elle mordille sa lèvre inférieure charnue en pesant le pour et le contre, puis finit par accepter. « Un verre. »

Mon loup bondit de joie. Je place ma main dans le dos de Charlie et l'effleure pour l'accompagner vers l'entrée du restaurant. Nous nous installons au bar. Elle retire son manteau turquoise bouffant. Elle porte une veste courte et un des T-shirts imprimés qu'elle affectionne. Décoré d'une licorne multicolore, celui-ci est court et moulant, ce qui accentue sa taille fine et met sa petite poitrine en valeur. Les bottes à talons qui apparaissent sous son jean sombre habillent la tenue.

Je dois retenir le grondement approbateur de mon loup qui me monte dans la gorge.

La barmaid est mignonne, d'une vingtaine d'années, sa longue chevelure rousse rassemblée en queue de cheval. Je l'ajoute mentalement à ma liste de futures possibilités, mais mon loup proteste dès que je formule l'idée.

Charlie, gronde-t-il.

Ouais, je sais. Je séduis Charlie. La rousse serait pour plus tard.

Ça ne convient toujours pas à mon loup. L'odeur de pêche et de pin de Charlie nous met dans tous nos états. Au lieu de boire un verre, j'ai envie de la plaquer contre le mur le plus proche et de la posséder si intensément qu'elle ne regardera plus jamais un autre homme.

Ce qui est… inapproprié. Je suis censé être le charmeur de la meute. J'ai l'impression d'être aussi sauvage que l'était Deke avant de trouver Sadie.

« Je prendrai un *Sex on the beach* », dit Charlie à la jolie barmaid. Je me retiens de faire un sous-entendu suggestif, surtout quand elle me regarde comme si elle n'en attendait pas moins de ma part. Je me contente de lui adresser un clin d'œil. « Une vodka tonic pour moi, dis-je avant de m'adosser au bar pour me concentrer entièrement sur Charlie. Tu t'es fait plaisir pour ton anniversaire, ce soir ? » Bon, il est possible que cette question ait contenu un sous-entendu.

Charlie pose un instant les yeux sur mes lèvres, comme si elle se demandait si elles pourraient participer à ce plaisir.

En effet, ma belle. Cette bouche peut te faire hurler.

« Hum, oui. » Elle retire lentement sa veste. Je l'ai déstabilisée. Ou ses propres pensées l'ont fait. Son cou rosit. « J'ai pris le gâteau au chocolat végan. Je l'ai partagé avec Adèle, Tabitha et Sadie.

— C'est bien. Une fille doit se faire plaisir pour son anniversaire.

— Oui. » Ses tétons pointent sous son T-shirt et son soutien-gorge. Je lui fais autant d'effet qu'elle m'en fait. Lorsque nos boissons arrivent, Charlie boit une lampée de son verre, comme pour reprendre des forces. Ou alors, pour se désinhiber. Je peux sentir l'odeur de son désir. Elle sait ce que je lui propose, et elle a envie d'accepter. Simplement, elle n'est pas encore sûre de se l'autoriser.

Je ne touche pas à mon verre. Ma mission est loin d'être terminée.

« C'était bien, jusque-là ?

— Mon anniversaire ? » Elle réfléchit. « J'ai passé une

bonne matinée, même si un mec est venu se baigner à poil dans la source chaude juste à côté de moi. » Elle me taquine. Oh, par le ciel, elle me taquine. C'est bon signe.

« Quel enfoiré, dis-je sur le même ton.

— Ça va, il s'est rattrapé. » Elle a murmuré presque trop bas pour que je l'entende.

Mon sourire s'élargit. « Tant mieux. Et je suis sûr qu'il ne recommencera pas. Enfin, il aurait peut-être remarqué que tu étais là si tu n'avais pas planqué tes vêtements sous un rocher.

— Tu les as trouvés, hein ? » demande-t-elle en riant.

Je me penche pour lui chuchoter à l'oreille : « Je me doutais que tu ne t'étais pas rendue là-bas toute nue. » Elle retient sa respiration quand je prononce le mot *nue*. Je m'écarte et ajoute : « Je les ai cherchés quand je suis sorti de l'eau. Je voulais comprendre comment j'ai réussi à passer à côté. D'habitude, je suis bien meilleur en reconnaissance de terrain. »

Son expression s'assombrit. S'il s'agissait de n'importe quelle autre femme, je n'y prêterais pas attention ou je lui changerais les idées jusqu'à ce que je la mette dans mon lit. Mais avec Charlie, je ne peux pas. Elle est importante pour moi... alors que nous venons à peine de nous rencontrer.

Je réfléchis à ce que je viens de dire pour comprendre ce qui a provoqué cette réaction. D'après mes recherches, ses parents sont des militaires à la retraite qui habitent à Green Valley, en Arizona.

D'une voix douce, je demande : « À quoi est-ce que tu penses ?

— Oh. Hum, *reconnaissance de terrain.* » Elle touche son verre sans rien ajouter, comme si elle s'attendait à ce que j'enchaîne sur autre chose. Mais je garde le silence et attends. Après un petit hochement de tête, elle continue :

« Je pensais à mon frère. Il est déployé depuis six mois, et je n'ai pas de nouvelles. Ça me rend dingue. »

Chad Holland, vingt-quatre ans, en service dans l'armée de l'air. Je n'ai pas creusé plus loin. « Tu t'inquiètes pour lui. »

Elle acquiesce, puis se frotte les tempes. « Je suis sûre qu'il va bien. C'est ce que ma mère n'arrête pas de répéter. J'ai grandi en redoutant que mes parents ne rentrent pas à la maison chaque fois qu'ils étaient déployés. On pourrait penser que j'aurais appris à arrêter, depuis le temps.

— Appris à arrêter de t'inquiéter ? » J'écarte une mèche blonde tombée devant son visage.

« Ouais.

— Dans ma famille, c'est mon frère qui s'inquiète, dis-je avec un sourire triste. Je crois qu'il pense que s'il s'en charge, je n'aurai pas à le faire. »

Elle me regarde à la dérobée. Ses yeux ne sont pas maquillés. Comme ce matin, son visage est naturel. Elle est belle. « Tu as l'air de quelqu'un de détendu.

— Comme je l'ai dit, c'est Rafe qui endosse toutes les responsabilités, dis-je en haussant les épaules.

— Donc, tu es le play-boy. »

Aïe. Je ne devrais pas être vexé. Elle a raison, je suis le play-boy. Du moins, en ce qui concerne les femmes. L'étiquette me correspond, mais ce soir, elle ne me plaît pas. J'ai envie que Charlie ait une meilleure opinion de moi.

Je lui prends son verre des mains et le pose sur le bar. « Je suis le play-boy qui saura te faire oublier tes soucis pendant une nuit, pour ton anniversaire. Est-ce que tu me laisseras faire ? »

Son regard se réchauffe. Elle prend une inspiration tremblante. « Hum...

— Je te laisserai monter sur mon bolide.

— Ton *bolide* ? » Elle plisse le nez. « C'est un euphémisme, c'est ça ?

— Seulement si tu as envie que c'en soit un. » J'ai pris une voix plus grave pour lui répondre ma réplique toute faite.

Elle secoue la tête et lève les yeux au ciel.

« Ma Ducati. Mon bolide, ou ma moto, si tu préfères.

— Mmm. Je ne suis encore jamais montée sur une Ducati », dit-elle d'un ton sensuel. Elle en rajoute encore une couche en battant des cils. « Ni sur un bolide. »

Waouh. Même quand elle fait semblant de flirter, elle est irrésistible. « Je te laisserai même conduire.

— Qu'est-ce qui te fait croire que j'en ai envie ? demande-t-elle en riant.

— Je le sais. » Je jette quelques billets sur le bar pour payer nos boissons.

Son sourire est comme un miracle. Mon loup roule des mécaniques à l'idée d'en être la cause.

« Allons-y. » Je me lève et prends son manteau sur le dossier de sa chaise.

Elle m'imite. Je l'aide à enfiler son manteau, puis pose la main dans le creux de son dos. Mes doigts y trouvent parfaitement leur place, comme s'ils avaient été faits pour se poser là. J'entraîne Charlie hors du bar et sors les clés de la Ducati de ma poche. « Tu as déjà conduit une moto ? »

Elle inspire profondément, puis expire. « Pas depuis le lycée.

— C'est facile. C'est comme le vélo. Si tu l'as déjà fait, tu n'auras pas oublié. Ne sois pas nerveuse. » Nous sommes arrivés devant ma moto.

Elle me jette un coup d'œil, puis examine le véhicule. « Tu vas monter derrière moi ?

— Bien sûr, mon ange. Je resterai avec toi tout le

temps. » Après une pause, j'ajoute : « À moins que tu préfères que je te suive dans ta voiture ?

— Oh, non, je préfère que tu sois sur la moto. Je ne veux pas le faire seule. »

Je remonte la fermeture éclair de son manteau jusque sous son menton, puis lui fais enfiler mon casque et ajuste la lanière. Elle sort de fins gants en cuir brun de ses poches et les enfile. Je passe le bras derrière elle pour insérer la clé dans le contact. « Vas-y, monte, dis-je avec un sourire en coin.

— Oh là là. C'est fou ! » Malgré son cri, elle enfourche la moto comme une pro et pose les mains sur le guidon. « Là, c'est l'embrayage. Et là, le frein. C'est ça ?

— Exactement. » Je profite de chaque occasion de la toucher. Je referme ma main sur la sienne pour vérifier qu'elle tient bien les poignées, lui frotte le dos pour la rassurer.

« C'est dingue, répète-t-elle en activant le phare. Je dois être folle.

— Tu ne risques rien. Je serai là. » Je monte derrière elle sur la moto. Son petit corps est niché entre mes jambes, et ses fesses effleurent mon sexe. Son odeur de pêche et de pin m'entoure. Je savoure l'instant. Le simple fait d'être près d'elle me suffirait pour mourir heureux.

« C'est bon, je me souviens comment ça marche. »

Je passe mes bras sous les siens et recouvre ses mains des miennes sur le guidon. « Tu vas y arriver.

— Je passe les vitesses là ? demande-t-elle en désignant la pédale de gauche.

— Ouais.

— D'accord. Advienne que pourra », dit-elle en un soupir. Elle démarre la moto, qui s'éveille en rugissant. « Je crois bien que je me souviens comment faire », marmonne-t-elle comme pour elle-même.

Elle actionne l'embrayage, passe la première, accélère un peu, puis relâche la poignée. Nous avançons lentement.

« Parfait. » Je lâche les poignées et pose les mains avec légèreté sur ses cuisses. Assez de contact pour lui donner envie de ce qui va suivre, mais sans la déconcentrer de la conduite.

Elle commence par suivre tranquillement la route sinueuse qui nous ramène vers la ville. Puis lorsque la voie s'élargit en une longue ligne droite à sens unique, elle s'autorise à prendre de la vitesse. Le vent me fait parvenir son rire euphorique et son délicieux parfum.

J'ai envie d'enfouir mon visage dans ses cheveux et de lui mordre le cou. La pensée est étrange. Je n'ai pas ce genre d'envie avec des femelles, d'habitude, encore moins avec des humaines. Je n'avais encore jamais ressenti le besoin de marquer une femme, mais ce désir semble présent ce soir.

Peut-être parce que j'approche de la trentaine. Mon loup souhaite que je m'unisse à ma compagne.

Désolé, mon pote. Ça n'arrivera pas.

Les relations amoureuses sont interdites dans notre petite meute. Du moins, elles l'étaient jusqu'à ce que Deke rencontre Sadie, sa compagne.

Quand nous entrons dans la ville, Charlie ralentit et s'arrête au premier feu tricolore. Je pose un pied à terre pour lui éviter d'avoir à le faire.

« Tu t'amuses bien ?

— Oui ! » Elle a l'air ravie, comme si elle n'arrivait presque pas à croire qu'elle a décidé de faire une chose pareille. J'ai l'impression que sa bonne humeur tombe en pluie sur moi, de minuscules gouttes de plaisir qui pénètrent dans ma peau.

Lorsque le feu passe au vert, elle passe la première et redémarre lentement. Elle continue à parcourir la ville, puis s'arrête devant une maisonnette dans une rue secondaire tranquille.

« C'est chez moi. »

Je passe le bras devant elle pour couper le moteur.

« Je suppose que tu penses que tu vas entrer. » J'entends un rire dans sa voix.

« Oh, je vais entrer. J'ai du travail.

— Ah oui ? Quoi donc ? » À présent, elle flirte. À mon avis, ça ne lui arrive pas souvent.

« Mon travail, c'est de te faire crier jusqu'à ce que tu perdes la voix, ma douce. » Je détache le casque et le lui retire. « Et j'ai l'intention de prendre mon temps, donc si tu veux fermer l'œil cette nuit, on ferait mieux de s'y mettre », dis-je avec un clin d'œil.

Elle hésite. Pourtant, nous savons tous deux qu'elle a déjà pris sa décision. « Ça marche avec toutes les femmes ?

— Je ne le tente pas avec toutes les femmes. Tu es la seule femme qui ait conduit ma moto. » C'est la vérité. En toute honnêteté, je n'avais encore jamais rencontré une femme qui m'ait paru assez compétente. Charlie n'est qu'assurance.

Ma réponse semble lui plaire. Elle sourit en observant mon visage. « Tes yeux ont presque l'air argentés sous la lune. »

Mon loup se montre ? Ça me donne à réfléchir. Je ne crois pas que c'était déjà arrivé avec une humaine. Merde, je dois vraiment avoir besoin de baiser ce soir. D'une main sur la nuque, j'attire Charlie contre moi.

Elle ouvre la bouche en un cri silencieux et pose les mains sur mon torse. Son souffle crée de la buée entre nous.

Je penche la tête pour l'embrasser sans douceur. Une promesse de ce qui va suivre.

Elle entrouvre la bouche, accepte mon intrusion. Je laisse ma langue glisser entre ses lèvres. Une idée de ce que je ferai entre ses cuisses.

Tout à coup, Charlie se laisse aller. Elle m'enlace le cou et me rend mon baiser, toute résistance abandonnée. Je passe un bras sous ses fesses pour la soulever. Dès qu'elle a entouré ma taille de ses jambes, je l'entraîne jusqu'à la porte tandis que nos langues dansent l'une contre l'autre.

« Tiens », dit-elle, à bout de souffle, en me tendant ses clés. Je les lui prends des mains, mais refuse de mettre fin au baiser. Je frotte la bosse créée par mon érection contre son entrejambe. Puis la porte s'ouvre, et nous manquons de dégringoler à l'intérieur de la maison. Hilare, je retrouve l'équilibre sans lâcher Charlie. Son parfum me rend dingue. Il emplit mes narines et bouleverse complètement mon loup.

À présent, je suis sûr que mes yeux sont bleu glace, s'ils ne l'étaient pas encore. Avec un peu de chance, Charlie ne se souviendra pas de leur couleur.

J'ai envie de l'emmener dans la chambre tout de suite, mais je lui ai promis une nuit entière de sexe, et je compte bien m'assurer qu'à l'issue de celle-ci, elle se dira qu'enfreindre ses propres règles en vaut la peine.

Parce que je suis certain qu'elle enfreint une règle personnelle en passant la nuit avec moi. Charlie n'a pas l'air du genre de fille qui ramène chez elle des mecs rencontrés au bar. Je doute qu'elle soit spontanée ou impulsive. Sa maison est propre et rangée. Petite, simple, mais bien entretenue et organisée. J'allonge Charlie sur la table, une épaisse et robuste planche de châtaigner munie de pieds. Elle essaie de se redresser, mais je la repousse pour qu'elle reste étendue sur le dos pendant que je lui enlève ses bottes.

« Hum, je ne pense pas que cette table supportera nos poids conjugués.

— Je ne compte pas monter dessus avec toi, dis-je avec un petit rire. Les tables, c'est pour manger, non ?

— Oh, mon Dieu. » Elle pouffe et se couvre le visage de ses mains. Pourtant, elle ne peut pas se douter que je la vois rougir.

J'ouvre le bouton de son jean, puis le baisse le long de ses jambes en emportant sa culotte pendant qu'elle retire son gros manteau et sa veste. « Je voulais un endroit où je peux t'étendre et t'admirer. Hmm. » Je pince son téton dressé sous son T-shirt moulant. « Merde, tu es tellement mignonne dans ce T-shirt. Mais non, il faut l'enlever aussi. »

J'ôte ma veste en cuir et la laisse tomber par terre.

Elle m'aide à retirer son T-shirt, puis je dégrafe son soutien-gorge et le fais glisser sur ses bras. Je pose les mains sur ses hanches en maintenant ses genoux levés. Un instant, je me contente de la contempler, de me délecter de cette vue. Elle est redressée sur les coudes, nue. Ses seins sont parfaits, sa silhouette athlétique. Sa toison est taillée de près. « Quel beau spectacle, dis-je en un murmure.

— Comment est-ce que tu peux me voir ? Il n'y a pas de lumière. »

Je mordille l'intérieur de sa cuisse, en commençant vers le genou avant de remonter. Tout en la léchant et la mordillant, je demande : « Tu voulais que j'allume ?

— N-non. C'est mieux comme ça. » J'adore sa voix essoufflée.

Je lève le bras et prends son sein contre ma paume. Du pouce, je caresse avec douceur son mamelon, puis la récompense en lui léchant le sexe tout en pinçant son téton dressé.

Elle pousse un cri, ses hanches se soulèvent et ses genoux viennent presser contre mes épaules. Je maintiens son bassin contre la table tandis que ma langue suit l'intérieur de sa vulve jusqu'à ce que j'atteigne son clitoris au sommet. Je lui donne de petits coups de langue jusqu'à ce qu'il se gonfle, puis décris de petits cercles autour. J'aspire l'une de ses lèvres dans ma bouche avant de la relâcher bruyamment.

Des frissons parcourent Charlie. « Oh, mon Dieu. Joyeux anniversaire, Charlie.

— Oui, dis-je en un grondement. Joyeux anniversaire, ma belle. »

Chapitre trois

Charlie

La meilleure décision de ma vie.

Adèle avait entièrement raison. Lorsqu'il est question d'un beau mec, il n'y a rien de mal à s'écarter du Grand Projet. Surtout le jour de mon anniversaire.

Lance me fait un effet incroyable. En particulier… *oh !* Je me cambre lorsqu'il colle la bouche sur mon clitoris et l'aspire entre ses lèvres. Ce charmeur sait s'y prendre. Je m'y attendais. Un séducteur, c'est bien pour s'amuser, n'est-ce pas ?

Il n'est pas pressé, mais il maintient une cadence soutenue. Je n'ai pas eu le temps de reprendre mon souffle ni de m'habituer au plaisir lorsqu'il me pénètre d'un doigt. Il le fait aller et venir en moi quelques fois, puis masse ma paroi interne à un rythme qui me rend folle. Je suis dans un tel état que je manque de lui donner un coup de pied dans la tête.

« Lance, dis-je en haletant.

— C'est ça, chérie. Dis mon prénom quand je te fais du bien.

— Tu me fais du bien. » Je n'ai rien à cacher. Je l'ai invité chez moi pour cette raison précise. Lui témoigner mon appréciation est bien le moins que je puisse faire. « M-montre-moi.

— Te montrer quoi, ma belle ? » Il recolle sa bouche autour de mon clitoris et lui donne une succession de coups de langue. Mes muscles internes se contractent autour de son doigt.

« Montre-moi ce que tu peux faire.

— Oh, je vais te montrer. Je vais te montrer toute la nuit. » Son rirc cst rocailleux.

Je reste stupéfaite lorsqu'il me retourne et soulève mes hanches pour me placer à quatre pattes sur la table. Il m'écarte les fesses et me lèche du clitoris à l'anus.

« S-sainte mère de Dieu... » Personne ne m'avait jamais léchée ainsi. Ni même traitée de cette façon. J'ai l'impression d'être un dessert succulent dont il raffole. Et il est si sûr de lui !

Mince, c'est trop sexy.

Il a conscience d'être un dieu du sexe. Il sait ce qu'il fait et qu'il est sacrément doué. Le comptable de mon Grand Projet ne sera pas capable de faire ça. Mais rien ne sert de penser à lui maintenant. Je vais profiter de chaque instant de cette journée d'anniversaire.

Les grandes mains de Lance sont fermement serrées autour de mes fesses. Elles me maintiennent en place pendant qu'il me lèche l'anus.

« Lance ! » Être touchée à cet endroit m'inquiète

quelque peu. Être *léchée* là. Bon, j'ai pris une douche après le travail, mais quand même...

Il frotte ses doigts contre mon sexe trempé, décrit un cercle autour de mon clitoris, puis glisse en moi. Son pouce presse contre mon petit trou tandis qu'il me pénètre avec deux doigts.

Je pousse un gémissement obscène. Ça me gêne, mais c'est si bon...

« S'il te plaît... » Je ne sais pas ce que je réclame. Ai-je envie qu'il arrête ? Qu'il aille plus loin ? Je crois que j'aimerais continuer dans la chambre. « C'est trop », dis-je, à bout de souffle.

Il se fige, mais ne semble pas convaincu. « Trop ? » demande-t-il en un rire rauque. Il pose les mains sur ma taille pour me guider. Il m'allonge sur le flanc, puis repousse mon genou et m'écarte les cuisses. « Trop quoi, chérie ? Trop bon ?

— Oui. » Je ris, parce que j'ai conscience que c'est ridicule. Ou peut-être parce que le plaisir me fait tourner la tête. Voire, il me rend hystérique. Je suis si proche de l'orgasme. Si proche de perdre la raison.

Lance reprend la tâche qu'il s'est assignée : me faire grimper aux rideaux à l'aide de sa langue talentueuse. Ce faisant, il masse mon anus de son pouce gauche. Sans me laisser un instant de répit, il explore ce plaisir tabou. Cette merveilleuse et horrible sensation.

« Non, hum... »

Il pose la main droite sur mon pubis, glisse son autre pouce en moi et commence à me baiser lentement. Sa main vient frapper mon clitoris à chaque passage. Son pouce gauche appuie toujours contre mon anus, puis tout à coup, Lance pénètre aussi ce trou-là. Ses deux pouces se trouvent en moi — une double pénétration ! Il laisse couler un filet de salive entre mes fesses pour me lubrifier. Je hurle. J'ai envie qu'il arrête, mais c'est si bon. Je vole en éclats. Je suis totalement incohérente, perdue. J'explose en un millier de morceaux minuscules.

Je jouis. Mes muscles se contractent autour de ses pouces de façon incontrôlable, l'intérieur de mes cuisses tremble et frémit. J'appuie la plante de mes pieds contre ses hanches, comme pour le repousser, alors qu'il est le maître de mon orgasme.

« Lance... »

Suis-je en train de pleurer ? Une fusée a-t-elle décollé dans ma salle à manger ? Oh, bon Dieu, je ne sais même pas ce qui s'est passé.

Lance recule. Il lèche et embrasse mon entrejambe quelques instants avant de me prendre dans ses bras et de me soulever comme si je ne pesais rien.

« Oh, mon Dieu.

— Je préfère Lance », dit-il en me portant dans le couloir.

Même si sa vanne est nulle, je ris, puis je lui mords le lobe et glisse la langue dans son oreille.

« Ah, merde, chérie. Tu triches.

— Ah bon ? » Je suis toujours incroyablement excitée. Après cet orgasme, je me sens faible et toute molle, mais aussi brûlante qu'un brasier. J'en veux encore.

Lance essaie d'ouvrir la porte de la chambre d'amis. Je pouffe. Pourtant, je ne suis pas le genre de fille qui pouffe. « Non. La porte suivante.

— Pourquoi est-ce qu'elles sont fermées ? » Il tente de pousser la poignée. Je tends le bras pour l'aider.

— Pourquoi est-ce que je triche ?

— J'essaie de ne penser qu'à ton plaisir, ma chérie. Mais

si tu continues à m'allumer comme ça, tu vas te faire baiser vite et fort. »

J'ai un mini-orgasme.

« Vite et fort, ça me convient. » Ma voix est si rauque que je ne la reconnais pas.

Lance grogne. Sans me lâcher, il monte sur le lit à genoux. « J'avais envie de prendre mon temps avec toi.

— Oh, bon Dieu, tu l'as fait ! dis-je d'un ton appréciateur. Et puis, tu pourras toujours prendre ton temps après y être allé vite et fort. »

Il me laisse tomber sur le dos, puis enlève son T-shirt d'une seule main, de cette façon sexy dont seuls les mecs sont capables. Son grognement bas m'évoque un animal. Presque un véritable grondement. C'est sexy en diable. On dirait presque que ses yeux brillent dans le noir, à la façon de ceux d'un chat.

Comme s'il avait lu dans mes pensées, perché sur mon bureau, Merlin siffle en regardant Lance.

Je ris, gênée. Mon chat ne s'était encore jamais comporté ainsi. « Oh, merde. Désolée. Merlin n'a pas l'habitude que je reçoive des visiteurs.

— Je deviendrai pote avec lui plus tard », dit Lance en retirant ses bottes. Il sort une poignée de préservatifs de sa poche arrière et les jette sur le lit.

« Ah, tu es venu préparé, je vois. » J'essaie de ne pas être refroidie par le fait qu'il en ait autant sur lui. Qu'il les garde dans sa poche, et non dans son portefeuille. Il avait prévu de coucher avec moi.

Mais je le savais déjà, n'est-ce pas ? Je prends un préservatif et ouvre l'emballage.

« Je ne te laisserais pas sans protection, ma belle. »

Hmm. C'est galant, même si ça ressemble aussi à une

réplique toute faite. Mais, encore une fois, qu'est-ce qu'on s'en fiche ? *C'est seulement pour une nuit.*

Lance a déjà ôté son jean et son caleçon. Son sexe a une taille impressionnante. Il se dresse, dur comme la pierre.

« Waouh. »

Il pivote les hanches comme s'il posait. Je joue le jeu et siffle. « Très joli.

— Dis bonjour à mon équipier.

— Hum, pardon ? Tu surnommes ta bite ton équipier ? C'est parce qu'elle t'aide à conclure ?

— C'est ça, confirme-t-il avec un sourire irrésistible.

— Viens ici. » Mon bas-ventre a hâte de faire sa connaissance. Je replie l'index en soutenant son regard. Il rampe sur le lit pour se placer entre mes genoux. « Est-ce qu'une femme a déjà déroulé la capote pour toi ?

— Non, je dois dire que non, répond-il, surpris.

— Alors, ça fera deux premières avec une femme pour toi ce soir. » Oh, bon Dieu. Je ne sais pas pourquoi je cherche à me démarquer. J'imagine qu'il s'agit d'un fantasme universel, être celle qui fera changer le dragueur. Un fantasme qui, comme nous le savons toutes, ne se réalise jamais dans la vraie vie. Si le séducteur finit par se mettre en couple, il trompe sa partenaire. Après tout, un homme qui aime tant les femmes ne peut pas y renoncer brutalement.

Bref. Je n'ai pas besoin de changer Lance. Il ne s'agit que d'un coup d'un soir pour mon anniversaire. Et j'ai un plan :

1. Lui enfiler la capote
2. Chevaucher son « équipier » et nous procurer de multiples orgasmes

3. Recommencer jusqu'à ce que je perde connaissance.

Je dormirai bien cette nuit. Et demain matin, lorsqu'il sera parti, il ne me manquera pas.

Je déroule le préservatif sur son érection. J'adore la voir grossir encore plus sous mes doigts. « Très bon anniversaire, Charlie, dis-je en un murmure approbateur.

— Ça te plaît ? Tu n'as même pas encore vu ce que je peux faire avec. »

Je lève les yeux au ciel, même si, bien sûr, il ne me voit pas dans la pénombre.

Cependant, je ne peux nier que mon cœur bat à tout rompre. J'ai hâte de le sentir remuer entre mes cuisses. Une fois de plus, je remercie mentalement Adèle, qui m'a encouragée à m'autoriser cette aventure d'un soir. Cette nuit valait déjà tellement le coup… pourtant, nous n'avons même pas encore couché ensemble.

Je guide son érection vers l'entrée de mon sexe. Je suis plus que prête ; son gland glisse sans mal en moi. Lance se maintient sur les mains, posées au-dessus de mes épaules sur le matelas, pendant qu'il me pénètre et m'emplit. Je crie. Pas à cause de sa taille — que je sens, aucun doute là-dessus. À cause de l'étrange sensation que nous sommes à notre place. C'est si bon. Délicieux. Il recule, puis replonge en moi. J'éprouve tant de plaisir que mes yeux se révulsent.

« Merde, Charlie. »

Je suis beaucoup trop contente d'entendre le tombeur perdre le contrôle.

Je lève les hanches pour venir à la rencontre de ses coups de bassin. Tout en continuant ses va-et-vient comme s'il n'avait jamais rien fait de plus important, il me pince le téton et me regarde avec une intensité qui me déstabilise.

Il se déconcentre lorsqu'il se penche pour m'embrasser. Sa bouche reste suspendue au-dessus de la mienne. Nos souffles se mêlent tandis qu'il avale mon cri.

J'agrippe ses bras musclés pour hisser mes hanches vers les siennes. Je tente de le prendre plus profondément en moi. Parce que j'ai besoin de plus. Tellement plus.

« Merde... » Il perd soudain son sang-froid et me donne ce qu'il m'a promis : il me baise vite et fort. Je découvre que ses mains étaient placées au-dessus de mes épaules de façon stratégique ; elles font désormais office de pare-chocs. À chaque coup de reins, je suis projetée contre ses poignets.

C'est si agréable. Brutal, mais satisfaisant. « Oui !

— Désolé. » Il halète. On dirait que ses yeux brillent dans l'obscurité. Je ne sais pas vraiment pourquoi il s'excuse. Peut-être parce qu'il perd le contrôle. Il ne s'agit plus de mon plaisir, il recherche le sien, pourtant chaque aller-retour désespéré attise mon feu intérieur. Je pourchasse l'orgasme, de concert avec Lance. « Encore !

— Merde. »

Son regard semble scintiller encore plus fort. Il s'enfonce brutalement en moi. Il recule pour se mettre à genoux et serre mes jambes pliées pour m'attirer contre lui. J'ai l'impression qu'il va me casser en deux. Il est insatiable.

Je n'ai jamais connu une telle passion. N'en ai jamais vu. N'en ai jamais fait l'expérience. Parce que, oui, moi aussi, je la ressens. Je veux le sentir plus profondément en moi. Je veux qu'il me détruise avec ce membre, qu'il me fasse oublier tous mes soucis, tous mes projets, tout ce qui me rend rigide et coincée, tout ce qui m'empêche de me laisser vivre.

Au cas où il douterait de mon terrible besoin, je l'encourage : « Oui ! Lance... Lance.

— Chérie. » Sa voix se brise sur le mot. Il sonne comme une lamentation. Comme si Lance n'arrivait pas à croire combien il se sent perdu. « Je ne peux pas... J'ai besoin... » Je vois un instant ses canines briller. Sous cet angle, elles ont l'air plus longues et plus pointues que d'habitude. Il me pilonne en me maintenant les hanches. Son bassin frappe mes fesses à chaque aller-retour et emplit la chambre de sons dépravés.

« Ch-Charlie. Charlie. Oh, merde. » Son ton est inquiet. Il émet un grondement animal en s'enfonçant entièrement en moi et jouit. Il frotte son pouce contre mon clitoris jusqu'à ce que j'atteigne l'orgasme à mon tour. Je hurle et me contracte autour de son sexe. Mes pieds montent se poser sur ses épaules.

La chambre tourne. Ou peut-être que la planète entière vacille, je n'en suis pas sûre. Je sais seulement que je quitte le plan physique et dérive ailleurs pendant je ne saurais dire combien de temps.

Quand je rouvre les yeux, Lance s'écarte de moi, frissonnant. « Tu vas bien, mon ange ?

— Mmm. Mieux que bien. » J'ai l'impression de flotter sur un nuage, mais je roule sur le côté pour le regarder. Il est nu, et le spectacle vaut le détour. Son sourire en coin m'indique qu'il le sait.

Il empoigne son sexe, puis écarquille les yeux. « Oh, merde. Charlie. La capote a craqué.

— Bah, ce n'est pas étonnant. Tu y es allé fort. » Je ne peux qu'en rire. Je prends des mouchoirs pour m'essuyer.

Lance plonge son regard dans le mien. Il doit paniquer. J'ajoute : « Ce n'est rien. Je prends la pilule. »

Il plisse les yeux, et une émotion étrange passe sur ses traits. De la surprise ? Du désarroi ? Quelle qu'elle soit, il se hâte de la dissimuler. « Super. Tant mieux. Ça marche.

— Ne t'inquiète pas, dis-je en lui tapotant le bras. Il n'y a pas de mal. Je me suis bien amusée. »

Il a toujours l'air mécontent, mais il esquisse un hochement de tête, puis s'allonge à côté de moi et me prend dans ses bras. Je m'installe contre son corps dur et tiède. Du sexe et un câlin en prime ? Ce séducteur est un perfectionniste.

« Tu câlines tous tes coups d'un soir ? » Ma question le fait tressaillir.

« Non », marmonne-t-il contre mon cou. Il paraît toujours contrarié. Le pauvre, c'est peut-être son pire cauchemar.

Dommage pour lui. Moi, j'ai passé un bon moment. Et surtout, je n'aurai aucun regret. Maintenant, je peux me trouver un petit ami comptable. Et ça ne dérangera pas Lance. Lui et son « équipier » auront tourné la page.

Le Grand Projet suit son cours.

Chapitre quatre

L*ance*

Le lendemain matin, je me lève, m'habille sans bruit et vais faire couler du café dans la cuisine de Charlie. Je n'avais encore jamais passé la nuit avec une femme, mais hier soir a tout changé pour moi.

Charlie est ma compagne.

Je n'arrive pas à y croire. Je ne pensais pas la rencontrer un jour. C'était déjà assez surprenant que Deke, entre tous, trouve sa véritable compagne, mais je ne m'attendais pas à ce que ça arrive au reste d'entre nous. Déjà, rencontrer sa compagne est inhabituel. Parmi toutes les métamorphes sur la planète, il faut trouver celle dont l'odeur vous est destinée. Et Charlie n'est même pas métamorphe !

Maintenant, je comprends pourquoi son parfum était si tentant dans les sources chaudes.

Maintenant, je sais pourquoi je n'arrivais pas à me la

sortir de la tête hier. Pourquoi j'ai passé l'après-midi à effectuer des recherches sur elle en ligne, puis la soirée à la suivre, simplement pour coucher avec elle.

Mais mon loup ne veut pas simplement coucher avec elle.

Il veut Charlie pour toujours.

Ce qui s'est passé hier soir n'était pas seulement du sexe. J'ai perdu le contrôle de façon inattendue parce que mon loup voulait que je la marque sur-le-champ. Je ne suis pas étonné de l'avoir baisée si fort que le préservatif a craqué.

Merde, j'espère qu'elle ne sera pas trop irritée. Je ne sais pas, il est possible que j'aie utilisé ma force de métamorphe avec elle. J'ai complètement perdu les pédales pendant un moment.

Et maintenant que je sais que Charlie est à moi... Maintenant que je l'ai goûtée, que j'ai été en elle, j'aimerais presque que ce ne soit jamais arrivé. Ce n'est pas que je ne compte pas la revendiquer — j'en ai bien l'intention.

Mais j'aimerais pouvoir recommencer à zéro.

Parce que je ne suis pas sûr que Charlie m'apprécie vraiment. Elle s'est mis dans la tête que je suis un dragueur. Ce qui est vrai, j'imagine.

Je l'étais.

Charlie avait envie de moi hier soir, c'est certain, mais elle m'a clairement donné l'impression que ce n'était que pour une nuit. Une aventure. Simplement pour prendre du bon temps. Parce que je me suis présenté au bon moment le soir de son anniversaire. Après tout, c'était mon but. Ce que je lui ai proposé.

Elle sera sans doute surprise de me trouver toujours ici, à attendre dans sa cuisine qu'elle se réveille et sente le café que j'ai préparé.

Ma jambe tressaille comme si j'étais un ado métamorphe en rut. Je suis dans cet état depuis hier soir. Je n'ai pas dormi plus d'une demi-heure. J'ai passé le reste du temps à contempler ma belle femelle. Si elle s'était réveillée, je suis sûr qu'elle aurait trouvé ça flippant.

J'entends enfin du bruit dans la chambre. Une chasse d'eau. Puis une brosse à dents électrique. Charlie entre dans la cuisine pieds nus. Elle porte l'un de ses T-shirts au message insolent et une culotte rouge.

Je dois ravaler le grondement possessif qui me monte dans la gorge.

Merde.

Il va falloir que je surveille mon loup de près si je veux avoir une chance d'obtenir un deuxième rendez-vous. Elle n'apprécierait probablement pas beaucoup : *tu es à moi, je dois te posséder et te protéger pour le restant de mes jours, sinon je vais me transformer en une bête sauvage qu'il faudra abattre.*

Comme je m'y attendais, elle me regarde avec curiosité : « Tu as fait du café ? »

Je hausse les épaules et m'efforce de paraître désinvolte pendant que je lui sers une tasse. « J'ai pensé que je devais te reconduire jusqu'à ta voiture avant le travail.

— Bien vu. » Elle rougit comme si elle regrettait la nuit dernière.

Merde.

Le visage dissimulé derrière la tasse, elle boit une gorgée de café. « Super. Ouais, merci. C'est une bonne idée. Alors, je vais juste... hum, me doucher. »

Elle me considère de la tête aux pieds. Soit elle se souvient comment c'était d'avoir ce corps collé contre elle hier soir, soit elle en veut encore.

« Tu as besoin d'aide ? » La question est aussi ringarde

que je le craignais. Qu'est-ce qui me prend ? Ai-je tout à coup perdu tout pouvoir de séduction avec les femmes ?

Mais je ne joue pas avec Charlie.

Je ne veux pas la charmer pour lui faire accepter un autre moment coquin. Je désire une véritable relation. J'ai besoin qu'elle ait envie de plus qu'une seule nuit.

« Hum, non, ça va », répond-elle avec une vitesse décourageante.

Je n'aurais vraiment pas pu me planter davantage.

Elle tourne les talons, ses mignons petits talons nus, et disparaît dans la salle de bains. Je reste là, avec une énorme érection qui menace de m'achever. J'irai me branler sous la douche dès que je rentrerai chez moi.

En parlant de chez moi, je vais devoir expliquer mon absence d'hier soir à Rafe. Bien sûr, il ne soupçonnera rien qui sorte de l'ordinaire ; il pensera que j'ai fait une énième entorse aux règles pour me taper une humaine.

Il m'engueulera, mais ce genre de comportement ne le surprend pas de ma part.

La question, c'est : est-ce que je lui parle de Charlie ? Pas pour lui dire que j'ai couché avec elle, mais qu'elle est ma compagne ?

Non. Ça paraît trop privé, et bien trop précaire. Après tout, je ne sais même pas si j'obtiendrai un second rendez-vous avec elle. Pourtant, j'ai l'impression qu'y parvenir relève d'une putain d'urgence nationale. Je suis trop à fleur de peau pour supporter la désapprobation de Rafe, qu'il me répète ses règles et avec qui je peux ou ne peux pas coucher.

Un chat noir siffle dans ma direction avant de sauter sur le comptoir. Sa queue est ébouriffée et ses oreilles sont plaquées en arrière. Il sent le danger.

« Oh, c'est vrai. Tu dois être Merlin. » Je le soulève par la peau du cou. Une fois que nos yeux se trouvent au même niveau, je pousse un grondement bas d'avertissement pour lui montrer qui je suis et qui est l'alpha ici.

Dès que je le repose sur ses pattes, il se laisse tomber sur le flanc et me montre le ventre en un geste de soumission décidément très canin.

« Tu es un chat intelligent. » Je caresse son museau soyeux pour le récompenser. Il se laisse faire quelques secondes, puis se relève d'un bond et s'éloigne en trottinant. Il n'a plus de problème avec moi, maintenant.

Lorsque l'eau se coupe dans la salle de bains, je m'efforce de ne pas imaginer Charlie sortir de la pièce, nue, son magnifique corps mouillé suppliant d'être possédé de nouveau.

Non. Je doute qu'elle ait envie de recommencer tout de suite.

En fait, j'ai le pressentiment qu'elle n'a pas envie de recommencer du tout. Je dois arrêter de penser à coucher avec elle et trouver comment lui faire accepter un rencard. Je fais le tour de la pièce et en mémorise chaque détail. Sur son réfrigérateur, une photographie représente un jeune homme en uniforme — ce doit être son frère. Sur une autre, toute la famille est réunie : les parents, Charlie et son frère. Quelques bons de réduction sont retenus par des aimants, ainsi que les cartes de visite d'un plombier et d'un ramoneur.

Tout en observant son ameublement, je prends un instant pour savourer le souvenir d'elle offerte sur la table de la salle à manger hier soir. Comme la table, tous les meubles sont robustes et pratiques. De bonne qualité. Pas du haut de gamme, mais pas de la camelote non plus. Un tapis turc rouge recouvre le sol du salon, composé d'un canapé et d'un fauteuil en cuir brun assorti. Le premier est orienté face à la cheminée, le second face à la télévision.

Les murs sont peints en une pâle teinte moutarde, à l'exception d'un mur de briques rouges. La décoration est inspirée par la région, mais sans vous en mettre plein la vue. Au lieu d'un coyote avec un bandana ou du crâne d'un animal à cornes sur la cheminée, Charlie a placé un miroir encadré de carreaux mexicains aux couleurs vives et un tableau coloré.

Lorsqu'elle sort de la salle de bains, elle porte son uniforme de travail. Ce qui ne devrait pas être si attirant. Le service postal ne visait rien de sexy quand les uniformes bleus ont été conçus. Je ne saurais expliquer pourquoi, mais mon sexe se dresse lorsque je vois que le tissu moule ses seins parfaits et laisse apercevoir sa gorge nue. Son odeur de pin et de pêche emplit mes narines.

Je m'éclaircis la gorge et me détourne pour qu'elle ne remarque pas à quel point je suis content de la voir.

Je rince ma tasse dans l'évier, puis la place dans le lave-vaisselle.

Charlie m'observe. Elle a l'air surprise que je sois assez éduqué pour nettoyer ma vaisselle. « Merci.

— Tu es prête ? Enfin, rien ne presse.

— Non, ça va, je suis prête. » Elle prend son manteau bouffant pendu près de la porte, puis me tend ma veste en cuir. Je l'ai pendue ce matin quand je l'ai trouvée par terre sous la table. Je l'enfile.

« Tu veux conduire ? »

Elle secoue la tête.

La fête est terminée. Hier soir, Charlie avait envie de s'amuser avec moi, mais elle n'est plus intéressée. Ce n'est plus son anniversaire. Elle s'était donné la permission de prendre du bon temps, mais celle-ci a expiré.

Je tente de retenir le grondement bas de mon loup. Ce n'est pas grave.

J'obtiendrai ce deuxième rendez-vous.

Mais je devrai peut-être me démener beaucoup plus que je n'ai eu à le faire pour le premier.

* * *

Charlie

Il n'y a rien de pire que le matin après une aventure d'un soir. Je veux dire, ce n'est pas vraiment censé arriver, non ? Qu'il y ait un matin ? Normalement, celui qui a passé la nuit chez l'autre prend discrètement la porte à l'aube avant que l'autre ne se réveille. Ou, au pire, il ramasse ses affaires à la hâte et file comme un dératé dès qu'il comprend où il se trouve.

Dans ce genre de scénario, on ne reste pas pour préparer du café.

Nous prenons la route jusqu'à Arroyo Seco, où se trouve ma voiture. Assise à l'arrière de la Ducati de Lance, ou son *bolide,* comme il la surnomme, je me sens mal.

Irresponsable. Idiote. Et certainement honteuse.

Il faut dire que la situation a quelque chose de honteux. Hier soir, j'ai laissé le séducteur entrer dans mon lit, et maintenant, toute la ville va le savoir.

Enfin, ce n'est pas comme si les habitants de Taos s'intéressaient à mes partenaires sexuels. Il s'agit d'une petite ville, mais pas de ce genre-là. Si j'étais née et avais grandi ici, quelqu'un le remarquerait peut-être, mais tout le monde se fiche de ma vie sexuelle, à part moi.

Et peut-être Adèle. Hier soir, elle m'a envoyé un message disant : *Oublie le projet et prends ton pied !*

Bon, j'ai pris mon pied. Et avec quelqu'un qui ne fait pas partie du projet. Aucun doute là-dessus.

Je me déhanche contre la selle qui vibre en repensant à tout ce sexe. Mes mains sont posées sur les hanches de Lance. Lui tenir la taille serait plus stable, mais je n'avais pas envie d'un contact direct avec ses abdos en béton. Je glisse l'index dans le passant de sa ceinture, comme si ça pouvait me retenir en cas de chute.

À la lumière du jour, la Ducati a l'air d'une machine extrêmement dangereuse. Genre, où sont les ceintures ? Et qu'est-ce qui m'a pris de conduire cet engin hier soir ? Mais en dépit de sa vitesse et de sa puissance, elle n'arrive pas à la cheville de l'homme qui la pilote. Il est vraiment un modèle de virilité incarnée. Un corps puissant. Beau parleur. Avec une grosse moto.

Mais aujourd'hui, je ne cours aucun danger de finir au lit avec lui.

Il était doué. Extrêmement fort pour me faire jouir, mais il n'est pas mon genre d'homme. Inutile de recommencer.

Lance fait entrer la moto sur le parking du restaurant, où ma Subaru est toujours garée. Il s'arrête à côté de ma voiture.

Je retire le casque et le lui rends après être descendue de la moto. « Merci de m'avoir ramenée. Et pour hier soir.

— Avec plaisir, sincèrement. » Il se penche sur un pied et tient la moto en équilibre entre ses cuisses puissantes. J'essaie de ne pas penser qu'il a belle allure avec la veste en cuir sur la moto. Un *bad boy* en chasse. « Ça te dirait qu'on dîne ensemble à l'occasion ? »

Hum. Je ne m'attendais pas à ce qu'il me propose de se revoir. Mais bon, je ne m'attendais pas non plus à ce qu'il prépare le café. C'est un peu bizarre. Hier soir, je n'imaginais pas Lance comme un mec qui s'accroche. Loin de là.

« Hum, non, ça ira, dis-je sur un ton d'excuse.

— Laisse-moi deviner. Tu ne sors pas avec des militaires ? »

Je reste un instant muette de surprise, puis éclate de rire, désarmée. Ce mec est un expert en séduction. Cette façon à la fois taquine et arrogante d'aller droit au but lui permet sûrement de charmer n'importe quelle fille.

« En fait, c'est une de mes règles. Ça n'a rien à voir avec toi. C'était vraiment sympa hier soir. Mais... je ne fais pas ce genre de chose, d'habitude.

— Ouais, je capte. C'est sympa, une bonne baise d'anniversaire. » Il ne fait toujours pas mine de s'en aller. « J'imagine que c'est là que je me retiens de demander ton numéro.

— Hum, ouais. Désolée. »

Je ne peux pas lui reprocher d'essayer. Au fond, je m'attendais à ce qu'il souhaite me recontacter pour une autre nuit sans lendemain. C'est l'invitation à dîner qui m'a surprise.

« Eh bien, tu me plais, Charlie. J'ai envie de te revoir... habillée. Alors préviens-moi si tu changes d'avis, dit-il en me tendant une carte de visite.

— Euh... d'accord. Merci. » Je secoue la carte en un salut gêné, puis me tourne pour ouvrir ma portière.

« Enfin, se voir à poil, c'est bien aussi », ajoute-t-il dans mon dos.

Je secoue la tête, mais un sourire involontaire étire mes lèvres. Revoilà le play-boy.

« J'ai envie de te voir, habillée ou non.

— Je n'en doute pas. » Je lui souris en montant dans ma voiture. « À la prochaine. »

Son sourire vacille. Je suis sûre qu'il n'a pas l'habitude

d'essuyer un refus. Il enfile le casque, mais il me regarde démarrer et sortir de la place de parking.

Je secoue la tête, confuse, en prenant la direction de la ville. C'était bizarre qu'il me propose un deuxième rendez-vous. Normalement, les séducteurs ne veulent pas remettre le couvert si tôt.

Mais je n'ai pas besoin d'y réfléchir autant. Ce n'était qu'une aventure d'un soir. Pour prendre du bon temps. Pour mon anniversaire.

Ça ne se reproduira plus. Je n'ai pas accepté de revoir Lance. Je ne l'appellerai pas, que ce soit pour un rencard, une nuit torride ou toute autre raison.

J'ai un projet et je m'y tiens.

Chapitre cinq

Lance

« Dégage.

— Qu'est-ce qui te prend ? » me demande Channing lorsque je lui donne un coup de coude pour accéder au réfrigérateur. Il semble avoir élu résidence permanente devant la porte ouverte du frigo pour fixer la nourriture.

Je m'empare de trois portions de bacon sans prendre la peine de lui répondre.

Mon humeur est exécrable ces derniers temps, je le reconnais. J'ai été blessé par le refus de Charlie, et mon tourment s'est aggravé toute la semaine. J'ai abandonné mon idée récurrente, m'arranger pour la croiser « par hasard » en ville. Charlie est intelligente. Elle n'y croirait pas une seconde, et je n'ai pas envie de lui donner l'impression que je suis désespéré.

Même si je le suis, à vrai dire.

J'ai cette femme dans la peau, complètement, et ça craint. Du genre, je n'arrive pas à dormir la nuit parce que je pense à elle. Du genre, j'ai beau me masturber cinq fois par jour, ça n'apaise en rien le besoin de plus en plus pressant de m'unir de nouveau à elle.

Je n'aurais pas pu m'y prendre plus mal. Je déchire les emballages avec les dents et vide le contenu des trois sachets dans une poêle en fonte.

« Sérieusement, mon pote. Tu t'es comporté comme un trouduc toute la semaine. Depuis que... Ah... » Il s'interrompt avec une expression surprise, comme s'il pensait avoir compris quelque chose.

J'ai envie de le buter.

« Depuis que quoi ? » veut savoir Rafe.

Merde. Je vais vraiment tuer Channing.

« Tu as passé la nuit avec qui la semaine dernière, déjà ? » demande celui-ci.

Rafe croise les bras et appuie l'épaule contre l'embrasure de la porte de la cuisine de notre quartier général — un ancien hôtel dans un chalet de montagne. « Tu ne nous l'as pas dit, il me semble, si ? » Il penche la tête. Son regard perçant d'alpha se focalise sur mon visage.

« Allez vous faire foutre. » Merde. En gros, je viens d'admettre que Charlie est la raison de ma mauvaise humeur.

« J'y crois pas ! Le destin t'a mis un coup de pied dans les burnes ? » Channing se marre.

Rafe reste immobile, mais il se raidit.

Je me frotte la nuque. Mon frère va péter un câble. Mais si Charlie est vraiment ma compagne... et mes canines se sont allongées pour la marquer cette nuit-là, ce qui le prouve... De toute manière, il finira par le savoir.

Et si je deviens fou, ma meute devra me retenir.

Aussi, au lieu d'essayer de mentir, je réponds : « Je n'ai pas envie d'en parler.

— Oh, si, on va en parler. » Rafe se met soudain en mouvement. Il traverse la cuisine en un clin d'œil et me plaque contre la gazinière.

Channing emboîte le pas à notre alpha. Lui aussi vient se placer à côté de moi.

Un grondement involontaire me monte dans la gorge. C'est comme s'ils essayaient de me séparer de ma compagne.

« Je rêve, ou tu viens de gronder ? » Rafe n'est pas seulement mon frère aîné. C'est l'alpha de notre meute, ce qui signifie qu'il a toute autorité sur nous.

« C'est qui ? demande Channing.

— Une amie de Sadie.

— *Quelle amie* ? » La férocité dans la voix de Rafe me pousse à me demander si son intérêt pour Adèle, la chocolatière revêche, n'est pas aussi en lien avec le destin. Mais Rafe ne prendrait jamais une compagne.

« Charlie. La blonde. On a couché ensemble, c'est tout. Elle n'a pas envie de me revoir.

— Mais toi, si ? » Mon frère plisse les yeux.

Inutile de mentir. De toute manière, il le sentirait.

« Mon loup s'est manifesté. Il voulait la revendiquer.

— Merde. » Rafe fait un pas en arrière et secoue la tête.

« Je suis désolé. Je n'ai jamais eu l'intention de trouver ma compagne. Je n'étais pas à sa recherche. Et puis, elle est humaine !

— Le destin t'a mis un coup dans les burnes. » Putain, Channing est tellement fier d'avoir deviné la vérité.

« La ferme, enfoiré.

— Qu'est-ce que tu vas faire ? » demande Rafe. Son ton contient un avertissement. Une touche de danger.

Je hausse les épaules. « Qu'est-ce que je peux faire ? Je dois la convaincre de me revoir. Chaque jour qui passe est... plus difficile.

— Bordel de merde, marmonne-t-il en se retournant.

— M'en parle pas. »

Ma situation épineuse continue de rendre Channing beaucoup trop heureux. « C'est l'arroseur arrosé. Tu t'es fait avoir.

— Je me suis fait avoir par Charlie ? »

Son sourire éclatant tout droit sorti d'une publicité pour dentifrice s'élargit. « Tu t'es fait avoir par le destin !

— Je ne sais vraiment pas pourquoi tu trouves ça si amusant.

— Moi non plus. » Pour une fois, mon frère prend mon parti. Il décoche un regard de réprimande à Channing, puis me demande : « Tu es sûr ? Elle est à toi ?

— Je suis à elle », dis-je d'un ton misérable. Je n'ose pas dire à mon alpha que mon loup en est réduit à la suivre pendant sa tournée quotidienne de factrice simplement pour rester près d'elle. Parce que le besoin de la protéger et d'éloigner les autres mâles est si puissant qu'il me consume.

Rafe fronce les sourcils. « Bon. J'imagine que tu ferais mieux de trouver un moyen pour qu'elle accepte de te revoir », dit-il comme s'il s'agissait d'un ordre militaire.

Je lui adresse un semblant de salut militaire. « Oui, chef. »

Je retourne le bacon qui grésille, puis ajoute deux kilos de bœuf haché dans la poêle. Je dois prendre autant de forces que possible. Ce besoin de m'unir à Charlie m'épuise.

Après avoir préparé une douzaine de hamburgers avec du bacon, je les empile sur un plat et les emporte pour les manger devant mon poste de travail. J'ai creusé la seule piste que j'ai trouvée concernant Charlie : son frère Chad.

Charlie s'inquiète parce qu'elle n'a pas de nouvelles de lui. Ça arrive dans l'armée, surtout quand les soldats sont déployés. Ça ne veut pas nécessairement dire qu'il court plus de danger que d'habitude.

J'appelle le colonel Johnson. C'est l'officier qui a créé notre équipe de forces métamorphes. Lui-même un lion métamorphe, il a littéralement débusqué nos semblables au sein de l'armée et les a invités à rejoindre les forces spéciales d'élite. Il a su mettre à profit nos compétences métamorphes : vision nocturne, force, vitesse, guérison spontanée. Et en formant des équipes métamorphes, il s'est assuré que nous n'ayons pas à dissimuler ce que nous sommes.

Toutes les unités ne sont pas regroupées par espèces, mais les loups l'étaient parce que nous fonctionnons déjà en meute. Nous suivons notre alpha les yeux fermés. Bien sûr, ça signifie aussi qu'à choisir, notre meute obéit à Rafe plutôt qu'au colonel, mais ce dernier était prêt à prendre le risque.

Il répond à la deuxième sonnerie. « Caporal. J'ai localisé ton pilote.

— Génial.

— Il participe à des raids aériens en zone de combat en Syrie. »

Je jure intérieurement. « J'ai un service à vous demander... un assez gros service.

— Je ne peux pas faire sortir le gamin de là, dit immédiatement le colonel.

— Pas aussi gros que ça.

— De quoi as-tu besoin ?

— Vous pensez que vous pourriez m'organiser une vidéoconférence de cinq minutes avec lui ?

— De quoi s'agit-il ?

— C'est en rapport avec une femme, colonel. » Je réponds sèchement. Ma patience ne tient qu'à un fil.

« Je ne comprends pas.

— C'est le frère de ma compagne. Elle s'inquiète pour lui. J'aimerais lui donner une chance de lui parler. Vous pouvez arranger ça ? »

Le colonel Johnson rit doucement. « Le destin t'a donc rattrapé ? Plus d'une femme te regrettera.

— Eh bien, ce n'est pas encore fait. C'est pour ça que j'apprécierais ce service.

— Ah, tu ne l'as pas encore revendiquée ? Et elle est humaine ? Ça n'augure rien de bon. »

Je ravale l'injure qui me monte aux lèvres. « Non, colonel.

— D'accord, caporal. Je vais voir ce que je peux faire.

— Je vous en dois une. Vraiment.

— Ne me remercie pas encore. J'ai dit que j'allais voir, c'est tout.

— C'est très gentil, colonel. »

Je raccroche et rapporte mon assiette vide dans la cuisine. Je pense à Charlie quand je la place dans le lave-vaisselle. Tout me fait penser à Charlie.

Elle doit avoir commencé sa tournée.

Ce qui signifie que... je dois y aller, moi aussi.

Je sors discrètement du chalet, puis enfourche ma Ducati et débute la descente de la montagne. Une fois à proximité de la ville, je dissimulerai la moto, me déshabillerai et muterai.

* * *

Charlie

. . .

Je sors de ma camionnette professionnelle et glisse des enveloppes dans une rangée de boîtes à lettres, puis je passe mon sac sur mon épaule et marche le long de la route en terre pour déposer le reste.

Je suis nerveuse. Ces derniers temps, je vois un gros loup pendant ma tournée. Il est gris, avec une tache blanche sur le museau. Et... il est vraiment gigantesque. Les loups sont mignons dans les calendriers pour la sauvegarde de la planète que je reçois par courrier — ceux avec de sublimes photographies de barrières de corail et d'éléphanteaux. Comme je n'hésite jamais à faire des dons à ce genre d'associations, je reçois des tonnes de calendriers gratuits de la sorte. Une photographie de loup mignon décore toujours au moins un mois ou deux.

Dans la vraie vie, les loups ne sont pas mignons. Ce sont des prédateurs gracieux et extrêmement dangereux. Les voir active une partie primale de votre cerveau. Celle qui vous crie : *cours !*

Mais je suis incapable de bouger. Je reste pétrifiée, mon sac de lettres pesant contre ma hanche.

J'ai vu le loup trois fois cette semaine. Ce qui est carrément étrange, étant donné la taille de leur territoire.

J'ai parcouru les trois quarts de la route quand je le vois. Je prends soin de ne pas croiser son regard.

« Gentil loup », dis-je avec nervosité. Pendant ma formation, on ne m'a jamais expliqué quoi faire si je me retrouve devant un animal sauvage protégé. Nous avons abordé les chiens agressifs. Les attaques d'écureuil — ne me demandez pas. Les personnes mécontentes. La pluie, le verglas et la neige.

Mais pas les énormes loups avec des yeux brillants et des... *oh, mais quelles grandes dents vous avez là !*

Merde, merde, merde. Qu'est-ce que je fais ?

Tu vas mourir, me dit mon lobe frontal avec obligeance.

Je passe en revue mes options :

1.Me pisser dessus

2.Prendre la fuite et espérer que le loup ne me pourchasse pas. Inutile d'espérer être plus rapide que lui

3.M'allonger par terre et faire la morte.

Peu importe ce que je décide, je pense que la première option est une certitude.

Je choisis une quatrième option. « Gentil loup. Bon loup. » Je m'éloigne à petits pas sans lui tourner le dos.

Il me suit, mais reste à une quinzaine de mètres et garde ses distances. Il n'a pas l'air de me prendre pour une proie. Enfin, si c'était le cas, il serait agressif, non ?

« Gentil loup », dis-je encore une fois en lui jetant un coup d'œil. Il s'arrête et s'assied en geignant.

Hein ?

Pourrait-il s'agir d'un chien-loup domestiqué ?

Non, impossible. Cet animal est gigantesque.

Je suis si occupée à penser au loup que j'oublie de me soucier de mes pieds. Je trébuche sur une pierre.

Aaah !

Je tombe en avant tête la première, et atterris sur les mains et le ventre. Le contenu de mon sac se déverse, mais ce n'est pas ce qui m'effraie. C'est le loup qui se met à courir vers moi.

« Non ! » Je me relève en hâte. Il ne faut surtout pas que je reste allongée, mon cou offert comme une chèvre sacrificielle. Ou un agneau. Peu importe.

Le loup s'arrête net en laissant une bonne distance entre nous. Je n'arrive pas à y croire. Il baisse la tête, presque en un geste d'excuse, puis il se retourne et s'éloigne en trottant, non sans regarder plusieurs fois par-dessus son épaule.

Mais que se passe-t-il ? Vraiment... qu'est-ce que c'est que ce loup ? Il est fou ? Lorsqu'il disparaît derrière un buisson de sauge, je pousse un long soupir tremblant. Les jambes vacillantes, je me penche pour ramasser le courrier éparpillé dans la terre.

Je me souviens un peu tard que mon sac contient un spray au poivre. Il ne me sert à rien si je ne pense pas à le sortir. Enfin, si la situation se reproduit, je serai prête.

* * *

Lance

Je m'arrête devant chez Charlie à vingt et une heures. Je suis à cran. J'ai l'impression d'avoir besoin de muter et de courir pour me défouler, mais je viens de le faire. Littéralement. J'ai passé tout le début de soirée à courir, puis je me suis douché et changé pour venir ici.

Je grimace encore quand je revois Charlie tomber aujourd'hui. Je suis un abruti de première. Je n'avais pas l'intention de l'effrayer, mais bien sûr, c'est ce qui s'est passé. Mon loup est gigantesque, et elle s'est sentie menacée. Ce qui me rappelle douloureusement qu'il s'agit d'une humaine, fragile, cassable, et qui ignore l'existence de mon espèce.

Ça me pousse à me demander si je me trompe. Peut-être n'est-elle pas ma compagne ? Après tout, pourquoi le destin choisirait-il une humaine pour moi ? Je ne suis pas l'alpha de ma meute, mais je pourrais l'être. Je prendrais sans doute la tête de n'importe quelle autre meute. Unir un alpha avec une humaine n'a aucun sens. Pas alors que les membres de notre espèce sont de moins en moins nombreux.

Pourtant, tous mes doutes s'évanouissent alors que je me tiens devant sa porte. Son odeur flotte autour de moi. Elle me fait frissonner, et je sens mon sang se précipiter sous ma ceinture. L'effet de Charlie sur moi est indéniable.

Je suis prêt à défoncer sa porte, à la jeter sur mon épaule et à la ramener chez moi, tel un homme des cavernes.

Malheureusement, ça ne fonctionnera pas. Je lève la main pour toquer à la porte. Elle va croire que je viens la voir pour coucher avec elle. Me pointer à vingt et une heures ? Ça va lui donner la mauvaise impression.

Si elle m'avait donné son numéro, j'aurais pu lui envoyer un message avant de venir. Bien sûr, j'ai accès à son numéro. Je l'ai trouvé et enregistré dans mon portable dès que je suis rentré chez moi le lendemain de son anniversaire. Mais la contacter sans sa permission ne passerait pas mieux que me présenter chez elle sans être invité. Donc, me voilà.

Je frappe doucement à la porte, mal à l'aise.

Par le ciel, aucune femme ne m'a jamais rendu si nerveux. J'étais le genre de gamin qui a déjà une petite copine dès l'âge de dix ans. On peut dire que je suis un charmeur-né. C'est Rafe qui a hérité des gènes sérieux. Moi, j'ai des gènes de séducteur.

Non, ce n'est pas vrai. Nous ne sommes pas nés dans ces rôles. Rafe n'a pas un balai dans le cul depuis la naissance. Avant le meurtre de nos parents, il était un jeune métamorphe normal. Mais le stress post-traumatique l'a obligé à endosser le rôle d'alpha bien trop jeune et à porter le poids de toutes les responsabilités. Il a refusé de me confier la moindre responsabilité, mis à part lui obéir. J'imagine que j'ai intentionnellement endossé le rôle du play-boy. C'était soit ça, soit en vouloir à mort à Rafe de me traiter comme un bébé.

J'entends Charlie se déplacer à l'intérieur de la maison. Elle regarde à travers le judas.

Je lève les mains. « Ce n'est pas pour coucher avec toi. J'ai une surprise. » Je retiens mon souffle tandis qu'elle reste immobile. Mon cœur se remet à battre lorsqu'elle ouvre la porte.

« Je peux entrer ? Je te promets que ça te plaira. »

Charlie porte un T-shirt imprimé élimé qui moule sa poitrine, libérée de tout soutien-gorge, et un pantalon de pyjama. Il tombe sous ses hanches, et la bande de peau qu'il laisse entrevoir me met l'eau à la bouche. Elle croise les bras sur ses seins rebondis et me dévisage. « Qu'est-ce que c'est ?

— S'il te plaît, ne gâche pas la surprise. Je te jure sur tout ce qu'il y a de sacré que tu seras contente de m'avoir ouvert. » Ouais, j'en suis carrément réduit à la supplier. Je n'intéresse pas ma femelle le moins du monde. Comment est-ce possible ?

Mais ce n'est pas vrai. Je vois ses tétons qui pointent à travers le T-shirt sous ses bras croisés. Ce spectacle me procure assez d'assurance pour essayer de la charmer. Je pose la main contre le mur à côté de la porte et lui adresse mon meilleur sourire ravageur.

Elle se penche vers moi. Je ne pense pas que ce soit volontaire ; c'est comme si mon corps attirait le sien. Son visage se rapproche, et j'inspire son odeur de pin et de pêche. Mon sexe durcit. Être si proche d'elle apaise et excite mon loup à la fois. Je sens mon cœur accélérer. Risquant un contact anodin, j'écarte une mèche blonde de devant ses yeux.

« Allez, ne me laisse pas à la porte. »

Le sourire de Charlie est réticent. Elle me tire à l'intérieur en empoignant ma veste en cuir et recule de la façon la plus mignonne qui soit. Je sais, marcher en arrière n'est pas censé être mignon, mais merde, quand cette femme le fait, c'est incroyablement adorable. Je regarde ses pieds nus. Elle a les ongles peints en rose chewing-gum. Je me promets de les sucer un par un dès que possible.

Je fais mine de m'essuyer le front. « Ouf. Tu m'as fait peur pendant une minute, et on n'a pas beaucoup de temps. Viens. » Je lui prends la main et l'entraîne vers le canapé. Je m'assieds, puis voyant qu'elle hésite, je la saisis par la taille et la fais asseoir sur mes genoux, face à moi.

« Oh ! » Son mignon pied nu me donne un petit coup involontaire.

« Tu vois ce qui se passe quand tu ne fais pas confiance ? »

L'odeur de son désir emplit la pièce tandis qu'elle se tortille sur mes genoux. Elle se tient à mes épaules pour garder l'équilibre.

Je meurs d'envie d'explorer cette position de façon bien plus intime, mais je n'ai pas le temps. Et puis, je suis censé prouver que je ne suis *pas* là pour du sexe.

Je prends mon portable, ouvre l'email du colonel Johnson et clique sur le lien qu'il m'a envoyé.

« Qu'est-ce que c'est ?

— Attends un peu, mon ange. Ça arrive. » L'icône de chargement tourne sur mon écran pendant que la téléconférence charge. Puis un écran vide s'affiche.

Charlie me regarde. « Je ne comprends p... »

Une image apparaît. Un beau jeune homme en uniforme et à l'air fatigué regarde l'écran avec surprise. « Charlie ?

— Oh, mon Dieu, Chad ! » Charlie se couvre la bouche, puis elle m'arrache le téléphone des mains en se levant. Elle se tourne pour me regarder avec des yeux ronds.

« Tout va bien ? Qu'est-ce qui se passe ? demande Chad avec inquiétude.

— Oui ! Tout va bien ! Je ne sais même pas ce qui se passe. Je m'inquiétais pour toi, et... J'imagine que mon ami a organisé cet appel pour moi. » Avec un regard d'excuse, elle articule *merci* à mon intention.

Je compte bien recevoir d'autres remerciements de sa part tout à l'heure.

Toute la nuit, putain.

Non... non. Ça ne va pas. Je ne suis pas là pour baiser. Je suis venu courtiser Charlie. Comme si j'avais la moindre idée de ce que ça signifie ou de la marche à suivre. Ce serait si simple s'il s'agissait d'une louve. Elle n'aurait qu'à me renifler pour savoir qu'elle m'appartient. Elle ferait peut-être la forte tête avant de me laisser la revendiquer, pour que je me donne un peu de mal, mais je serais certain de finir par obtenir ce que je désire.

Avec une humaine, en revanche... merde.

Je ne sais même pas comment expliquer à Charlie ce qu'elle représente pour moi. Que le destin exige que je m'unisse à elle, que ça lui plaise ou non. Enfin, je ferais en sorte que ça lui plaise, bien sûr. Je dévouerais ma vie à m'assurer que ma femelle est satisfaite à tous les niveaux.

Mais je ne sais pas comment en arriver là. Passer du point A, une aventure d'un soir, au point B : la revendiquer et en faire ma compagne pour toujours. Pour le moment, cette idée est sacrément intimidante.

Au moins, j'ai réussi à organiser ce coup de fil. L'émotion éclaire le visage de Charlie pendant qu'elle bombarde son frère de questions.

« Je ne peux pas te le dire non plus, répond-il lorsqu'elle lui demande où il se trouve. Tout est top-secret, c'est pour ça que je ne vous ai pas contactés. Et le sergent dit que je n'ai plus que deux minutes avant de devoir raccrocher. Mais je suis vraiment content d'avoir pu te souhaiter un bon anniversaire de vive voix.

— Ouais, moi aussi. Te voir, c'est le meilleur des cadeaux. » Son regard chaleureux se pose sur moi. Mon sexe devient dur comme la pierre.

« Alors, qui a organisé ça ? demande Chad.

— Hum, ce mec, répond-elle en rougissant. Mon ami. » Elle me décoche un autre regard. Celui-ci est curieux. « Je ne sais même pas comment il a fait. Il a appartenu aux forces spéciales.

— Mmm, il a des contacts. Il devait être haut placé. C'est quel genre d'ami ?

— Ce ne sont pas tes oignons, dit-elle sur un ton acerbe en me tournant le dos.

Oh, c'est comme ça, alors ? » Son frère pouffe.

« C'est l'heure, aboie une voix.

— Désolé, ma sœur, je dois y aller. Dis à maman et papa que je les aime. Et je t'aime aussi.

— Moi aussi, je t'aime. Prends soin de toi, Chad.

— Oui, promis. Au revoir. »

Charlie reste le dos tourné un moment. Je me frotte la nuque en me demandant si elle attend que je parte. Lorsqu'elle se retourne, des larmes brillent dans ses yeux. « Merci.

— Je t'avais dit que tu ne regretterais pas de m'ouvrir.

— C'est vrai. Je ne regrette pas. C'était vraiment, vraiment gentil de ta part. »

Je me lève, parce qu'elle ne semble pas avoir l'intention de venir se rasseoir sur le canapé, et m'approche peu à peu d'elle. Suffisamment pour être suggestif, mais en gardant assez de distance pour rester respectueux. Je tends le bras et touche sa hanche avec douceur. Je savoure la sensation de sa peau nue sous ma paume. « De rien.

— Comment est-ce que tu as fait ? Tu as vraiment des contacts hauts placés ?

— Obtenir un appel de cinq minutes n'était pas si difficile, dis-je avec un haussement d'épaules. Le faire sortir de là le serait. »

Son visage s'assombrit. Je me maudis d'avoir plombé l'ambiance. Mais il serait injuste de ne pas être sincère avec elle.

« Alors, il se trouve dans une zone dangereuse ? Enfin, je m'en doute, puisqu'il n'a rien pu me dire.

— Je ne peux pas t'en parler non plus, mais, ouais. Il est au cœur de l'action en ce moment. »

Elle grimace. « Je savais que ça devait être quelque chose du genre. »

J'ai envie de lui dire quelque chose, comme : *il ne lui arrivera rien,* mais en vérité, je n'en sais rien. Il est humain, comme elle. Leurs vies sont si fragiles. « Je suis désolé, mon ange. Je me tiendrai informé sur cette unité, d'accord ? »

Elle étudie mon visage, puis demande tout à coup : « Pourquoi ? »

J'hésite. Lance le play-boy sait exactement comment réagir. Comment transformer cet échange en une conversation sensuelle qui mène jusqu'à la chambre et lui fait enlever ce pantalon de pyjama sexy. Mais mon objectif n'est pas une autre nuit de sexe sans lendemain.

« Je te l'ai dit. Tu me plais, Charlie. » Je lui prends mon portable des mains et le range dans ma poche arrière, puis lui touche à nouveau la hanche. Je baisse la tête et reste à quelques centimètres au-dessus de la sienne. Nos regards se rencontrent. Elle retient son souffle.

Je pose la main sur sa nuque.

« Et merde », lâche Charlie avant d'empoigner les pans de ma veste. Elle se dresse sur la pointe des pieds pour m'embrasser.

Un merveilleux instant, je lui rends son baiser. Ma bouche fond contre la sienne et je m'abreuve de ses lèvres. Je glisse ma langue dans sa bouche en un rythme lent et sensuel. Il ne s'agit pas d'un baiser maîtrisé. J'oublie toute délicatesse. Mais ce n'est pas non plus le baiser dominant et revendicateur qu'aimerait lui donner mon loup. Non, je suis totalement présent. Je vis le moment, la goûte, la laisse mener la danse. Pour voir jusqu'où ça nous entraîne. Son souffle tombe doucement sur mon torse, et son odeur emplit mes narines.

Puis, je m'aperçois qu'elle a dit *et merde*.

Je m'écarte. « Attends une seconde, mon ange. Comment ça, *et merde* ? »

Les pupilles de Charlie sont dilatées, ses joues empourprées. Elle mordille sa lèvre enflée. « Je veux dire... une autre nuit ensemble ne peut pas faire de mal, pas vrai ? »

Merde.

Je me force à mettre un peu d'espace entre nous pour respirer. Pour être capable de réfléchir.

« Allons, mon ange. Je sais que je suis un garçon facile, mais cette fois, je cherche à obtenir un dîner d'abord.

— Quoi ? » Son regard se reconcentre légèrement. Ses jolis tétons sont au garde-à-vous sous son fin T-shirt bleu décoré d'un arc-en-ciel délavé. Je ne peux m'empêcher d'effleurer son sein du pouce.

Je suis récompensé par le parfum du désir de Charlie.

« Tu m'as entendu, dis-je en lui adressant mon sourire le plus charmeur.

— Lance... » Je devine son indécision. Elle n'en a pas envie, mais elle pense sans doute qu'elle me doit bien ça. J'ai conscience d'être un salaud de la manipuler pour qu'elle accepte, mais je suis incapable de la laisser tranquille. Si je craque et couche avec elle cette nuit, elle risque de ne jamais me considérer comme plus qu'un bon coup.

Je veux plus que ça. J'en ai *besoin.* Merde, en ce qui la concerne, je désire tout. Sa vie, son avenir, son existence.

Sinon, je risque d'en mourir.

« Je te dois bien ça, j'imagine », dit-elle.

Mon sourire s'élargit. Je caresse ses côtes du bout des doigts. Mon pouce peut toujours atteindre son mamelon, mais je ne le touche plus. Il reste simplement non loin, prêt à frapper. « C'est vrai. »

Elle regarde mon pouce immobile. « Tu vas m'allumer et t'en aller, alors ?

— C'est un peu salaud, hein ? »

Ma remarque lui tire un rire de gorge. « Un peu.

— Voilà ce que je te propose. Je vais rester et te donner ce dont tu as besoin si tu me promets quand même de dîner avec moi. »

Son hésitation est douloureuse pour mon ego. Pour ne rien arranger, si elle refuse, je sais que je devrai dormir sur la béquille. Plutôt crever. Je m'attelle donc à faire ce pour quoi je suis doué. Je m'approche et lui touche la taille, puis je remonte mes mains le long de ses côtes sous son T-shirt. Le contact est juste assez intime pour la rendre folle et lui donner envie d'aller plus loin.

Ça fonctionne.

« Très bien », lâche-t-elle en faisant glisser ma veste sur mes bras. Je la laisse tomber à terre avant de retirer mon T-shirt en l'empoignant par le col.

Charlie caresse déjà mes abdos. Son consentement soudain me fait perdre toute assurance. Avec moins de délicatesse que je n'en avais l'intention, je referme le poing autour de sa chevelure pour approcher son visage du mien. Mon baiser est agressif, violent, revendicateur. Tellement désespéré. Je suce sa langue, lui mords les lèvres. Elle me griffe les épaules tout en essayant de me chevaucher.

Je la fais reculer sans ménagement jusqu'à ce que son dos rencontre le mur, puis je plonge la main dans son pantalon de pyjama et la colle sur sa douce chatte. Charlie ne porte pas de culotte, et elle est trempée pour moi.

« Lance. »

J'adore sa façon de prononcer mon prénom de sa voix essoufflée.

« C'est moi, chérie. Dis encore mon prénom.

— Tu es tellement ringard », dit-elle sur un ton plaintif. Cependant, sa voix est bien trop rauque pour que je me sente insulté.

« Tu veux que je me taise ? » Je la pénètre d'un doigt tout en déposant des baisers sur sa mâchoire. Je lui mords l'oreille.

Elle gémit. Son sexe se contracte autour de mon doigt. « Ce... ce n'est pas ce que j'ai dit. »

Je m'écarte, puis enfonce deux doigts en elle. Je presse ma paume contre son clitoris pendant que je caresse ses parois internes. « Tu aimes qu'on te dise des trucs cochons, Charlie ? » J'écarte la main, baisse son pyjama et m'accroupis devant elle.

« Hum...

— Enlève ton T-shirt. » Ma voix est teintée d'autorité alpha. Ce n'est pas volontaire ; après tout, ce n'est pas une louve. Mais c'est sorti tout seul. Je lui fais lever un genou et le pose sur mon biceps pour accéder à son sexe.

Elle s'empresse d'obéir, même si je ne dirais pas que ma femelle est de nature docile. L'autorité alpha fonctionne peut-être aussi un peu sur les humains. Ou peut-être qu'elle aime les partenaires qui prennent les choses en main, tout simplement. Si elle résiste tant, c'est parce qu'elle redoute ce qui se passera si elle se laisse aller. Si elle laisse quelqu'un d'autre prendre les commandes. Elle a besoin de garder le contrôle pour se sentir en sécurité.

Je lui montrerai qu'autre chose est possible. Tellement plus.

« Touche-toi les seins. » Je lui donne un coup de langue qui lui tire un cri perçant. Elle pose les mains sur mes épaules, mais je m'écarte et lui décoche un regard sévère. « Les mains sur les seins. »

Elle inspire brusquement, comme si elle avait vraiment senti mon ordre alpha au fond de ses tripes, comme les métamorphes. Elle pose les mains sur sa poitrine.

Je soutiens son regard. « Joue avec. » Elle commence à se malaxer les seins. J'attends de voir son ventre frémir lorsqu'elle inspire avant de glisser de nouveau ma langue entre ses lèvres mouillées.

« Ahh... hum. »

Ses gémissements sont délicieux. Tout comme le goût acidulé de son désir. Je suis le contour de sa vulve, puis pénètre Charlie de ma langue en plaquant ses hanches contre le mur d'une main. Posée contre le mur, mon autre main maintient son genou en l'air. Je la lèche de bas en haut avant de faire tournoyer ma langue autour de son clitoris. Son parfum me fait peu à peu perdre la tête. Je la lèche et la suce plus vite, plus intensément.

« Oh... oh, *Lance !* » Ses mains viennent de nouveau serrer mes épaules.

Je lève la tête et lui saisis les poignets. « Tut-tut-tut. Je t'ai dit où je veux ces mains. »

Ses yeux verts s'écarquillent de surprise. Je l'attire vers

le sol en la tenant par la taille pour accompagner sa chute, puis je la retourne et la place à quatre pattes.

« Maintenant, tu vas avoir des ennuis », dis-je en riant. Je lui donne une petite tape sur les fesses.

Elle étouffe un cri et regarde par-dessus son épaule. Je discerne dans ses yeux sombres un éclat sauvage que je n'avais encore jamais vu.

« Tu aimes ça ?

— Je... je ne sais pas. »

Je lui donne une autre tape, un peu plus ferme. « Je suis presque sûr que oui. » Son désir coule sur ses cuisses. Je fais glisser un doigt dans ses sécrétions. Elle gémit.

« Baisse-toi sur les avant-bras, ma belle. »

Voyant qu'elle ne bouge pas, je lui donne une tape ferme qui la fait glapir. « Oh, mon Dieu. Tu es... dingue.

— Tu adores ça. » J'appuie entre ses omoplates pour l'encourager à se baisser sur le tapis. Elle se laisse faire. « C'est bien, mon ange. Maintenant, dis-moi comment tu veux te faire baiser. » J'ouvre la braguette de mon jean pour libérer mon membre dressé.

« Tu es tellement... cochon.

— Mm-hm. Tu ne m'as pas répondu quand je t'ai demandé si ça te plaît. » Je déroule un préservatif sur mon érection avant d'approcher mon gland de son sexe.

« Ça me plaît », avoue-t-elle. Mon loup saute de joie, victorieux.

« Bien. » Je lui empoigne les hanches et la pénètre peu à peu. Elle se cambre, et je glisse profondément en elle.

Elle grogne.

« C'est si bon d'être en toi, Charlie.

— Oh, mon Dieu. »

Je l'emplis, puis recule. Je savoure la sensation de son sexe mouillé qui enserre mon membre. Je réalise qu'il s'agit précisément de la scène que j'avais prévu d'éviter. Prendre Charlie par-derrière sur le tapis du salon et lui irriter les genoux, ce n'est pas exactement le rencard que j'avais en tête pour faire connaissance. Mais maintenant, je suis incapable de m'arrêter. J'ai besoin de l'entendre hurler. J'ai besoin qu'elle jouisse autour de mon sexe, autant que j'ai besoin d'oxygène. Le besoin de satisfaire ma femelle ne disparaîtra jamais. Et je n'en aurais pas envie.

« Oui, murmure Charlie.

— C'est bon, mon ange ? » Je ne peux me retenir. J'accélère le rythme de mes coups de reins.

« O-oui. Tellement bon. »

Merde. Je suis foutu. Je m'enfonce brutalement en elle en lui maintenant les hanches.

« Oh, oui ! » Elle paraît surprise. Légèrement inquiète.

« Tu vas jouir partout sur ma queue, Charlie ? La serrer bien fort quand tu grimperas aux rideaux ? »

Elle gémit.

« Baisse la main et touche-toi le clito. » Apparemment, je n'hésite pas à donner des ordres à Charlie quand il s'agit de la faire jouir.

Elle passe la main entre ses cuisses. Ses doigts effleurent la base de mon membre, là où nos corps sont unis. Au lieu de se caresser le clitoris, elle serre la base de mon sexe entre deux doigts, ajoutant une délicieuse sensation.

« Putain ! » Mon orgasme approche à grands pas. J'ai tenu à peine un quart d'heure, et ma femelle n'a même pas encore joui.

Je serre ses cheveux courts dans mon poing et lui tire la tête en arrière. « Jouis pour moi, Charlie. Jouis sur ma bite. »

Elle cambre son dos souple pour s'adapter à la position dans laquelle je la maintiens. Elle crie une protestation, mais par miracle, ça fonctionne. Ses muscles se contractent et palpitent. Je reste plongé en elle et lui emprisonne la tête jusqu'à ce que son orgasme s'apaise. Dès qu'elle a fini de jouir, je me retire.

« Viens ici, mon ange. Je ne veux pas que tu te blesses les genoux. » Je lui enlace la taille et l'aide à se lever. Tout en la tenant avec fermeté, je l'entraîne vers le canapé et l'allonge sur l'accoudoir rembourré.

« Écarte les jambes pour moi. »

Lorsqu'elle obéit, je lui écarte les fesses et me délecte de la vue de son endroit le plus intime, son petit anus serré et cette belle chatte trempée. « Si belle », dis-je entre mes dents.

Elle tourne la tête pour regarder dans ma direction. Son expression est légèrement choquée. Personne ne l'avait encore prise aussi brutalement.

Je ne devrais pas être fier de moi, mais je vois bien qu'elle adore ça, même si elle est sortie de sa zone de confort.

Pour la taquiner, j'appuie mon érection contre son petit trou.

Elle crie, passe une main dans son dos et donne un coup de pied involontaire.

Je pénètre de nouveau son sexe en demandant d'un ton taquin : « Trop tôt ? La prochaine fois, je baiserai ce cul, et ça te plaira.

— Il n'y aura pas de prochaine fois », affirme-t-elle, me brisant le cœur.

Sans me décourager pour autant, je me force à aller et venir lentement en elle et lui rappelle : « On a un rencard.

— Pour *dîner.* » Elle serait plus crédible si elle n'était pas aussi essoufflée. Si sa voix n'était pas éraillée à force de crier pendant que je la possède.

« On verra. » Pourtant, je n'ai pas pour objectif final de

coucher avec elle après le rencard. Mon objectif final, c'est d'obtenir un autre rendez-vous. Et un autre. De convaincre ma belle femelle qu'elle ne peut pas vivre sans moi.

Je passe la main sous ses hanches pour trouver son clitoris et frotte mon index contre la petite boule de chair. « Comment est-ce que tu aimes te toucher, Charlie ?

— Oh ! Oui.

— Comme ça ? Ou plutôt... comme ça ? » Je ralentis et décris un petit cercle.

Elle se met à haleter. « Lance...

— C'est ça », dis-je d'un ton ronronnant. *Dis mon prénom, ma beauté.*

« J'ai besoin de plus.

— Plus ici ? » Je décris encore quelques cercles. « Ou plus ici ? » Je m'enfonce profondément en elle.

« Ici ! J'ai besoin de toi. Plus fort. » Bien qu'elle ait déjà joui, elle a l'air aux abois.

« Oh, chérie, je vais te donner tout ce dont tu as besoin. Je te le promets. » Je soutiens mon poids d'une main sur le canapé et la pilonne. Ma vue se trouble tandis que le plaisir me submerge. Mais je n'oublie pas le sien. Je lui tapote le clitoris, puis le caresse.

Elle hurle. « Oui, *oui !* »

J'émets un grondement animal juste avant qu'un orgasme d'une extraordinaire intensité déferle sur moi. Les muscles internes de Charlie se contractent pendant qu'elle jouit en parfaite synchronisation avec moi. Je déplace ma main entre ses cuisses pour caresser son fin dos nu. Quelle belle humaine. Magnifique.

* * *

Charlie

. . .

Waouh.

Waouh, tout simplement. Il m'est très difficile d'imaginer que coucher avec un autre mec puisse être aussi bon que coucher avec Lance. Notre alchimie bat tous les records. Ou alors... une petite seconde. Est-ce seulement parce qu'il a énormément d'expérience ?

Je dois me souvenir que ce mec est un coureur. Il n'est pas l'homme stable et fiable que je recherche. J'ai envie d'un homme gentil qui m'évoque un sentiment de sécurité et ne me quittera pas. Un instituteur, par exemple. Un gentil vétérinaire. Un dentiste, même.

Mais mon corps semble se ficher royalement de mon rejet mental de Lance. Enivré de plaisir, il vibre et frissonne. J'aurais imaginé me sentir un peu dépassée au lit avec un tel don Juan. Mais c'est l'inverse. Je ne me suis jamais sentie plus sexy. Plus désirable. Dès qu'il emploie ce ton autoritaire, je fonds.

Miam.

Je ne devrais pas avoir envie de recommencer bientôt. Vraiment pas.

Lance me relève d'un bras sous ma poitrine, puis il s'écarte et va jeter le préservatif dans la poubelle de la salle de bains. Je réussis à tenir sur mes jambes en coton assez longtemps pour ramasser mon pyjama et l'enfiler avant son retour.

« Donne-moi ton numéro, mon ange. » Revoilà ce ton autoritaire. Lance est terriblement arrogant. Ça pourrait être agaçant, mais il parvient à faire attention à moi en même temps. Je ne m'y attendais pas de la part d'un mec comme lui.

Quand même, il a trouvé mon frère.

C'était vraiment génial.

Je lui suis redevable, aucun doute. C'est marrant qu'il ait tourné le sexe comme un service qu'il me rend, et le rencard comme un service que je lui rends. Je veux dire, c'est censé être l'inverse pour un séducteur, n'est-ce pas ?

Qu'est-ce qui m'échappe à propos de Lance Lightfoot ?

Je repousse les cheveux devant mon visage. « Oui. D'accord. »

Il me donne son portable, où j'enregistre mon numéro. Mes doigts tremblent légèrement.

Il reprend l'appareil et le range dans sa poche. « Je dois quitter la ville demain, mais à mon retour, on organisera ce rencard. » Sa fossette se creuse lorsqu'il me sourit. Mince, il est tellement séduisant.

Je ne devrais pas être si déçue d'apprendre que notre rendez-vous n'aura pas lieu tout de suite. Je ne devrais pas être déçue, point à la ligne.

« Où est-ce que tu vas ?

— Mm, c'est top-secret, mon ange.

— Tu pars en mission ? » Je me rembrunis.

Il hoche la tête.

Je ne sais pas pourquoi mon ventre se noue. À mes yeux, Lance n'est même pas un candidat pour mon Grand Projet, mais je déteste savoir qu'il se trouve dans une situation aussi dangereuse que mon frère. Les mecs comme lui sont accros à l'adrénaline. Ici un jour, partis le lendemain. Comme mes parents quand j'étais petite.

Je l'observe. Je commence à éprouver la même anxiété pour lui que pour Chad. « Alors, tu travailles toujours dans le même secteur ? Tes missions sont aussi dangereuses que quand tu faisais partie de l'armée ? » Le voyant hésiter, je comprends la vérité. « Encore plus dangereuses ?

— Disons simplement que quand mon frère a décidé

que notre unité avait besoin de quitter l'armée, le gouvernement a sauté sur l'occasion de nous utiliser comme il ne pouvait pas le faire pendant que nous étions militaires », répond-il en haussant les épaules.

Mon inquiétude monte d'un cran.

Lance semble s'en apercevoir. Il touche l'endroit qui doit être ridé entre mes sourcils. « Ne t'en fais pas pour nous. Nous sommes spécialement formés pour les missions de ce genre. »

Je déglutis. Ça ne me plaît pas. « À mon avis, vous êtes surtout désensibilisés au danger. »

Lance ouvre la bouche, puis paraît se raviser et la referme. Il hausse les épaules. « Quelque chose comme ça, dit-il avant de se pencher pour m'embrasser sur la tempe. Ça va ? Tu es satisfaite, ou tu as besoin d'un deuxième round ?

— Oh, oui, tu m'as satisfaite, dis-je en un rire rauque.

— Et ce n'est qu'un début, mon ange. » Il m'adresse un clin d'œil, mais lorsque je grimace, il perd son sourire arrogant. « Mais je n'ai pas que du sexe à te proposer », ajoute-t-il.

Hum. C'est bizarre. Pourquoi dirait-on que Lance souhaite avoir une petite amie ? Je ne l'imaginais vraiment pas comme quelqu'un cherchant à se mettre en couple.

« Un rencard, dit-il. Promets-moi que tu arrêteras de me juger le temps d'une soirée. Ensuite, tu pourras revenir à tes a priori sur moi, si tu en as envie. »

Je laisse échapper un soupir surpris et sens mes joues chauffer. « Je suis désolée. J'ai du mal à comprendre ce que tu cherches, c'est tout. »

Lance appuie sa hanche contre l'accoudoir du canapé. Mince, un homme ne devrait pas avoir le droit d'être aussi séduisant. « Bon, je peux être franc ? »

Je croise les bras pour me prémunir de son charme et me protéger de ce qu'il s'apprête à dire. « Oui, s'il te plaît.

— La vérité, c'est que j'ai l'impression de m'y être mal pris avec toi. »

Sa réponse me choque et fait naître une douce chaleur dans ma poitrine. « Comment ça ?

— Eh bien, c'est vrai que je suis venu te parler parce que je voulais coucher avec toi, tu as raison. Mais ensuite, j'ai compris que... » Il se mordille l'intérieur de la joue en regardant de côté. « Je ne sais pas, j'ai l'impression qu'on accroche vraiment, tous les deux, et je n'ai pas seulement envie d'une nuit de sexe. Je regrette de ne pas avoir commencé par apprendre à te connaître.

— Hum, je ne sais pas quoi dire. » Je me mords la lèvre. C'est vrai qu'on s'entend bien, et que l'ambiance est plus que torride entre nous. Mais je pense que c'est parce que je ne le considère pas comme un petit ami potentiel. Je ne suis pas sûre de pouvoir le faire passer dans cette catégorie. Enfin, il est tout le contraire de ce que je recherche. L'inverse de l'homme que j'imagine pour mon Projet. Il représente même tout ce que je souhaitais éviter lorsque j'ai conçu le Grand Projet. Il est probablement accro à l'adrénaline. Accro à la vitesse, au danger et aux femmes. Il risque sa vie à chaque mission à laquelle il prend part.

« Tu aimes bien remplir ta déclaration d'impôts ?

— Je ne sais pas, je ne m'en suis jamais occupé. Pourquoi ?

— Pour rien. » Ce n'est pas l'homme qu'il me faut.

Mais je n'ai pas le cœur de le lui dire. Je me dois de lui laisser une chance.

De rester ouverte d'esprit le temps d'un rendez-vous.

« Tu me donneras une chance ? » Lance enfonce les

mains dans ses poches. Il a soudain l'air bien moins prétentieux que d'habitude.

Je me penche pour lui donner un petit baiser sur les lèvres. « Tout à fait. J'ai hâte que notre rencard ait lieu. »

Ce n'est pas un mensonge.

Passer du temps avec Lance n'est pas une épreuve. Mais je n'ai pas envie de lui donner de faux espoirs...

Chapitre six

Charlie

La chocolaterie d'Adèle est sublime et classe, exactement comme Adèle elle-même. Mon amie porte l'une de ses jolies tenues qui lui vont si bien : une chemise en soie et une jupe fourreau en laine grise. Elle ajoute un tablier lorsqu'elle cuisine, mais sinon, elle est d'une élégance sans faille, telle la PDG d'une banque suisse ou d'une maison de couture.

Je porte l'un de mes T-shirts imprimés, un simple modèle noir dont la phrase humoristique est recouverte par un tablier rose et blanc. Ma poitrine est lourde aujourd'hui, et je suis un peu engoncée dans le T-shirt. J'ai proposé à Adèle de lui donner un coup de main pour que tout soit prêt à la chocolaterie avant le début des vacances. Tabitha est là aussi, d'habitude, mais elle devait participer à une exposition de bijoux aujourd'hui. Sans elle, la boutique est silencieuse.

Ce qui est une bonne chose. Ça me laisse le temps de discuter avec Adèle entre deux clients. La ride de stress que j'ai remarquée sur son front lors de mon dîner d'anniversaire est toujours présente. Ses cernes sont plus prononcés, et son teint brun pâle est un peu plus terne que d'ordinaire.

Une fois que le magasin se vide, je finis par lui demander tout à trac : « Alors, qu'est-ce qui t'arrive ? En vrai ? »

Adèle hausse un sourcil fin, mais elle continue de remplir un sac de pralines. « Qu'est-ce qui s'est passé avec cet homme ? Le coup d'un soir ? » demande-t-elle du tac au tac.

Je me mords la lèvre. Alors, c'est ainsi que ça va se passer. Un prêté pour un rendu. Un échange équitable d'informations. « On a couché ensemble.

— Et tu ne me l'as pas dit ? » Elle se redresse, puis se penche sur le comptoir. « C'était comment ?

— Bien, dis-je en rougissant jusqu'aux oreilles. Vraiment bien.

— Et pourquoi tu ne m'en as pas parlé ?

— Je ne voulais pas en faire toute une histoire. Je me suis bien amusée. Et ensuite, on a recouché ensemble.

— Pardon ? » Adèle met la main en cornet autour de son oreille. « Tu viens de dire que le coup d'un soir a eu envie d'une autre nuit avec toi ?

— C'est fou, hein ? » Mes joues sont brûlantes. « Qui l'eût cru ?

— Peut-être qu'il changera pour la bonne personne. » Elle recommence à ranger les pralines, puis lève la tête quand je garde le silence.

« Hum, ouais... En fait, il veut me revoir. Je crois... qu'il a envie de plus. Avec moi. Je ne sais pas quoi faire.

— Et je ne l'apprends que maintenant ? » Adèle a les mains sur les hanches. Ça va barder.

Je pose la tête sur le comptoir. « C'était censé être une aventure d'une nuit ! Je ne voulais en parler à personne, sinon, ça aurait tout rendu trop réel.

— Mais il a envie de plus.

— Oui, dis-je en gémissant.

— Et pas toi ?

— Je... je ne sais pas. Le sexe était génial. Mais... je ne sais pas si je peux me le permettre, tu vois ? Je veux dire, j'ai l'âge de commencer à chercher mon mari. Je suis sûre que Lance ne sait même pas remplir sa déclaration d'impôts. »

Adèle me regarde sans comprendre. « Et c'est important parce que... ?

— Pour rien, dis-je entre mes dents. Je me disais que ce serait sympa d'épouser quelqu'un qui pourra remplir notre déclaration d'impôts.

— Bon, ce n'est peut-être pas si grave. Tu lui as demandé son avis sur les plantations de cactus ? Ou de ficus ? »

Je lève la tête et surprends l'ombre d'un sourire sur ses lèvres. « Tu te moques de moi.

— Charlie, ma mémé avait coutume de dire : *si tu veux faire rire le bon Dieu, raconte-lui tes projets.* Je sais que tu veux que ta vie se déroule comme tu l'as décidé, mais...

— Je sais ! Je sais. J'avais envie de plus de stabilité dans ma vie, c'est tout. Surtout parce que je veux des enfants. » Comment serait-ce d'avoir des enfants avec Lance ? J'imagine tout de suite un troupeau d'enfants aux cheveux blonds courant en cercle autour de moi. *Oublie ça,* intervient mon sens de la logique. *Lance prendrait ses jambes à son cou devant la moindre responsabilité.*

Je fais le tour du comptoir pour aider Adèle à y empiler

des sachets de pralines en présentation. « Bon, à toi. Je t'ai raconté mon secret. Maintenant, crache le morceau. »

Elle accepte mon abrupt changement de sujet en soupirant. « Très bien. C'est Bing.

— Ton associé ? » Je plisse le nez. Je n'ai jamais rencontré Bing officiellement, mais je l'ai déjà croisé. C'est un *rasta-fout-rien,* une espèce particulière de résident de Taos. Pas de travail, de l'argent de parents riches et une tendance à fumer de l'herbe en portant des T-shirts à l'effigie de Bob Marley. Je ne connais aucun rasta-fout-rien personnellement. Le patchouli me fait monter les larmes aux yeux, surtout lorsqu'il est utilisé en guise de déodorant.

« Je pense qu'il prend de l'argent sur notre compte en banque professionnel, continue Adèle. La semaine dernière, j'étais censée régler le loyer. C'est le troisième mois consécutif que j'ai la somme sur le compte, mais qu'elle disparaît avant que je puisse la donner au propriétaire.

— Oh, mon Dieu ! Tu as réussi à payer le loyer ? » La chocolaterie est un bien immobilier prisé à Taos. Le magasin est situé sur la rue touristique principale, assez proche de la place pour attirer de nombreux clients. Adèle n'a pas besoin de faire beaucoup de publicité, mais son loyer doit être élevé.

« J'ai payé, répond-elle en secouant la main. J'ai dû puiser dans mes économies. Et c'est la troisième fois. »

Je me sens un peu nauséeuse. « Adèle, Bing te vole.

— C'est aussi son argent, dit-elle, sur la défensive. Avant, il empruntait des sommes sur le compte et me racontait que c'était pour investir dans l'entreprise, mais maintenant, il ne prend même plus la peine de me servir des excuses. Et je n'ai même pas réussi à le joindre.

— Je suis vraiment désolée. » Je n'ai jamais eu envie d'ouvrir ma propre entreprise, mis à part un projet à la retraite. Le courage d'Adèle m'a toujours impressionnée. Elle est très intelligente et travaille dur. « Comment est-ce que je peux t'aider ?

— Tu m'aides déjà. À ce stade, je pensais pouvoir engager quelques personnes pour me seconder à la chocolaterie. Mais avec cet argent qui disparaît... » Elle secoue la tête. « Et Bing n'aide pas du tout.

— Non. On dirait même qu'au lieu d'aider, il complique les choses. » J'ai envie de dire davantage, mais j'ai le ventre noué. Sadie ou Tabitha sauraient exactement quoi dire. Sadie serait douce, et Tabitha échafauderait des plans pour retrouver Bing et le ligoter sur un poteau placé au-dessus d'une fourmilière de fourmis rouges jusqu'à ce qu'il promette de rendre l'argent.

Je pose la main sur mon ventre et respire profondément pour faire passer la nausée.

Quelle est la prochaine étape pour Adèle ? Un avocat ? Et si elle n'a pas les moyens d'en engager un ? Et si Bing la vole tellement qu'elle finit par faire faillite ? La vie ne serait plus la même à Taos sans la chocolaterie. Et que ferait Adèle ?

Avant que je puisse ajouter quoi que ce soit, la cloche tinte au-dessus de la porte. Une femme mince entre. Ses cheveux blond platine sont coiffés avec soin, mais elle a les yeux rouges et son mascara a coulé.

« J'arrive tout droit de Santa Fe. J'aimerais un chocolat de chaque sorte », annonce-t-elle. Puis elle se plaque une main sur la bouche, mais n'a pas le temps de retenir son sanglot. Elle se penche et pose le front sur le comptoir, dans une position que je ne connais que trop bien.

« Oh, ma pauvre », murmure Adèle. Elle abandonne ce qu'elle faisait pour aller réconforter la femme. Je prends une grosse boîte et commence à la remplir tout en restant attentive au cas où Adèle aurait besoin de quelque chose.

« Racontez-moi tout. » Adèle est passée en mode mère-poule. En quelques secondes, elle a déposé quelques échantillons sur une assiette en porcelaine dorée.

La cliente renifle. Adèle est prête ; elle tend un mouchoir en tissu à la pauvre femme.

« Il couche avec la babysitter ! » La cliente sanglote. Des larmes et du mascara coulent sur ses joues pendant qu'Adèle émet des sons compatissants. « Je ne m'en serais jamais aperçue, mais Barbara me l'a dit au club de tennis. La sorcière ! »

Adèle hoche la tête sans demander qui est la sorcière : la babysitter ou Barbara du club de tennis. Elle me fait signe de prendre une deuxième boîte rose et blanche. Je commence à remplir celle-ci de truffes.

« Comment a-t-il pu me faire ça ? se lamente la femme. Je viens de refaire mes seins ! »

Une demi-heure plus tard, la cliente a séché ses larmes et commencé à organiser sa vengeance. Elle est repartie avec trois sacs remplis de boîtes de chocolats, de truffes et de pralines, après qu'Adèle lui a fait promettre de consulter un avocat avant de faire quoi que ce soit, comme jeter les clubs de golf de son mari dans le fleuve.

Il faut les empêcher de s'en prendre aux clubs de golf de leurs maris, nous a-t-elle dit un mercredi soir, le jour où on se plaint en buvant du vin. *Ça peut mal tourner. Je ne voudrais pas que la police essaie de m'accuser de complicité de meurtre.*

Tout en plaçant quelques truffes au chocolat blanc dans de jolies petites boîtes au nom de la chocolaterie, *Le Chocolatier,* je demande : « Ça arrive souvent, je me trompe ?

— Environ une fois par semaine, me confirme Adèle.

— Tu sais vraiment quoi faire.

— Je suis contente que mon diplôme en psychologie me soit utile », dit-elle avec un sourire en coin. Nous éclatons de rire. Les parents d'Adèle souhaitaient qu'elle devienne psychologue ou médecin, comme eux. C'est sa mémé qui lui a donné le capital de départ pour ouvrir la chocolaterie. Si je me souviens bien, Bing a apporté la somme qui manquait et a contacté l'une de ses connaissances pour trouver un local bien placé à louer.

La chocolaterie ne peut pas fermer, c'est impossible. C'est ce que je dis à Adèle, la gorge nouée. Elle me laisse la serrer dans mes bras, mais elle me décoche un regard appuyé lorsque je m'écarte.

« Ne crois pas que j'ai oublié que tu as changé de sujet tout à l'heure. Je veux savoir ce que tu vas faire concernant Lance.

— Hum, ouais. À ce propos. » Je tripote un pot de caramels jusqu'à ce qu'Adèle croise les bras.

« Charlotte Louise. » Même ma mère n'a jamais été capable d'une telle sévérité.

« Très bien ! J'en discute avec toi, mais seulement si je peux goûter une truffe à l'Earl Grey. J'en meurs d'envie, dernièrement.

— Mmmhmm. » Elle prend une deuxième petite assiette en porcelaine blanche et or.

Nous nous figeons en entendant un bruit au fond de la boutique. La porte s'ouvre avec un cliquètement. La porte arrière. Je regarde Adèle avec des yeux ronds.

« Attends ici, articule-t-elle en silence avant de courir vers le fond du magasin. Bing ? Il faut qu'on parle. » Son ton glacial porte jusqu'au fond de la salle. Elle a l'air calme et professionnelle, mais je cours tout de même fermer l'entrée de la boutique. Je retourne également le panneau qui signale la pause-déjeuner.

Puis je repars en courant pour m'assurer qu'Adèle n'assassine pas son associé.

Elle est déjà au fond de la pièce, face à un homme au teint pâle qui doit approcher de la quarantaine. Bing, son associé. Ses longs cheveux sont attachés en queue de cheval et son T-shirt des Grateful Dead pue l'herbe. Un rasta-foutrien typique.

« Christopher Eugene Ford. » L'homme baisse le nez vers ses Birkenstock. Adèle soupire, puis elle se tourne pour m'expliquer : « Son vrai prénom, c'est Chris, mais il s'est rebaptisé Bing quand il a emménagé à Taos. »

Je lève les yeux au ciel. On ne voit ce genre de choses qu'à Taos. Ici, des tas de *Jim* et *Brenda* se sont renommés *Zen* et *Moonjuice*.

L'associé répondant autrefois au nom de Christopher se trémousse, mal à l'aise. On dirait un enfant surpris la main dans le pot de chocolat. « Salut, Adèle.

— Tu as quelque chose pour moi ? demande-t-elle, les bras croisés. Les loyers des trois derniers mois, par exemple ?

— Ah, ouais, marmonne-t-il en se frottant la nuque. Je peux te les avoir. Il me faut juste... j'attends un retour sur investissement, et... » Il s'interrompt lorsqu'Adèle commence à taper du pied.

Je retiens ma respiration. Il va recevoir l'engueulade du siècle d'un instant à l'autre.

Mais les épaules d'Adèle se voûtent. Elle a l'air épuisée. « Ça ne peut pas continuer, Chris. Si tu continues ce genre de gros retraits, on va faire faillite. »

Je recule et retourne à l'avant du magasin avant d'avoir entendu la réponse marmonnée par Bing-Chris. Maintenant que je suis sûre qu'Adèle ne le tuera pas, je ne souhaite pas m'immiscer dans une conversation privée. Et puis, je ne supporte pas de voir mon amie si abattue.

Je me mords la lèvre en me demandant si je devrais en parler à Sadie et Tabitha. Je n'ai pas envie qu'Adèle traverse cette épreuve seule, mais ce ne sont pas mes affaires.

J'aimerais pouvoir me confier à quelqu'un de plus neutre. Quelqu'un avec une épaule forte sur laquelle me reposer. Quelqu'un qui ait envie de m'écouter.

Il est curieux que Lance soit la première personne qui me vienne en tête.

Chapitre sept

Santiago, Chili

L*ance*

« Lance, tu m'entends ? Dis-moi quelque chose. » La voix crispée de Rafe me pousse à ouvrir les yeux. Pas à cause de son ordre alpha, mais parce que j'entends sa peur. Ce que je ne peux tolérer venant de notre alpha.

De mon frère.

Je n'ai entendu ce ton craintif qu'une seule autre fois, et c'était le pire jour de notre vie pour tous les deux.

Je réussis à répondre d'une voix sifflante : « Je t'entends. »

Cette mission au Chili a dérapé à toute vitesse. Déjà le mois dernier, en Suisse, nous avons été repérés pendant une mission d'observation. Nous ne savons toujours pas comment c'est arrivé, qui était la taupe. Il s'agissait peut-être simplement de malchance. Parfois, les choses tournent mal.

Pour cette mission, la CIA nous a envoyés dérober les considérables réserves monétaires de Vincent Sarcero, le trafiquant d'armes. En gros, en lui confisquant son capital, notre gouvernement espérait lui couper les vivres et interrompre une importante transaction avant qu'elle n'ait lieu. On ne nous a pas divulgué pourquoi nous ne pouvions pas simplement le tuer. Ils le voulaient vivant, mais rendu impuissant.

Nous avons passé dix jours à repérer les lieux et à mettre notre plan au point. Dix longs jours au cours desquels j'ai été séparé de Charlie. Ma douce femelle. Celle que je n'ai pas encore revendiquée. Celle qui n'a accepté un rendez-vous avec moi que du bout des lèvres.

Nous avons préparé la mission comme si nous étions des cambrioleurs organisant un casse. Nous avions cartographié l'endroit et connaissions les systèmes de sécurité. Notre plan était solide.

Nous sommes entrés sans problème. Le seul souci, c'est que nous pensions que le coffre contenait des billets. Notre projet était de faire détoner une bombe à l'intérieur et de tout réduire en cendres.

Mais nous avions été mal informés sur le contenu du coffre. Au lieu de billets, il renfermait des lingots d'or. Donc, nous avons dû revoir nos plans et improviser. Nous avons emporté le tout. J'ai proposé d'annuler la mission pour prendre le temps de réfléchir, de revenir la nuit suivante avec de quoi transporter l'or. Rafe a décidé que nous devions continuer. C'est ainsi que notre opération censée durer trente minutes s'est prolongée toute la nuit, en une succession d'allers-retours pour sortir les lingots d'or de la luxueuse villa. Heureusement, nous sommes forts et rapides. Nous avions bien étudié la sécurité. Les chiens de garde avaient reçu une dose de tranquillisant ; les caméras de surveillance avaient été interceptées, et leur diffusion remplacée par un enregistrement.

Mais à cinq heures du matin, lorsque les gardes sont venus relever leurs collègues, quelqu'un a remarqué notre véhicule, garé près du mur pour charger l'or.

En soixante secondes, l'endroit tranquille où régnait un silence de mort s'est transformé en une zone de guerre. Je me suis fait surprendre dans la salle du coffre, le pantalon aux chevilles.

J'ai été touché par plusieurs dizaines de balles de semi-automatique. Je me suis effondré et j'ai fait le mort jusqu'à ce que je puisse muter et me barrer de là.

Le problème, c'est que la pièce ne s'est pas vidée. De plus en plus d'enfoirés ont continué à entrer. Si je n'agissais pas, j'allais me retrouver bloqué et me vider de mon sang avant que mon loup n'ait pu me soigner. J'ai muté, ce qui a surpris les hommes assez longtemps pour que je puisse franchir la porte, mais j'ai reçu une autre rafale de balles dans le dos pendant que je prenais la fuite.

Deke et Rafe sont venus me chercher. Ils n'ont pas eu le choix ; ils ont dû éliminer les hommes qui m'avaient vu. Il ne s'agissait plus du tout de l'opération discrète et furtive prévue à l'origine.

Maintenant, nous fonçons dans le camion. Le véhicule est alourdi par les lingots, sur lesquels je suis allongé et saigne.

« Bordel, il a pris combien de balles dans le corps ? » Channing a l'air paniqué, lui aussi.

Je dois vraiment être en sale état.

« Trop. » De nouveau, c'est la souffrance dans la voix de Rafe qui me fait ouvrir les yeux.

« Pas trop, dis-je avec difficulté. Accorde-moi une petite minute.

— Pourquoi tu ne peux pas muter ? » me demande mon frère.

Je ne peux pas ? Pourquoi suis-je sous forme humaine ? Je ne me souviens même pas avoir muté. Nous guérissons plus vite sous notre forme de loup.

Je tente de muter, mais Rafe a raison. Je ne peux pas.

« Ordonne-le-moi, dis-je entre mes dents serrées.

— Putain, tu crois que je n'ai pas essayé ? *Mute.* » Rafe me donne un ordre alpha, ce qui devrait déclencher une réaction biologique et me pousser à obéir sur-le-champ.

Mes cellules semblent à peine avoir conscience de l'ordre. D'ailleurs, je sens à peine mon corps.

« Il a été touché à la tête ? » demande Deke dans le talkie-walkie. Il doit être au volant du camion.

Quelqu'un me fait pivoter la tête, comme pour l'examiner. Channing. « Merde.

— Il a une balle dans la tête ?! » s'étrangle Rafe. La panique dans sa voix me ramène une fois de plus à notre traumatisme d'enfance. Le ton de notre père quand il nous a ordonné de muter et de fuir. De nous cacher.

La voix de mon frère lorsqu'il y est retourné et a trouvé les cadavres de nos parents.

« Ouais, répond Channing en s'efforçant de parler avec calme. Mais la balle est déjà en train de sortir, tu vois ?

— *Mute,* bordel de merde ! » m'ordonne de nouveau Rafe.

Cette fois, mon corps obéit. Je prends ma forme de loup. L'odeur de ma fourrure couverte de sang agresse mon nez sensible. Je halète, terriblement affaibli, mais je recommence à sentir mon corps. Je ressens la douleur, ainsi que la régénération qui me soigne.

« Comment va-t-il ? aboie Deke.

— Il a muté. » Le soulagement résonne dans la voix toujours stressée de mon frère.

« Bien. Maintenant, comment est-ce qu'on va se débarrasser de cet or, putain ? »

Rafe garde le silence un long moment, puis ordonne : « Emmène-nous directement à l'aéroport. On va prendre un avion privé.

— On emporte l'or avec nous ? demande Channing, surpris.

— Je dois ramener Lance à la maison pour qu'il se remette sur pied. Tu as d'autres idées ?

— On pourrait enterrer les lingots quelque part.

— Je ne veux pas que Sarcero puisse mettre la main dessus. Et je doute qu'il abandonne ses recherches. »

Merde. Ça veut dire que Sarcero est toujours vivant. J'espérais qu'il avait été abattu pendant la bataille.

« On pourrait demander à la douane de saisir l'or. De façon très publique, mais sans révéler nos noms. Comme ça, Sarcero arrêtera la chasse. Il essaiera peut-être de nous retrouver pour se venger, mais il ne pensera pas que l'or est toujours en notre possession.

— Bonne idée, Channing. Ça me plaît », dit Rafe.

Moi, ça ne me plaît pas du tout. Parce que je dois désormais me soucier de la sécurité d'une femelle tandis qu'un trafiquant d'armes se sert de tous les moyens à sa disposition pour traquer ceux qui l'ont volé. En fait, je regrette que nous n'ayons pas tout simplement dégommé Sarcero. Je doute que la CIA s'en serait formalisée. C'était probablement la décision de Rafe, pour que nous n'ayons pas plus de sang sur les mains que nécessaire.

Je pense qu'il a commis une erreur.

* * *

Vingt heures plus tard, nous atterrissons à Taos. Nous avons effectué un arrêt à Dallas pour passer par la douane, qui a « saisi » l'or. Tout avait été organisé à l'avance par la CIA, qui a déclaré dans un communiqué avoir saisi l'or à un cartel de drogue.

Je n'ai pas quitté ma forme de loup pendant tout ce temps, ce qui a fait flipper quelques douaniers et agents de la CIA, surpris de découvrir que notre équipe avait recours à un énorme chien de guerre pour ses opérations. Au moins, les autres avaient nettoyé le sang sur ma fourrure avant que je monte dans l'avion.

Maintenant que nous sommes rentrés, je reprends forme humaine. Je vais bien mieux que la veille.

Surtout lorsque je me souviens que j'ai un rencard.

J'enfile un pantalon et un T-shirt, puis envoie un message à Charlie. *Je suis de retour dans le pays. On dîne ensemble ?*

Rafe plisse les yeux. « À qui est-ce que tu écris ?

— Ne fais pas comme si tu ne savais pas. » Presque tout mon corps est perclus de douleurs résiduelles, ce qui me rend irritable.

« Tu ne peux pas la voir. »

C'est mon alpha. Si je l'envoie se faire foutre, ça tournera mal. Pourtant, j'ai envie qu'il aille se faire voir en enfer.

« Je vais bien. » C'est un mensonge. Ma guérison est plus lente que je ne l'aimerais. Peut-être à cause de la balle dans la tête, ou simplement du grand nombre de blessures. Ma respiration siffle toujours, je me sens faible et courbaturé de partout.

« Mon cul, rétorque mon frère. Et tu sais que tu ne peux pas la laisser te voir comme ça. »

Je hausse un sourcil, parce que ce n'est pas vrai. Ce serait le cas si Charlie était une humaine lambda. Je ne pourrais pas la laisser assister au processus de régénération. Mais Charlie est ma compagne. J'ai l'intention de lui révéler ce que je suis. J'attends simplement d'être un peu plus sûr qu'elle ne prendra pas ses jambes à son cou. Cependant, Rafe a sans doute raison. Ce n'est pas ainsi que je choisirais de le lui annoncer.

Mais l'idée de reporter notre rendez-vous me donne envie de perforer la paroi de cet avion d'un coup de poing.

Toutefois, c'est sans importance : lorsque nous débarquons de l'avion, Charlie me répond : *Je ne me sens pas très bien aujourd'hui... j'ai mal au ventre. On peut attendre ?*

Bien sûr. Mon loup ne supporte pas de la savoir souffrante. Le besoin de muter immédiatement et de courir pour la rejoindre est si puissant que je dois m'arrêter, fermer les yeux et respirer profondément malgré mes poumons encore douloureux.

« Ça va ? demande Deke en posant sa grosse main sur mon épaule.

— Ouais. Ma compagne ne se sent pas bien. »

Merde. Je n'avais pas l'intention de le mentionner. Je n'ai pas encore parlé de Charlie aux autres.

Deke fronce les sourcils. « Pardon ?

— Rien. Peu importe, dis-je en secouant la tête.

— Sûrement pas. Tu as dit *compagne*. De qui est-ce que tu parles ? »

Je serre les dents. « Elle ne m'a pas encore accepté.

— C'est qui ? » La question de Deke attire l'attention de Channing. Au moins, Rafe est parti discuter avec le pilote.

« Vous pouvez la fermer ?

— On ne bougera pas d'ici tant que tu n'auras pas craché le morceau, affirme Channing en croisant les bras sur ses abdos surdéveloppés.

— C'est Charlie. » Je regarde Deke d'un air suppliant, même si je ne sais pas ce que j'attends. Il a une compagne humaine. J'espère qu'il saura me dire comment me libérer de la souffrance que j'éprouve. J'ai l'impression de mourir parce que je ne l'ai pas revendiquée. Parce que je ne l'ai pas vue depuis dix jours. Et maintenant, surtout, parce qu'elle m'a dit qu'elle était malade.

Mon besoin d'aller l'aider et de la protéger surpasse toute logique.

Deke écarquille les yeux. « Charlie, l'amie de Sadie ?

— Ouais. On a couché ensemble. »

Il plisse les yeux, dubitatif. « Je ne vois pas pourquoi tu commencerais une conversation à propos de ta compagne par : *on a couché ensemble*. Il n'y a que toi pour faire ça, connard. Tu es sûr que c'est ta compagne ? Je veux dire… »

Je l'empoigne par le col de son T-shirt en grondant, bien que je ne sois pas en état de me battre et que je n'aie aucune chance contre Deke : il est massif. « Putain, tu crois que je ne le sais pas ? dis-je en le regardant droit dans les yeux. J'ai royalement merdé. Je n'ai même pas reconnu ma foutue compagne avant de l'avoir nue entre mes bras. Et maintenant, je ne sais pas comment la faire changer d'avis à mon sujet. »

La compassion adoucit l'expression de Deke. « Ah, merde, Lance. Tu n'as pas fait ça ?

— Si, dis-je avec un pitoyable hochement de tête. Quand mes canines se sont allongées pour la marquer, j'ai enfin compris pourquoi j'avais tant envie de coucher avec elle.

— Le tombeur a enfin ce qu'il mérite. » Channing se marre.

J'ai envie de lui envoyer mon poing dans la figure. « La situation n'a rien de drôle, putain !

— C'est vrai, dit-il en cessant de sourire. Je comprends ce que tu ressens, mon pote.

— Non. Pas du tout. Tu n'en as pas la moindre idée.

— Hum. Ouais, c'est vrai. » Channing a toujours l'air de s'amuser comme un petit fou.

« Bon, je suis sûr que tout s'arrangera, dit Deke, bien que le doute teinte sa voix. Tu pourrais essayer d'apprendre à la connaître avant de recoucher avec elle.

— Non, sans déc' ! » Génial. On dirait un gamin de primaire. Cette femme me fait perdre tous mes neurones.

Rafe s'approche. Nous ramassons nos sacs et quittons le tarmac pour rejoindre le Humvee que nous avons laissé sur un parking.

« Dépose-moi quelque part où je pourrai muter, dis-je à mon frère lorsqu'il s'installe au volant.

— Quoi ? Pourquoi ? »

Quand je ne réponds pas, il se retourne sur le siège pour me regarder. « Non.

— Laisse-moi sortir. »

Je l'entends grincer des dents. Un grondement monte dans ma gorge.

Je m'attends à ce qu'il m'arrache la tête, mais il se détend. « Sérieusement ? Tu vas encore la suivre sur sa tournée de factrice ?

— Je t'emmerde. » Encore un commentaire d'écolier. J'ignorais que Rafe savait que je la suivais sur sa tournée.

« Ne laisse personne te voir, trouduc. » Il s'arrête sur le bas-côté pour me laisser disparaître dans un buisson de sauge. « Si je te laisse faire, c'est parce que tu guériras plus vite sous ta forme de loup. »

Je devrais le remercier, mais depuis le meurtre de nos parents, son inquiétude constante pour moi m'étouffe. C'est dur de toujours être le petit frère. Il endosse absolument toutes les responsabilités. Et moi, aucune.

« À plus. » Je mute et me mets à courir. Mon loup se lance presque éperdument à la recherche de l'odeur de Charlie.

Chapitre huit

C*harlie*

Je vide le contenu du sac en plastique sur mon lit avec des mains tremblantes. Je viens d'acheter un test de grossesse de chaque marque proposée au supermarché. Je me sens déjà nauséeuse depuis quelques jours, mais ça ne m'inquiétait pas. Jusqu'à ce que je vomisse pendant ma tournée matinale et que je prenne conscience que mes règles ont du retard.

Merde, merde, merde.

Je prends la pilule ! Ce n'est pas censé arriver. Enfin, je prenais la pilule, et Lance a utilisé un préservatif. Quelle est la probabilité pour que la capote craque et que la pilule ne fasse pas effet ? Pratiquement nulle, j'en suis sûre !

J'inspire, puis expire lentement. L'appréhension me noue le ventre. Ou peut-être est-ce à cause des nausées matinales.

Ce n'est pas ce qui était prévu. Une grossesse accidentelle avec un séducteur, c'est l'inverse du Projet.

Ce n'est peut-être pas un séducteur, murmure une voix dans ma tête sous la couche de panique.

J'ai eu l'impression qu'il essayait de me montrer une autre facette de lui avant son départ. Mais il reste instable. Il travaille dans un secteur extrêmement dangereux. Ce n'est pas du tout le genre de père que je souhaitais pour mon enfant.

Je voulais quelqu'un de sûr. De prévisible. Quelqu'un qui accepterait de conduire un minivan et de remplir notre déclaration d'impôts.

Bon, je m'avance un peu. J'imagine que je panique à l'idée d'être enceinte. Mon esprit s'emballe. J'ai lu les instructions sur tous les tests. Même s'il vaut mieux les effectuer avec les premières urines du matin pour obtenir les meilleurs résultats, j'emporte un bâtonnet dans les toilettes.

Puis j'attends.

Et retiens mon souffle.

Et j'attends encore.

Des larmes brouillent ma vue.

Est-ce une deuxième ligne rose qui apparaît dans la petite fenêtre de résultat ?

Oh, merde. C'en est une ? Oh, mon Dieu.

C'en est bien une, aucun doute.

Je suis enceinte. Ce n'est pas comme ça que je voulais que ça se produise ! Ce n'était pas le fichu projet !

Des larmes ruissellent sur mes joues. Je prends mon portable et cherche le numéro d'Adèle — elle sait que j'ai couché avec Lance. Mais je me retrouve à appeler Sadie.

Je ne sais pas pourquoi. Sans doute parce qu'elle habite quasiment avec Lance, puisqu'elle passe tout son temps chez Deke. Elle le connaît... peut-être même mieux que moi. Je peux en discuter avec elle.

Lorsqu'elle décroche, je dois retenir un sanglot.

« Sadie ?

— Charlie, comment ça va, ma belle ? Je ne t'ai pas vue depuis un moment. » Est-ce une pointe de culpabilité que j'entends ?

« J'ai été... occupée. Mais...

— Est-ce que tu pleures ?

— Quoi ? » Je m'essuie les yeux. « Non. Bien sûr que non. » Elle pensera peut-être qu'il s'agit d'une allergie. Ou d'un rhume.

« Ça n'a pas l'air d'aller.

— Ouais, j'ai besoin de parler. » C'est nul. Le dire tout haut ne rend la situation que plus réelle.

« D'accord, répond-elle lentement.

— J'ai un tout petit problème. Tu connais le pote de Deke, le beau mec blond ?

— Lance, tu veux dire ? » Elle n'a pas l'air sûre.

« Celui qui pourrait faire partie d'un boys band. » C'est injuste. Lance est un don Juan, mais il ne manque pas de virilité.

« Il est un peu plus musclé que ça. » Je suis heureuse d'entendre Sadie prendre sa défense. Elle ne voit que le meilleur dans chaque personne.

« Bon, celui qui pourrait jouer dans un remake d'*Alerte à Malibu,* alors.

— J'admets que Lance a l'air d'un surfeur. Pourquoi est-ce que tu me parles de lui ?

— Il est possible qu'on ait couché ensemble.

— Oh. Oh, ouah. Vous deux ? »

Je retiens un mi-rire, mi-sanglot. « Ouais. Je sais. C'était sur un coup de tête.

— Tant mieux pour toi. Enfin, c'était bien, pas vrai ?

— Mieux que bien.

— Je suis contente. Alors, quel est le problème ? »

Ah, zut. Maintenant, je dois lui expliquer. « C'était censé être un coup d'un soir.

— D'accord.

— Même si c'était vraiment bien.

— D'accord... » Sadie semble avoir hâte que je crache le morceau, mais elle est trop polie pour le dire.

« Et maintenant, on a un problème. » Je déglutis, la gorge nouée, puis murmure : « Je suis enceinte. »

Une pause. Puis : « C'est vrai ? Oh, mon Dieu, Charlie ! Je suis si heureuse pour toi ! »

Oh, mince. Voilà pourquoi je pensais appeler Adèle en premier. Sadie voit le positif en toute situation.

« Attends, Lance est le père ? Lance Lightfoot ? Le Lance de Deke ? » Comme si nous en connaissions d'autres à Taos.

« Ouais. Tu te rends compte ? Je veux dire, ce mec est un vrai queutard, non ? Mais c'était mon anniversaire, et il est tellement sexy et persuasif... J'ai pensé que ça ne me ferait pas de mal de m'amuser pour une fois, tu vois ? Je voulais juste passer un bon moment. Mais le préservatif a craqué, et il faut croire que la pilule n'a pas fait effet. Et maintenant, je suis enceinte !

— Oh. Oh, je suis désolée, ma chérie, dit Sadie d'une voix douce. Si tu as besoin de quoi que ce soit, n'importe quoi, je suis là. »

Un rire incontrôlable s'échappe de ma bouche. « Je ne sais pas. Je suppose que je vais avoir un bébé. » Si je le dis à haute voix, j'arriverai peut-être à y croire. « Ça ne faisait pas exactement partie de mon projet de vie.

— Je n'ai pas encore d'enfants, mais j'ai très souvent

entendu dire que c'est bien une chose qu'on ne peut pas contrôler. On ne choisit pas quand on tombe enceinte, le sexe du bébé ou la date de la naissance. En gros, il faut s'en remettre au destin. »

Sadie est si mignonne. Elle a raison, mais j'ai toujours du mal à croire que je suis enceinte. Pour moi, il est encore un peu tôt pour penser au reste de la grossesse.

« Bon... et Lance ? Quand est-ce que tu lui diras ?

— Je ne sais pas. C'est le problème. Je veux dire, je ne me voyais pas franchement élever mes enfants avec quelqu'un comme lui.

— Pourquoi pas ? » Sadie paraît perplexe, mais son ton n'est pas accusateur.

« Ben, pour commencer, le fait que ce soit un chaud lapin. Et aussi... » Je m'interromps. Je n'ai pas envie de transmettre mes craintes à Sadie. Après tout, elle est déjà folle amoureuse de Deke. Je ne serais pas surprise s'ils se mariaient et ne tardaient pas à avoir des enfants.

« Et aussi, quoi ?

— Eh bien, il a un métier dangereux. Ce n'est pas vraiment ce que je souhaite pour ma famille. J'ai passé mon enfance à m'inquiéter pour mes parents, à redouter qu'ils ne rentrent pas de leurs missions. Maintenant, je me fais du souci pour mon frère. Je n'ai pas envie de m'inquiéter pour mon ma... » Je me tais. *Mari* et *Lance* ne semblent pas aller ensemble. « Enfin, ce n'est pas comme si on allait se mettre en couple. Mais on sera co-parents, je suppose. Je ne veux pas avoir peur que le père de mon enfant ne revienne pas d'une mission.

— Écoute, Charlie, dit Sadie d'un ton compatissant. Tu ignores beaucoup de choses au sujet de Lance, mais c'est lui qui devrait t'en parler. Tu dois lui dire. Tout de suite.

— Oui, je sais... »

Je ne suis absolument pas prête pour cette conversation.

« Tu sais que je suis incapable de garder un secret, surtout une nouvelle pareille. Tu dois lui annoncer tout de suite, sinon je vais vendre la mèche.

— Sadie, je t'en prie ! Ne dis rien à personne. Même pas à Deke.

— Hum... » Elle a l'air coupable.

« Il est à côté de toi ?

— Oui, et il a une ouïe excellente. »

Merde.

« Parle à Lance. Au plus vite, d'accord ?

— Ouais, d'accord. Je le ferai. Merci, Sadie. »

Je mets fin à l'appel et fixe le vide. La nervosité me noue les tripes.

Tu ignores beaucoup de choses au sujet de Lance, mais c'est lui qui devrait t'en parler.

Qu'est-ce que ça signifie ? Ce n'est pas ce que j'attendais de cette conversation. Je ne sais pas ce que j'espérais... que Sadie aurait une solution pour tout arranger ?

Ça n'existe pas.

La situation n'a rien d'idéal, mais je vais devoir faire avec.

Je pousse un cri quand on frappe à ma porte. Sadie a-t-elle déjà organisé une réunion en urgence avec nos amies ?

Non, c'est beaucoup trop rapide.

Oh, mon Dieu, je n'ai vraiment envie de voir personne.

Je cours jusqu'à la porte, prête à dire à mon visiteur qu'il tombe mal.

Mais lorsque j'ouvre, je reste bouche bée.

Lance est là, appuyé contre l'encadrement de la porte. Il a les sourcils froncés, et son expression est inquiète.

* * *

Lance

La nouvelle odeur de Charlie me frappe de plein fouet. Je l'ai remarquée dans la brise aujourd'hui pendant que je la suivais. Son parfum a changé.

Et elle a changé. Ses seins sont gonflés. Des larmes mouillent son visage.

Merde.

Ma femelle est enceinte et elle ne veut pas garder le bébé.

Une terrible détresse m'envahit, dense et brûlante.

Je me suis présenté à sa porte, mais je ne sais pas quoi dire.

« Lance. » Elle a l'air essoufflée et très surprise.

« Salut. »

Salut, vraiment ? C'est tout ce que je trouve à dire ?

Bien que de l'air froid pénètre dans la maison, elle ne recule pas pour m'inviter à entrer. Ses tétons se dressent sous son haut à manches longues.

« Je ne veux pas te déranger, mais... euh, je voulais être sûr que tu vas bien.

— Hum. Non, pas vraiment. » Elle déglutit. « Mais finalement, ce n'était pas la grippe... je suis enceinte. »

Je baisse la tête en entendant sa voix larmoyante. « Je sais, dis-je doucement.

— Comment ça, tu sais ?

— Ouais, je l'ai senti dans ton odeur. Je peux entrer ? Il faut que tu saches quelque chose à propos du bébé dans ton ventre. »

Charlie écarquille les yeux.

Ce n'est pas ainsi que je souhaitais lui dire la vérité. Je n'ai aucune envie d'annoncer à la mère de mon enfant que son bébé n'est pas humain. Et puis, je ne devrais pas avoir à la qualifier de mère de mon enfant, et rien de plus. Jamais.

Compagne. Voilà le seul terme acceptable.

Merde.

« D'accord... » La paranoïa teinte sa voix.

Super. Je l'effraie déjà.

J'entre et retire ma veste en cuir.

« Tu as dit que tu l'as *senti* ? demande-t-elle, incrédule.

— Ouais. » J'inspire profondément pour chercher mes mots. « Tu sais, ce loup que tu vois sur ta tournée ?

— Quoi ? Comment tu es au courant ? » Charlie recule à petits pas. Elle n'y comprend plus rien.

« C'est moi. »

Elle cesse de respirer.

Redoutant qu'elle tourne de l'œil, je tends les bras pour lui prendre les mains.

« Merde, je suis vraiment navré. Ce n'est pas comme ça que j'avais prévu de te le dire. »

Elle me regarde fixement de ses vifs yeux verts. Tente de libérer ses mains moites de ma poigne. « Hum... Je... Hein ?

— Je suis un loup métamorphe. Ce n'est pas une maladie. Nous sommes une espèce différente des humains. Donc, ton bébé... notre bébé... sera à moitié métamorphe. »

Charlie commence à s'esclaffer incontrôlablement. « Oh, mon Dieu », soupire-t-elle entre deux éclats de rire.

Lorsque je lui lâche les mains, elle trébuche en arrière, puis se couvre la bouche.

« Qu'est-ce que tu racontes ? Le loup... » Elle se fige, baisse la main et me regarde comme si elle venait seulement de comprendre. « Le loup sur ma tournée, c'est toi ? »

J'acquiesce d'un signe de tête. « Écoute, Charlie. Tu sais que je t'ai dit que je m'y suis mal pris avec toi ?

— Oh, on est bien au-delà de ça, Lance ! s'exclame-t-elle en levant les mains en l'air avant de commencer à faire les cent pas.

— Ouais, je sais. Tu vois, le truc, c'est que je n'avais pas bien senti ton odeur dans les sources chaudes. Non, ça n'excuse rien. » Merde, ce que je raconte n'a aucun sens, et Charlie est déjà en train de flipper. « C'est ce que je veux te dire. Attends. On peut s'asseoir ? Ou... viens là. » Je la soulève par la taille et l'assieds sur la robuste table de la salle à manger. Je laisse mes mains sur ses hanches. J'ai besoin de la toucher, de la sentir près de moi. Je sais qu'elle ne paraît pas en avoir envie, mais mon loup est désespéré.

Elle ouvre des yeux encore plus ronds que tout à l'heure. « Ouf, tu es vraiment fort. »

Ce n'est pas ce que j'avais l'intention de lui montrer. Je secoue la tête. « Désolé. Je ne veux pas te faire peur.

— Je n'ai pas peur, non. Mais je panique. J'ai l'impression de perdre la tête... ça se rapproche plutôt de ces émotions-là. »

Je détecte tout à coup l'odeur de son désir.

Quoi ? Elle est excitée ? Elle est désemparée et bouleversée, mais... il semblerait qu'elle apprécie toujours que je la manipule sans ménagement.

À mes yeux, c'est un signe que son corps me reconnaît comme son compagnon, même si elle ne s'en rend pas encore compte. Je m'approche pour me placer entre ses genoux écartés. Son legging gris délavé souligne les muscles de ses jambes. Je lui effleure la joue du dos de la main. « Je sais que tu me prends pour un coureur. Tu penses sans doute que je ne serai pas un bon père pour notre bébé.

— Notre bébé-*loup.* » Son ton laisse penser qu'elle est persuadée d'être devenue folle.

« Notre petit loup, oui. »

Elle me regarde fixement.

« Enfin, tu n'as pas tort : j'étais un coureur. J'étais tout à fait comme ça. Mais il faut que tu saches que les loups s'unissent pour la vie. Nous n'avons qu'une seule compagne. Notre instinct nous permet de la reconnaître, et une fois qu'on la rencontre, on ne la quitte jamais. Un loup est prêt à tout pour protéger et prendre soin de sa compagne. Pour la satisfaire et la rendre heureuse. »

L'incrédulité est évidente sur les traits de Charlie.

« Tu te souviens quand j'ai dit que je m'y suis mal pris ? »

Elle hoche la tête.

« Je suis un tel idiot que je ne m'étais pas aperçu que tu es ma compagne avant d'être plongé en toi. Honnêtement, je ne pensais pas rencontrer ma compagne un jour. C'est rare, et je ne m'attendais pas à ce qu'il s'agisse d'une humaine. » Je lui caresse les cuisses avec douceur. « Ce que j'essaie de dire avec si peu de brio, c'est que tu es ma compagne, Charlie. Enceinte ou pas, tu ne te débarrasseras pas de moi. »

Elle entrouvre sa jolie bouche et me regarde dans les yeux, comme fascinée. « Lance… je n'arrive pas à digérer tout ça.

— Évidemment, je n'avais pas prévu de te l'annoncer comme ça. J'avais l'intention de t'inviter à dîner au restaurant. »

Son fou rire repart de plus belle.

« C'est vrai. Notre rencard. » Elle serre les jambes pour m'attirer contre elle, puis m'enlace le cou. « C'est tellement bizarre.

— S'il te plaît, donne-moi une chance, Charlie, dis-je en la prenant dans mes bras. J'ai envie d'être ton mec de toutes les manières imaginables. Le père de notre enfant, celui qui te fait grimper aux rideaux, celui sur qui tu peux toujours compter. »

Elle décolle la joue de mon torse. « Je vais avoir un bébé-loup ? » demande-t-elle avec une pointe d'amusement. Ou de joie ?

Je lui adresse un sourire hésitant. « À moitié métamorphe. On ne saura qu'à la puberté s'il ou elle peut muter.

— Attends… Deke aussi est un loup métamorphe ? »

Je confirme d'un hochement de tête.

« Alors, c'est ça que Sadie voulait dire. Elle m'a dit qu'il y a beaucoup de choses que j'ignore à ton sujet.

— Sans doute, oui, dis-je avec un rire chagrin. Elle est au courant ?

— J'en suis sûre. Alors, qu'est-ce que ça signifie ? Est-ce que la grossesse sera différente ? »

Je me passe la main dans les cheveux. J'ai passé la soirée à effectuer des recherches. « Je ne crois pas. Tu peux être suivie par un gynéco normal. Personne ne devrait remarquer que notre bébé a quoi que ce soit de différent, puisqu'il est sous forme humaine. En fait, la grossesse comportera sans doute moins de risques que la plupart des grossesses humaines, parce que mon espèce a la capacité de se régénérer.

— C'est vrai ? »

Charlie se redresse légèrement et me caresse les pectoraux.

Mon sexe réagit. Est-ce bien du désir que j'entends dans sa voix ?

« Hm-mm.

— Et tu as une force surhumaine ? »

Exactement.

« Une force de métamorphe. Ouais. Et de l'endurance, aussi », dis-je en lui faisant un clin d'œil.

Elle sourit. « C'est tellement dingue.

— Pas aussi dingue que je le suis de toi. »

Elle secoue la tête, mais ne perd pas son sourire. « Tu ne me connais même pas.

— J'en ai envie, dis-je en retrouvant mon sérieux. Charlie, j'ai vraiment envie de te connaître. Est-ce que tu m'y autoriseras ?

— Bien sûr. Qu'on se mette ensemble ou pas, tu es le père de cet enfant. » Ses épaules se voûtent.

Qu'on se mette ensemble ou pas.

Elle me résiste toujours. J'ai besoin de découvrir quelles sont ses réticences pour les balayer une par une.

Je lui caresse légèrement la gorge du revers de la main. « Tu te sens toujours malade ? »

Nos regards se rencontrent. Elle secoue la tête avec lenteur. « Non, pas pour le moment, répond-elle d'une voix rauque.

— Je peux te faire du bien ? Te déstresser un peu ?

— Avec ça ? » Elle déboutonne mon jean et touche mon membre raide.

Un frisson de plaisir me traverse de part en part. « Ouais.

— Je peux voir ton loup d'abord ?

— Tout ce que tu veux, mon ange. Mais pourquoi ?

— J'aimerais le voir de près, c'est tout.

— Je suis désolé de t'avoir fait peur l'autre fois, dis-je en lui touchant la joue. Je n'aurais jamais dû te laisser me voir.

— Oh, je t'ai vu plein de fois, se vante-t-elle. Tous les jours. C'était devenu un jeu de repérer le loup.

— Je ne pouvais pas garder mes distances. » Je souris et retire mon T-shirt en oubliant mes blessures.

« Lance ! Oh, mon Dieu !

— Non, non, non, non, dis-je en secouant les mains.

N'aie pas peur. Je me suis fait tirer dessus il y a quelques jours, mais les cicatrices auront disparu d'ici demain. C'est promis. Aucune raison de t'inquiéter. Normalement, il n'y aurait déjà plus rien, mais j'ai reçu un bon nombre de balles.

— Un bon nombre », répète-t-elle d'un air horrifié, la main toujours sur la bouche.

Je n'ai pas envie qu'elle regarde mes blessures plus longtemps. Après avoir retiré mon jean et mon boxer, je mute.

« Lance », souffle-t-elle. Cette fois, elle tend la main pour me toucher. Je place ma tête entre ses genoux. Elle me caresse les oreilles. « Si doux. Oh, mon Dieu, ta fourrure est si douce. Tu es tellement beau. Et terrifiant. Je veux dire, tu es gigantesque. »

C'est ce qu'on m'a dit. Je bats de la queue.

Elle lève les yeux au ciel comme si elle lisait dans mes pensées. « Ce n'est pas ce que je voulais dire. Même si tu as plutôt été gâté par la nature de ce côté-là aussi. »

Je lui lèche les doigts.

« Alors, notre bébé... sera comme ça ? »

Je reprends forme humaine et couvre mon érection d'une main. « S'il ou elle hérite d'assez de gènes métamorphes. Il arrive qu'un enfant d'humain et de métamorphe ne mute jamais. » Je lui saisis les genoux. « Tu vas me laisser te faire du bien, maintenant ?

— Allons dans la chambre.

— Comme tu préfères. » Je la soulève sans mal. Dès qu'elle a les jambes serrées autour de ma taille, je la porte jusqu'à sa chambre. Je compte m'assurer que chaque centimètre de son corps recevra le plaisir qu'il mérite.

Chapitre neuf

C*harlie*

Étrangement, l'odeur du café ne me retourne pas l'estomac ce matin. Peut-être est-ce grâce à toutes ces activités relaxantes d'hier soir. Je veux dire, toute cette ocytocine libérée par les multiples orgasmes joue sûrement, non ?

Il m'est désormais difficile de me souvenir pourquoi j'avais tant de réticence vis-à-vis de Lance. Il était un dragueur sûr de lui que j'ai laissé entrer dans mon lit, et tout à coup, il m'annonce qu'il est un loup — *un loup !* — et que je suis sa compagne. Qu'il va dédier sa vie à me rendre heureuse.

Tout ça est trop délirant, mais l'anxiété qui me nouait jusqu'alors le ventre a presque entièrement disparu. Je ne sais pas si je peux croire qu'il n'est plus un séducteur invétéré, mais je dois admettre qu'il se donne du mal pour me le prouver.

Je ne peux pas demander plus pour le moment.

Je me lève. Je suis nue, mais il fait une température agréable dans la maison pour le mois de novembre. Je découvre que Lance a allumé un feu dans la cheminée de mon salon. En boxer, il cuisine sur le gril en fonte dans ma cuisine.

Il m'adresse un irrésistible sourire par-dessus son épaule. Sérieusement. Ce mec est si beau qu'il en est dangereux. « Salut, ma belle. Je sais que tu as mal au cœur en ce moment, mais d'après mes recherches, la solution pour éviter les nausées matinales, c'est de ne pas rester le ventre vide. Ça ne paraît pas logique, mais les infos sur Internet sont formelles. » Un autre sourire, qui me réchauffe le bas-ventre.

« Qu'est-ce que tu prépares ?

— Comme tu préfères. J'ai des pancakes, une omelette aux épinards, aux tomates et au fromage, ou je peux préparer du pain perdu.

— De l'omelette. » Je salive malgré une vague de nausée. Je verrai bien si manger améliore ou aggrave mon état. C'est vrai que je n'ai pas pris de petit-déjeuner hier. Je n'avais pas faim. C'est peut-être pour ça que j'ai vomi. Je prends l'assiette que Lance me tend. « Merci. C'est gentil.

— Habitue-toi. Je serai incapable de me détendre si j'ai l'impression que tu n'as pas tout ce qu'il te faut. »

Je le regarde, prise de court. « C'est tellement... bizarre.

— Et aussi... si tu ne t'habilles pas, tu vas encore te faire baiser. Fort. » Il hausse les sourcils, puis baisse les yeux vers son caleçon. Son sexe tend le coton doux.

J'hésite, comparant mon appétit et mon envie que Lance me touche de nouveau.

« Mange, insiste-t-il avec un clin d'œil. Je veux te savoir bien nourrie avant de te sauter dessus. »

Je fais courir mes doigts sur son torse. Il a dit vrai : les marques de ses blessures par balles ont presque disparu. Il cicatrise vraiment rapidement.

Mon contact lui tire un grognement. « Mange. S'il te plaît », murmure-t-il.

Je m'assieds et prends une bouchée de l'omelette. « Mmm. Délicieux. » Mon corps semble bel et bien avoir besoin de nourriture.

Je suis Lance du regard tandis qu'il repart dans ma cuisine. Lorsque c'est lui qui s'en charge, on dirait qu'être derrière les fourneaux est l'activité la plus virile jamais inventée. Toutefois, je sens que j'ai encore envie de lui résister. Parce que j'ai du mal à croire qu'il est vraiment ce qu'il prétend. Qu'il veut passer sa vie avec moi. Qu'il dédiera son existence à me rendre heureuse.

Et pourtant... quand je pense à Sadie et Deke, c'est la même chose. Si Sadie est en sa présence, Deke ne la quitte pas des yeux. Pas un seul instant.

La bouche pleine d'omelette, je demande : « Est-ce que Sadie est la compagne de Deke ?

— Oui. Et c'était une sacrée bonne chose. Deke était à deux doigts de devenir féroce avant de la rencontrer. »

Je me fige, la fourchette à mi-chemin de ma bouche. « Comment ça ? »

Lance apporte une assiette remplie de nourriture — d'une *montagne* de nourriture — et s'installe à côté de moi. « Les loups dominants peuvent avoir des problèmes s'ils ne rencontrent pas leur compagne à temps. Leur loup devient fou et prend le contrôle. C'est sans doute de là que proviennent les légendes humaines sur les loups-garous. » Lance engloutit une énorme bouchée d'œufs.

Je jette un coup d'œil à son assiette. « Tu vas manger tout ça ?

— Ouais. On mange beaucoup, répond-il avec son sourire hollywoodien.

— Ce n'est pas étonnant que tu ressentes le besoin de t'assurer que ta femelle mange à sa faim.

— Ouais. Exactement. » Son regard est doux.

« Ne t'inquiète pas, je n'ai pas le même appétit. »

Son rire chaleureux me provoque des frissons de plaisir de la tête aux pieds. « Mon ange, je ne m'inquièterais pas même si tu avais un appétit d'ogre.

— Ou une faim de loup.

— C'est ça, dit-il avec un clin d'œil.

— Donc, une fois que tu rencontres ta compagne, le besoin de prendre soin d'elle tourne à l'obsession, et tu deviens fou si tu ne le fais pas ? On dirait que les femelles de l'espèce ont tout à y gagner. » Je tends la main et plante ma fourchette dans un pancake sur son énorme pile.

« Notre espèce est en voie d'extinction. C'est peut-être pour ça que le destin a uni Deke et moi à des humaines. Pour diversifier un peu nos gènes.

— Je ne suis vraiment pas sûre de croire à ces histoires de destin.

— Le destin, la nature, appelle ça comme tu veux, dit Lance en haussant ses épaules musclées. L'instinct est réel. Même si j'ai été assez débile pour ne pas m'en rendre compte la première fois que je t'ai vue. Pour ma défense, tu étais immergée dans l'eau. Je n'ai pas décelé toutes les notes de ton odeur. »

Ce souvenir me tire un sourire. Maintenant que je le connais mieux, notre première rencontre est encore plus belle. Il m'avait plu à ce moment-là, en dépit de mon bon sens. Et plus je fais sa connaissance, plus il me plaît.

« Ce que tu ignores, c'est que j'ai sauté de ce rocher en hauteur sous ma forme de loup, me dit-il avec un sourire espiègle. Je ne savais pas que tu étais là. J'ai dû muter dans les airs.

— Oh, non, vraiment ? » J'éclate de rire et plaque une main sur ma bouche. « Eh bien, moi aussi, tu m'as sacrément surprise.

— Une surprise agréable, j'espère. » Il soutient mon regard.

« Très agréable, dis-je en un murmure. Je dois dire que c'était l'un de mes meilleurs anniversaires. » Ma main se pose sur mon ventre. Même si cette grossesse n'était pas prévue, il s'agit tout de même d'un don du ciel. J'ai toujours voulu des enfants. Toujours eu l'intention de fonder une famille.

Je jette un coup d'œil à l'horloge et avale la dernière bouchée d'omelette. « Je ferais mieux d'y aller. Je ne peux pas être en retard au travail.

— Non, bien sûr. Je ne veux pas te retarder. »

Je me lève, puis me penche pour l'embrasser sur la tempe. Il émet un grondement distinctement animal et touche ma taille nue. J'imagine que mes seins, qui se balancent près de son visage, représentent une légère tentation. D'une voix rauque, je propose : « Tu veux m'aider à me doucher ? »

Lance se lève d'un bond, me soulève par la taille et me porte dans ses bras, comme une mariée. « Je te promets que tu arriveras au travail à l'heure », dit-il tout en m'entraînant d'un pas vif vers la salle de bains.

Je ris. Sa tendresse me réchauffe de part en part.

Une petite voix dans ma tête me dit de ne pas m'y habituer. De ne pas m'attacher. Ça ne marchera peut-être pas entre nous.

Ça ne durera sans doute pas.

Mais j'ai vécu assez de bouleversements émotionnels

pour la semaine. J'ai appris que je suis enceinte, puis que mon bébé est aussi un loup. Je pense que je mérite de ne pas prêter attention à cette voix surprotectrice pour l'instant.

Je réfléchirai demain à une façon de réorganiser le Projet.

* * *

Lance

Rafe me regarde en coin lorsque j'entre dans le salon. Ma peau sent le gel douche de Charlie. Je sens sûrement aussi comme elle, même si j'ai pris soin de la faire jouir sous le jet d'eau.

« Comment ça se passe avec l'humaine ? » me demande-t-il, assis devant l'ordinateur dans le coin de la pièce.

Si coucher avec Charlie ne m'avait pas détendu, je l'aurais sans doute plaqué au sol. Je me fige et lui décoche un regard noir. Il est mon aîné de quatre ans, et je suis sous sa responsabilité depuis le jour où nos parents ont donné leur vie pour sauver la nôtre. Il est rare que je lui tienne tête, mais dès qu'il est question de ma compagne, mon loup refuse de céder. « Ne l'appelle plus jamais *l'humaine*, dis-je d'un ton assez menaçant pour surprendre mon frère. Elle s'appelle Charlie. Tu l'appelleras Charlie. J'ai l'intention de l'inviter pour vous la présenter, et je compte sur vous pour lui dérouler le tapis rouge.

— Tu l'as marquée, alors ? »

Je gronde. C'est comme si mon loup croyait que Rafe compte essayer de la revendiquer avant que je ne puisse le faire. Ce qui, bien sûr, est idiot. « Pas encore. » Je ne lui en ai pas encore parlé. Elle avait assez d'informations à digérer, après avoir appris que son bébé n'est pas humain.

Rafe se passe la main sur le visage. « D'accord. Comment est-ce que tu vois les choses se passer, exactement, Lance ? Tu penses vraiment pouvoir être un bon compagnon pour elle ? Avec la vie que l'on mène ? Comment est-ce que tu feras pour que cette fille te prenne au sérieux ? »

De la honte brûlante déferle sur moi. Je me détourne pour ne pas lui montrer que sa question m'ébranle. Rafe tape là où ça fait mal ; personne ne me prend au sérieux. Je m'en suis assuré en m'acquittant du rôle du tombeur. Du désinvolte. Du connard séducteur qui ne prend jamais rien trop au sérieux.

J'imagine que c'était pour contrebalancer Rafe, qui prend tout beaucoup trop au sérieux. Putain, y compris le fait que je m'unisse à ma compagne.

Mon agacement se décuple un peu plus chaque seconde. « C'est une femme, pas une fille. Et je me débrouillerai.

— Tu es sûr que c'est ta compagne ?

— C'est ma compagne, et elle est enceinte de mon petit. »

Rafe reste un instant bouche bée, puis il se lève d'un bond, son travail sur l'ordinateur oublié. « Quoi ? »

Je le regarde droit dans les yeux sans me démonter, les épaules bien carrées : « Tu as bien entendu.

— Tu ne t'es pas protégé ? »

Oh, bordel de merde. Il me prend toujours pour un ado de quinze ans qui a besoin de ses conseils et qu'on lui rappelle de mettre une capote. « Le préservatif a craqué. Parce que c'est ma compagne et que mon loup voulait la marquer, putain ! Tu veux tous les détails ? Dans quelle position on se trouvait ? Combien de fois elle a joui ? Parce que tu te mêles vraiment trop de mes affaires, là.

— Si tu fondes une famille, ça regarde tout le monde, Lance », lâche Rafe en me rejoignant en quelques pas. Un éclat ambré brille dans ses yeux. Son loup. « Nous sommes des mercenaires, nous participons aux missions les plus dangereuses au monde, et tu penses que c'est une bonne chose d'avoir mis en cloque une hu... » Il a l'intelligence de s'interrompre avant que je lui brise le nez d'un coup de poing. « ... ta femelle ? »

Je passe la main dans mes cheveux courts. « Je te l'ai déjà dit, c'était un accident. Je n'avais pas prévu de fonder une famille. Mon loup voulait la revendiquer. J'ai dû me retenir de plonger mes crocs dans son cou. Sinon, je l'aurais perdue pour toujours. »

Cette pensée me permet de retrouver un peu de sang-froid. J'ai une compagne humaine. Il me faudra plus de contrôle que jamais pour m'assurer de ne jamais lui faire de mal ni la blesser. Quand je la marquerai, je devrai être en totale maîtrise de moi-même. Si je merde, je risque de toucher une artère et elle pourrait se vider de son sang.

Rafe se calme, lui aussi. Ses yeux retrouvent leur couleur humaine. « Lance, c'est un problème, dit-il à voix basse.

— Pourquoi ?

— Comment est-ce que tu veilleras à leur sécurité ? » Seul son regard hanté m'empêche de me vexer à sa question.

Parce que nos parents étaient des alphas qui sont morts pour nous protéger, pour nous éviter d'être enlevés et réduits en esclavage. Parce que Rafe redoute de me perdre de la même façon depuis le jour où il m'a pris sous sa responsabilité alors qu'il n'avait que quinze ans. Parce que c'est à lui qu'incombe la responsabilité de veiller à la sécurité de notre petite meute, ce qui sera infiniment plus difficile si elle contient des louveteaux.

J'ai la gorge nouée, mais je me force à déglutir. « Je veillerai à leur sécurité. Ce n'est pas ta responsabilité.

— Bien sûr que si ! D'un jour à l'autre, il est possible que Sarcero comprenne que la CIA a menti et qu'il découvre nos identités. Il voudra se venger. Normalement, ça ne m'inquièterait pas trop, mais je viens de te voir prendre trente balles dans le corps. Tu as failli y rester, alors que tu es un métamorphe. Merde, comment est-ce qu'on protégera Charlie d'un mec pareil ? Comment est-ce qu'on garantira la sécurité de cet enfant ? »

La peur me paralyse la base de la colonne vertébrale. De la vraie peur. Celle que j'ai éprouvée pendant que nous prenions la fuite à travers les bois, l'ordre de notre père résonnant encore dans nos oreilles.

Charlie et mon bébé sont en danger. Seulement parce que j'existe. Si quelqu'un faisait le lien entre eux et moi, ils pourraient être pris en otage. Ou massacrés par vengeance, tout simplement. Et Sarcero n'est pas notre seul ennemi. Après les missions que nous avons accomplies pour notre gouvernement, il est possible que des centaines de personnes souhaitent notre mort.

Rafe s'éloigne de moi en faisant les cent pas. « Bordel. Je nous ai fait quitter l'armée pour qu'on puisse respirer un peu, mais c'était peut-être ma pire décision. »

Je regarde mon frère avec surprise. Merde, je ne savais pas qu'il mettait autant en doute ses décisions. Il masque ses incertitudes et sa vulnérabilité sous son personnage de sergent bourru qui prend les choses en main, mais je vois ce masque s'effriter.

Je vois aussi à quel point nous formons une équipe. Lui et moi, ensemble, comme nous l'avons toujours été. D'une voix douce, je demande : « Est-ce qu'un bébé est vraiment le pire qui puisse arriver à notre famille ? » Je n'avais pas prononcé le mot *famille* devant lui depuis que nous avons perdu la nôtre. Je n'ai jamais employé ce terme pour nous désigner. Nous n'avons pas formé une famille, tous les deux ; nous avons été des survivants. Des combattants. De super-guerriers pour notre gouvernement. Nous étions une meute, mais pas une famille. Cependant, il est clair qu'il se sent autant responsable de mon enfant que moi, parce qu'il continue d'assumer les responsabilités à ma place.

Lorsqu'il rencontre de nouveau mon regard, j'y vois un monde de souffrance. Il ne répond pas pendant un long moment, puis se détourne. « Non. Peut-être pas. » Sa voix a l'air un peu plus rauque que d'ordinaire.

Une image envahit tout à coup mon esprit : Rafe en tant qu'oncle, au lieu de l'alpha endurci qu'il est devenu. « Ce bébé est peut-être exactement ce qu'il nous manquait.

— Je ne sais pas, Lance. » Rafe a l'air épuisé. Il sort de la pièce et me laisse en proie à son inquiétude pour mon enfant à naître.

* * *

Charlie

Après le travail, Lance passe me chercher dans un Humvee. Il souhaite m'emmener visiter la base de la meute et me faire rencontrer officiellement tous ses membres. Ça me paraît fou et trop tôt, mais bon, ce bébé arrive trop tôt, et c'est fou, donc je suppose que c'est le bon moment.

Il m'a retrouvée sur ma tournée à l'endroit habituel. Mais aujourd'hui, il a trotté à mes côtés à la façon d'un immense chien de garde. Il m'a fallu quelques minutes pour me débarrasser de la crainte instinctive que l'on éprouve devant un animal si gros et à l'apparence si féroce, mais j'ai bientôt trouvé sa présence extrêmement réconfortante. Et elle m'a aussi aidée à croire tout ce que j'ai appris hier soir.

Lance est vraiment un loup. Je vais avoir un bébé-loup.

Je devrais appeler mes parents, mais je ne suis absolument pas prête. C'est bien trop récent et bizarre. Je ne sais même pas ce que je ressens pour Lance. Ce que je pense de notre situation.

Non, c'est faux. Je ne sais pas quoi penser.

Mais je sais ce que je ressens.

J'ai l'impression de dégringoler d'une montagne en battant des bras et des jambes, sans plan, sans parachute, mais avec cet homme auprès de moi. Cet homme dont les sourires me font fondre. Cet homme qui me fait penser qu'on pourrait peut-être improviser et que tout se passera bien. Il est assez détendu pour nous deux.

Mais je recommence à douter. Lance est peut-être détendu, mais ça ne signifie pas qu'il devrait l'être. Sa profession est extrêmement dangereuse. À cause d'elle, il restera parfois loin de nous pendant plusieurs semaines. D'accord, il résiste aux balles, mais s'il était capturé ? S'il devenait un prisonnier de guerre ?

« Qu'est-ce qui se passe sous ce joli crâne ? » me demande-t-il.

Je secoue la tête. « Rien, ça fait beaucoup à digérer, c'est tout.

— Tu avais l'air inquiète. »

Pour un séducteur, il fait sacrément attention à moi. Avant d'avoir le temps de penser que je ne suis pas sûre de vouloir entendre la réponse, je lui demande : « Tu as déjà eu une petite amie ? »

Il me jette un coup d'œil. Un petit sourire flotte sur ses lèvres. « Jamais. »

Sa réponse ne me surprend pas, contrairement au soulagement que j'éprouve. « Vraiment jamais ? Tu es du genre à préférer les coups d'un soir ?

— Est-ce que je vais avoir des ennuis ? »

Il est tellement sexy quand il exprime tout haut chaque chose que je ne dis pas. Je secoue la tête. « Non. Je me demandais comment ça se fait que tu me comprends si bien, c'est tout. »

Son sourire en coin réapparaît. « Tu es ma compagne. C'est mon boulot, mon ange, dit-il avant de froncer les sourcils. Donc, tu es bien inquiète.

— Je ne voulais pas me marier avec un militaire », dis-je en haussant les épaules.

De la confusion passe sur son séduisant visage. « Je ne fais plus partie de l'armée, mon ange.

— Mais est-ce vraiment le cas ? Il me semble que ton travail comporte toujours les aspects les plus dangereux du métier.

— Et tu n'as aucune raison de t'en faire pour moi, affirme-t-il.

— Et les longues absences ?

— Je ne m'en irai jamais si tu as besoin de moi. Je te le promets. » Son expression est solennelle.

Je me mords l'intérieur de la joue.

Il me prend la main. « Hé, dit-il d'une voix douce. Ne nous condamne pas avant de nous avoir donné une chance, d'accord ? Laisse-moi l'occasion de te montrer que je peux être celui dont tu as besoin.

— Et de qui est-ce que j'ai besoin ?

— C'est ce que j'essaie de découvrir. »

Je ris malgré moi. Tenir Lance à distance est vraiment

impossible. Il est trop persistant. Trop parfait.

« Est-ce qu'il y a autre chose que je dois savoir ? »

Il garde le silence un peu trop longtemps. Mon pouls s'accélère.

« Qu'est-ce que c'est ?

— Euh, ouais, il y a quelque chose, dit-il en se frottant la nuque. Je ne voulais pas te faire flipper hier soir.

— Je flippe déjà », dis-je en levant les mains.

Il grimace. « Bon, voilà. Quand un loup s'unit à sa femelle, il la marque. Avec ses crocs.

— Pardon ? »

Du bout du doigt, Lance caresse une ligne de mon cou à mon épaule. « En général, ici. Pour une métamorphe, ce n'est rien. Ça cicatrise tout de suite. Mais pour une humaine...

— On ne fera pas ça », dis-je tout de suite.

Lance se tait.

Au bout d'un moment, je ne supporte plus le silence. « Lance ?

— Si je ne te marque pas, mon loup pourrait devenir féroce, dit-il avec une nouvelle grimace. C'est un besoin physiologique, tu sais. Pour m'assurer qu'aucun autre mâle n'essaiera de t'approcher.

— Pfff, c'est ridicule.

— Je sais, gémit-il. Mais c'est réel. Mon loup s'agite un peu plus chaque minute que je passe avec toi sans te revendiquer. Je risque de perdre le contrôle, ce qui craindrait. Ça craindrait à mort », souligne-t-il en me regardant.

Je me tortille sur le siège de la voiture, mal à l'aise. « Bon, tu me fiches la trouille.

— Ouais. C'est pour ça que je ne t'en ai pas parlé hier soir. Je me suis dit qu'apprendre que je suis un loup suffisait comme grande révélation. »

Encore une fois, sa réponse me tire un sourire. « D'accord, attends une seconde. En quoi le fait que tu me mordes avertit les autres mâles que je suis à toi, de toute manière ? Ils reconnaissent la marque de tes crocs, un truc du genre ? »

Lance rit à voix basse. « Mon odeur. La morsure imprégnerait mon odeur en toi.

— Ça ne me plaît pas, dis-je en frissonnant.

— Je comprends. » Il a l'air tellement malheureux que je lui touche la jambe.

« Laisse-moi encore un peu de temps pour assimiler tout ça, d'accord ?

— Bien sûr. » Il paraît soulagé.

J'ai envie de lui grimper sur les genoux et de l'embrasser dans le cou. Je n'aurais pas imaginé un seul instant qu'un homme comme Lance serait pendu à mes lèvres et à chacun de mes gestes. Qu'il aurait besoin de quelque chose de ma part… Non, qu'il aurait tant besoin de moi que sa vie en dépend.

Il s'agit d'un pouvoir étrange, au charme exotique. Je n'arrive toujours pas à croire que je le détiens. Je sens qu'il s'agit de quelque chose de précieux et sacré.

Je ne comprends pas le lien qui nous unit, mais je suis convaincue qu'il est réel. Je crois en Lance.

Il se gare devant ce qui ressemble à un chalet valant un million de dollars. Bâti derrière une rivière et contre les sapins, c'est le seul bâtiment à des kilomètres à la ronde. La meute l'a sans doute choisi pour cette raison.

« C'est idyllique. Vous êtes propriétaires ?

— Ouais. » Waouh. D'accord, ils doivent être plutôt friqués. J'imagine que le secteur de la sécurité privée rapporte bien plus qu'une carrière militaire.

« Vous skiez ?

— Oui, bien sûr. » Il ouvre sa portière, sort du véhicule et le contourne pour me prendre la main.

« Du ski de fond ou du ski alpin ?

— Les deux », répond-il en haussant les épaules comme si ce n'était rien. Ces mecs excellent sûrement dans tous les sports. Ce sont des superhumains, après tout. Mais ils n'ont pas acheté cette propriété pour sa proximité avec la station de ski sur la montagne. Ou plutôt, si... mais pas pour skier. Probablement pour courir et chasser.

« Oh, mon Dieu. Vous chassez ? »

Lance s'arrête et me regarde avec circonspection. « Avec des fusils ? Non.

— Avec vos crocs ? » Un rire nerveux me monte dans la gorge.

Il esquisse un sourire amusé et hausse les épaules. « C'est dans notre nature. » Il passe le bras derrière ma nuque, me fait lever la tête et baisse la sienne pour venir à ma rencontre. « Ça te dérange ? » Les mots n'ont rien de spécial, mais sa voix de velours est comme une caresse pile entre mes cuisses.

« Je... j'imagine que non. »

Il effleure ma bouche de la sienne, puis me mordille la lèvre inférieure. « Entre », dit-il en m'entraînant vers les marches en bois.

J'hésite à la porte. « Est-ce qu'ils vont m'apprécier ?

— Rafe est en rogne contre moi parce que je m'y suis mal pris, mais il est prêt à tuer ou à mourir pour toi.

— Ton frère ? » J'écarquille les yeux.

« Notre alpha, précise-t-il en hochant la tête. Donc, ça veut dire que n'importe lequel d'entre nous le ferait. Je te le promets. » Il pousse la porte et me fait entrer.

* * *

Lance

J'ai prévenu la meute que j'invitais Charlie ici ce soir. Tous les loups ont fait l'effort d'être présentables. Rafe sort de la douche. Channing a allumé le barbecue sur la terrasse devant la cuisine et il retourne des steaks hachés.

Sadie est là avec Deke, ce qui met immédiatement Charlie à l'aise. Les deux femmes s'enlacent, puis elles commencent à discuter pendant que Sadie enlève le couvercle de la gigantesque salade qu'elle a apportée. Il s'agit d'une salade composée gourmet, le genre avec des épinards, de la poire et des noix de pécan. Elle sort un tupperware de gorgonzola et en saupoudre sur le tout pendant qu'elle pose une dizaine de questions à Charlie pour savoir comment elle se sent.

Deke me donne un petit coup de coude. « Je ne sais pas si je suis déjà censé le savoir officiellement, mais félicitations », dit-il à voix basse.

Je suis simultanément envahi par du plaisir et un féroce instinct protecteur. L'espace d'un instant, je ne peux presque pas parler. « Ouais, merci. »

Channing entre avec un plateau surmonté de deux douzaines de hamburgers. « Félicitations pour quoi ? » demande-t-il. Son regard voyage entre Charlie et moi. Il lève le nez et renifle, puis paraît perplexe. « Tu ne l'as pas reven...

— Tu veux bien la fermer ? » Bordel, je viens de parler de la morsure de revendication à Charlie il y a tout juste deux minutes. Et si je ne lui avais encore rien dit ?

« Quel grincheux », marmonne Channing. Il secoue la tête, puis regarde Charlie, sourcils haussés. « Il est comme ça depuis que vous avez...

— Par pitié, ne termine pas cette phrase », dis-je en me pinçant l'arête du nez.

Mais Charlie semble amusée. « Oh, vraiment ? Il a été tout à fait charmant avec moi.

— Oh, il est toujours charmant, commente Rafe en ouvrant une IPA Wolf Ridge pour l'offrir à notre invitée. C'est ce qu'il sait faire de mieux. »

Je lui prends la bière des mains. « Elle ne veut pas de bière. Je veux dire... » Je me tourne vers Charlie avec un air d'excuse et fais machine arrière. « Une demi-bière ne ferait pas de mal. » Elle aime peut-être que je lui donne des ordres au lit, mais je doute qu'elle soit le genre de femme qui apprécie qu'on lui dise quoi faire. « C'est toi qui vois, bien sûr.

— Non, merci, dit-elle en secouant la main. Ça craint déjà assez que j'aie continué de prendre la pilule quelques semaines avant de me rendre compte que j'étais enceinte.

— Enceinte ! s'écrie Channing, qui comprend enfin. Par le destin, pourquoi je suis toujours le dernier à apprendre les nouvelles ? Et tu ne l'as pas encore mar...

— *Ferme-la, Channing !* » Cette fois, Deke se joint à moi. J'imagine qu'il éprouve une certaine compassion à mon égard. Dans notre meute, c'est le seul autre loup avec une compagne.

« Je vais nous préparer des cocktails sans alcool », dit joyeusement Sadie. Elle sort des bouteilles d'eau gazeuse et de limonade du réfrigérateur.

Rafe pince les lèvres, comme si les responsabilités supplémentaires qu'il pense devoir assumer avec ce bébé le stressaient.

« Ouais, je ne sais pas trop quoi penser de cette histoire de marque. Il va falloir que Sadie m'en dise plus. Plus tard. En privé », souligne-t-elle avec un regard d'avertissement en direction de Channing. Ma femelle n'est pas une petite fleur fragile, et j'adore ça. Elle ne se laisse pas impressionner.

Néanmoins, je commence à me dire qu'il était trop tôt pour l'inviter ce soir. Toute la meute, ça fait beaucoup pour quelqu'un qui ignorait l'existence des métamorphes deux jours plus tôt.

Je me place derrière elle et lui touche le bas du dos. « Je suis désolé. Les loups ont tendance à penser que les affaires de l'un concernent toute la meute.

— Eh bien, c'est plus ou moins le cas, me rappelle Rafe. Tes actions nous affectent tous. »

Putain.

Charlie le regarde en plissant les yeux. « Ce commentaire avait l'air d'une critique. »

Rafe se fige, sa bière à mi-chemin de sa bouche. Un bref instant, je redoute un affrontement. Même s'il est notre alpha, s'il ne répond pas poliment à ma femelle, il me sera impossible de ne pas la défendre.

Mais mon frère n'est pas un connard. « Pardon, ce n'était pas mon intention. Je sais que la grossesse était un accident, et je suis ravi pour vous. Pour nous tous. » Il lève sa bière, mais les rides d'inquiétude autour de ses yeux et sa bouche contredisent sa réponse.

Sadie lève son verre rempli d'une boisson très féminine, une limonade avec des morceaux de fraise et de la menthe, et trinque avec Charlie, qui boit la même chose. « J'ai tellement hâte ! »

Deke enlace sa douce institutrice de maternelle et lui embrasse le sommet du crâne. « C'est vrai. Elle n'arrête pas de parler de devenir marraine. J'espère que tu as prévu de la choisir. »

Charlie pose la main sur son ventre avec un petit rire

gêné. « Je n'ai pas réfléchi si loin, mais Sadie serait mon premier choix, bien sûr. Si ça te convient ? » ajoute-t-elle en me jetant un coup d'œil. Elle hausse les épaules avec une expression d'impuissance des plus comiques.

« Ça ne se fait pas chez nous, donc le choix t'appartient. Chez les loups, toute la meute se considère comme parrains et marraines. C'est ce que Rafe voulait dire tout à l'heure. » J'adresse un regard sévère à mon frère pour l'avertir qu'il est mort s'il dérange encore ma femelle.

« J'aurais aimé que Lance prenne tout ça un peu plus au sérieux, c'est tout, marmonne-t-il. Une compagne et un petit, c'est une énorme responsabilité.

— Est-ce que tu entends par là que Lance n'est pas sérieux, ou qu'il n'est pas assez responsable ? » demande Charlie en fronçant les sourcils.

Je retiens de justesse un grondement, et seulement parce que Charlie est présente. Je ne voudrais pas qu'elle pense qu'il lui est destiné. Par le ciel, je meurs d'envie de plonger mes crocs dans la fourrure de Rafe.

« Ce n'est pas ce que j'ai dit, assure ce dernier. Lance est capable de mener à bien n'importe quelle tâche. Je suis sûr qu'il fera un excellent père et compagnon. Mais je ne m'y attendais pas.

— Personne ne s'y attendait », dis-je entre mes dents. Je me passe la main sur le visage.

Charlie me regarde, les sourcils toujours froncés. Mon ventre se noue. Mais elle s'approche, pose une main sur mon torse et l'autre dans mon dos. « Sérieusement. Si vous voulez être investis dans cette grossesse, j'ai besoin que vous soyez tous positifs à cent pour cent. Sinon, on fera ça avec mes copines, et c'est tout. »

On fera ça.

J'ai une furieuse envie de démolir tout ce qui m'entoure.

Je me retiens seulement parce qu'elle a dit *on* et a semblé me revendiquer avant de prendre la parole.

« Vous l'avez entendue », dis-je en un grondement pour mettre en garde tous mes frères de meute.

Ils lèvent tous les trois les mains en signe de paix. Aucun loup sain d'esprit ne s'interposerait entre un loup et sa femelle.

Channing fait une révérence comme un idiot. « Charlie, nous sommes à ta disposition. On te promet d'être positifs à cent pour cent.

— Ouais, renchérit Deke.

— Pardon, s'excuse Rafe. On était censés te mettre à l'aise pour ta rencontre avec la meute ce soir, et je crois que j'ai tout fait foirer. »

Un poids énorme se soulève de mes épaules, surtout lorsque Charlie répond : « Pas de souci. Je préfère poser des limites.

— Elle est très forte pour poser des limites, dit Sadie. Allez, mangeons, les hamburgers refroidissent.

— Oui, je ferais mieux de manger. » Charlie me regarde. Elle semble se souvenir de mon conseil, ne pas rester le ventre vide, ce qui éveille une sensation étrange dans ma poitrine. Je m'empresse de tirer une chaise pour l'inviter à s'asseoir, puis je vais prendre une assiette dans la pile au milieu de la table, un énorme bloc d'érable. Il s'agit de ma seule contribution dans le chalet, et du seul meuble qui me plaît vraiment.

Charlie fait courir ses doigts sur la surface brillante de la table. « C'est magnifique », murmure-t-elle d'un air appréciateur.

Je suis touché de voir qu'elle lui plaît également. J'ai tout de suite envie de démonter la table et de l'apporter chez elle pour qu'elle en profite. Ou bien emménagera-t-elle ici ? Merde, il nous reste tant de choses à déterminer avant l'arrivée du bébé.

« Merci. Je l'ai achetée à un menuisier avec qui j'ai sympathisé à Arroyo Seco. Son travail est incroyable.

— Oui, vraiment. J'adore. »

Je m'occupe d'abord de remplir son assiette à ras bord en y plaçant un peu de tout, comme si elle courait le risque de mourir de faim d'un instant à l'autre. Je ne pense à me servir une assiette qu'une fois qu'elle a commencé à manger.

* * *

Après le dîner, je demande à Charlie de rester pour la nuit. Je l'emmène dans ma chambre, à l'étage. J'ai un loft sous la charpente. Composé de fenêtres du sol au plafond, le mur ouest donne sur la forêt enneigée. Le soleil s'est couché il y a plusieurs heures, mais la lune s'est levée et baigne les bois de sa pâle clarté.

« Lance, c'est incroyable, soupire Charlie. Quelle vue !

— Ouais, je l'adore. » Le plancher est en chêne poli, et mon ameublement est simple, en bois aux lignes épurées. Un grand tapis aux motifs géométriques turquoise et brique couvre le sol.

« Mais comment tu fais, le matin ? Le soleil ne te réveille pas ?

— Si, dis-je en souriant. Ça ne me dérange pas, je suis un lève-tôt. Je te protégerai en te couvrant la tête d'un drap. »

Elle sourit et pose les deux mains sur mon torse. « Qu'est-ce qui se passe avec ton frère ? Ça le contrarie que je sois enceinte ?

— Non. » Je couvre ses mains des miennes. L'interaction ne m'a pas plu, à moi non plus, mais je n'ai pas envie que

Charlie pense que ça la concerne, ou le bébé. Je ne veux pas qu'elle déteste Rafe ou ne se sente pas bienvenue dans notre meute. Et je n'ai pas envie de plomber l'ambiance non plus, mais ça semble nécessaire.

« Je dois te dire quelque chose.

— Quoi ? demande-t-elle en observant mon visage.

— Honnêtement, je ne crois pas avoir déjà raconté cette histoire. Je pense que Channing et Deke savent le principal, mais pas parce que nous en avons parlé. »

Charlie fronce les sourcils, inquiète. « De quoi s'agit-il ? »

Je me tourne pour regarder par la fenêtre. Les silhouettes sombres des arbres sont éclairées par la lune. « Rafe et moi, on a perdu nos parents quand j'avais onze ans. Ils ont été… » Je m'interromps. Mon ventre se noue à mesure que les souvenirs m'envahissent. « Quand nos parents sont morts, Rafe a plus ou moins joué un rôle de père pour moi. Il n'avait que quinze ans.

— Lance. Je suis vraiment désolée. » La voix de Charlie est si douce qu'elle m'éloigne de la souffrance.

Je me tourne pour la regarder et me délecter de la vue de son visage. Sa beauté, sa présence et son odeur m'apaisent. Je secoue la tête. « C'était il y a longtemps. Mais Rafe se sent toujours responsable de tout ce qui me concerne. Plus jeune, j'essayais sans cesse de lui prouver que j'étais capable de me débrouiller, que je n'avais pas besoin de lui pour me défendre ou pour m'en sortir, mais ça n'a jamais marché. J'ai fini par laisser tomber et je suis devenu l'insouciant de la meute. Après tout, on ne peut pas tous être constamment sous pression. Je me suis dit qu'il valait mieux que l'un de nous profite un peu de la vie. »

Charlie ouvre des yeux ronds.

Merde. Je n'aurais pas dû dire ça. Elle va me prendre

pour une personne irresponsable. Indigne d'être un bon père pour notre enfant. En gros, je viens de lui avouer que je suis le don Juan de la meute. C'était vrai jusqu'alors.

« Alors, Rafe est monsieur Sérieux, et toi, monsieur Relax ? » La compréhension teinte sa voix douce. Je n'y décèle aucun jugement.

« Ouais, j'imagine, dis-je en haussant les épaules. C'est pour ça qu'il croit devoir s'inquiéter pour notre bébé à naître. Comme si je n'étais pas un loup adulte capable de protéger mon propre enfant.

— Ouais, son sous-entendu ne m'a pas plu.

— Merde, je suis désolé qu'il t'ait vexée. Je m'assurerai qu'il se rattrape auprès de toi, tu peux me croire. »

Charlie secoue la tête. « Ça ne m'a pas vexée. Enfin, j'étais vexée pour toi. À l'entendre, j'ai eu l'impression qu'il te rabaissait. »

Je n'entends que les battements de mon cœur pendant un moment. Depuis la mort de nos parents, Rafe est persuadé que je suis incapable de me débrouiller seul. Personne n'a jamais contesté cette supposition.

« Je ne pense pas que tu te fiches complètement de tout. À mon avis, tu as simplement perfectionné l'art d'être détendu. Et j'espère que cette habitude déteindra un peu sur moi, ajoute-t-elle avec un sourire penaud.

— C'est vrai ? » Je lui prends les mains, puis me place en face d'elle comme si nous nous trouvions devant l'autel.

« Oh, oui. Tu sais déjà que j'ai tendance à m'inquiéter. Tu m'apporteras peut-être un peu d'équilibre. J'en ai bien besoin. »

Je ne peux attendre une seconde de plus. Je lâche ses mains, lui saisis la nuque et attire sa bouche contre la mienne pour la revendiquer d'un baiser affamé. « Mon ange, je te détendrai avec plaisir. Quand tu veux, où tu veux. »

Ses yeux se plissent lorsqu'elle me sourit. « Maintenant », murmure-t-elle. Il ne m'en faut pas plus.

Sans cesser de lui dévorer les lèvres, je passe l'avant-bras sous ses fesses pour la porter jusqu'à mon lit. « Tu vas te faire baiser fort et longtemps », dis-je sur un ton d'avertissement.

Son rire est rauque. « Tant que tu ne mords pas. » Elle lève l'index entre nous. Quand je fais mine de le mordiller, elle pousse un petit cri et se met à glousser.

Je la retourne sur le ventre et donne une petite tape sur son cul sexy.

« Ooh, oui, s'il te plaît », dit-elle en regardant par-dessus son épaule.

J'enlève mes bottes et mon T-shirt en riant doucement. « Je sais que tu aimes prévoir et planifier, mon ange, alors laisse-moi te dire comment les choses vont se passer. » Je lui donne une autre tape avant de la faire rouler sur le dos pour déboutonner son jean. « Je vais te donner du plaisir avec ma langue tout en faisant rougir ce cul. » Je baisse son jean et sa culotte pendant qu'elle retire ses chaussures. « Ensuite, je vais te baiser avec ma bite de loup jusqu'à ce que tu me demandes en hurlant de te faire jouir. » Je l'aide à ôter sa chemise et son soutien-gorge. « Et ensuite, je te prendrai dans mes bras et je m'assurerai que rien ne perturbe ton sommeil, pas même le soleil matinal. » Dès qu'elle est nue, je la rallonge sur le ventre et lui fais lever les hanches jusqu'à ce qu'elle se trouve à quatre pattes. « C'est compris ?

— Ça me paraît un bon plan.

— Écarte encore les jambes. »

Elle laisse échapper un gémissement sexy tout en faisant glisser ses genoux sur le lit et en levant le derrière. Je lui empoigne les fesses pour les séparer. Lorsque je donne la première tape sur sa peau nue, je fais glisser ma langue entre ses fesses au même moment.

Elle crie et bat des jambes, puis se cambre pour me laisser continuer.

« C'est bien, ma petite planificatrice. Laisse-moi lécher ce qui m'appartient. »

Elle pousse un petit gémissement de protestation, comme si elle voulait contester le fait qu'elle m'appartient ; je lui assène trois tapes sur les fesses pour le lui prouver. Elle prend une inspiration tremblante. Je lape son désir qui coule désormais librement, presse ma langue entre les lèvres de son sexe et m'en sers pour la pénétrer. Je continue de la fesser en laissant un intervalle de quelques secondes entre chaque tape. Je la maintiens sur la brèche, à bout de souffle.

Je trouve son clitoris. Sous cet angle, ce n'est pas évident, mais je suis déterminé. Je fais tourner ma langue autour de la petite boule de chair et lui donne encore une tape, cette fois sur l'autre fesse. Je prends l'une de ses grandes lèvres dans ma bouche et la mordille. Puis je m'écarte et lui frappe plusieurs fois la vulve avant d'asséner une succession de petits coups rapides sur son cul.

« Lance, gémit-elle d'un ton suppliant.

— C'est ça, mon ange. Je veux t'entendre prononcer mon prénom pendant que je te fais du bien. » J'appuie mon pouce contre son anus tout en recollant ma bouche contre son sexe.

« Oh, mon Dieu, Lance. »

Une autre tape.

« S'il te plaît... C'est tellement bon. Oh, mon Dieu, s'il te plaît !

— Tu as besoin de jouir, mon ange ?

— Oui !

— Jouis sur ma langue, Charlie. Et ensuite, je te

donnerai ma bite. » Je lui masse l'anus tout en la pénétrant de ma langue.

Elle tend le bras pour se caresser plus fermement le clitoris. Je lui donne une tape sur les fesses. Puis une deuxième. À la troisième, elle jouit. Je sens sa belle chatte se contracter et frémir autour de ma langue tandis qu'elle recule les hanches pour que je continue.

« C'est ça, mon ange. » Je plonge deux doigts en elle pour qu'elle puisse se contracter autour de quelque chose de plus conséquent.

« Oh... oh ! Lance !

— Ouais. Seulement Lance. » Je la fais doucement rouler sur le flanc, puis sur le dos.

* * *

Charlie

Au-dessus de moi, Lance me regarde de ses yeux brillants, d'un bleu très pâle.

« Ton loup se montre », dis-je à voix basse.

Il paraît surpris, puis touche de la pointe de sa langue l'une de ses canines. Elle semble plus longue que d'habitude. « Je ne te marquerai pas », promet-il.

Je ne pensais même pas à ce dont il m'a parlé tout à l'heure. Son loup a envie de me mordre pour m'imprégner de son odeur. À la façon dont il parle, je devine son extrême possessivité.

Et je dois avouer que... ça ne me déplaît pas.

Je veux dire, je ne me serais jamais attendue à ce genre d'attitude de la part d'un séducteur comme Lance. Je ne voulais pas aller plus loin avec lui parce que je pensais qu'il était du genre à collectionner les coups d'un soir. Mais maintenant, tout a changé. Il affirme que je suis la femme de sa vie. Il dit que mon sexe lui appartient.

Ça me fait de l'effet, ce que je n'aurais jamais soupçonné. J'étais à la recherche d'un homme stable et fiable, synonyme de sécurité.

Je ne suis toujours pas sûre que Lance le soit, mais aucun doute, il est vraiment sérieux avec moi. Je ne peux pas franchement demander plus. Il ne peut changer ni qui il est, ni ce qu'il est, ni son métier, mais il est prêt à s'engager à cent pour cent avec moi.

Et il est cinq cents fois plus excitant que le comptable que j'imaginais.

Et le sexe avec lui…

Seigneur.

Lorsqu'il frotte son gland contre l'entrée de mon sexe, je me cambre et gémis. J'en veux plus, alors que je viens de jouir.

Je l'encourage : « Oui…

— Redis mon prénom », dit-il en un grondement bas. Il recule, mettant ma patience à l'épreuve.

« Lance.

— Seulement Lance.

— Seulement Lance. »

Son sourire est animal tandis qu'il me pénètre d'un coup de reins expert. La sensation d'être emplie par lui est si intense que mes yeux se révulsent.

Je gémis de plaisir. Il s'écarte, puis replonge en moi.

« Hm-mm. Tu veux me sentir profondément ?

— Oui. » Mais je ne me plaindrais pas s'il me possédait d'une autre façon. Après tout, la bite de ce mec est magique. Peu importe la façon dont il s'en sert, il me fait hurler.

Je le regarde. Il est éclairé par la lumière de la lune qui

entre dans la chambre. Ses abdos se contractent pendant qu'il ondule les hanches, ses pectoraux crispés parfaitement dessinés.

Il pose la main sur mon épaule et me caresse la gorge du pouce. Le geste doux est en contraste total avec ses puissants coups de bassin. Ses mouvements ont quelque chose de méditatif. Presque comme du tantra… enfin, je n'y connais pas grand-chose, mais c'est ce que j'imagine quand je pense à du sexe tantrique.

Peut-être qu'il se concentre pour se retenir de me marquer. Cette pensée devrait me refroidir, mais il n'en est rien. Il m'est difficile de redouter quoi que ce soit quand je suis avec Lance. Je pensais ce que je lui ai dit avant que nous couchions ensemble : sa personnalité équilibre la mienne. Il apaise mon anxiété. Avec lui, j'ai l'impression que tout est possible. Comme si mon monde n'était pas aussi petit que je l'imagine. J'ai l'impression de pouvoir lâcher prise ; il s'assurera qu'il n'arrive rien de mal.

Je m'abandonne aux délicieuses sensations. Lance remue en moi tandis que je lève les hanches pour venir à la rencontre de ses coups de reins.

Il pose la main sur mon sein, effleure mon téton dressé du pouce, puis le pince entre ses doigts.

La relaxation procurée par mon premier orgasme s'éloigne, remplacée par un besoin brûlant. Je me mets à geindre et gémir. J'agrippe les bras de Lance et lui griffe la peau.

Il m'adresse l'un de ses sourires irrésistibles. « Tu en veux plus, Charlie ?

— Oui », dis-je, implorante.

Il accélère. Ses allers-retours se font plus rapides et brutaux. Le son de la chair frappant la chair emplit la chambre.

« Lance...

— C'est bien. Dis mon prénom, Charlie. Qui te fait crier ?

— C'est toi. Oh, mon Dieu, s'il te plaît, Lance... »

Il m'observe sans ciller. Ses yeux luisent dans l'obscurité. Il conserve le même rythme rapide, mais sans perdre le contrôle. On dirait qu'il m'attend. Que tout ça n'est que pour moi.

Haletante, je demande : « Est-ce que tu vas... ? »

Son sourire s'élargit. « C'est une certitude avec toi, mon ange. J'essaie de faire durer le plaisir, c'est tout.

— Ne te retiens pas, dis-je en un souffle.

— Merde. » À cet instant, il semble perdre son sang-froid. Il plonge brutalement en moi, effectue plusieurs petits va-et-vient, puis s'enfonce profondément et se fige.

Je jouis dès qu'il cesse de bouger. Mon sexe se contracte autour de son érection et aspire sa semence. Bien que nous ayons déjà conçu cet enfant, j'imagine que nous créons notre bébé à cet instant, lors de cette union parfaite... La façon dont mon corps accueille son essence avec plaisir, l'attire plus profondément en moi pour fertiliser mon ovule...

Il s'agit d'un acte de création et de beauté.

Ce que nous avons conçu ensemble est magnifique, que nous l'ayons prévu sur le moment ou pas.

Comme il l'avait promis, Lance me prend dans ses bras. Il nous fait rouler sur le flanc et me blottit contre lui.

Les mots *je t'aime* résonnent dans ma tête. Il est trop tôt pour les prononcer, mais ils sont là. Aucun doute, ce que j'éprouve à cet instant pour Lance est de l'amour.

Je lui embrasse la gorge, le torse. Il gémit, presque comme s'il souffrait, et me caresse les cheveux.

Je m'écarte. « Est-ce que ça va ? C'était difficile pour toi de ne pas me marquer ?

— C'est dur », admet-il. Son sourire est légèrement triste. Son sexe tressaille contre mon ventre, et il m'adresse un clin d'œil. « Mais bon, je suis toujours dur pour toi.

— Très drôle, dis-je en lui touchant le visage. Mais, vraiment… c'est douloureux ? »

Il secoue la tête. « Non, mon ange. Mais j'ai peur de te faire mal. Je ne veux pas perdre le contrôle et te marquer sans ton consentement. Ce n'est pas de la douleur, plutôt une espèce de frénésie. »

Je hoche la tête et me blottis contre lui. Même si toute la situation est bizarre, j'adore en faire partie. En apprendre plus sur son espèce. Sa meute. Ses blessures.

« Et toi ? demande-t-il en repoussant des mèches devant mon visage. Tu es détendue ? Tu as besoin de quelque chose ?

— Je vais bien. Je suis détendue, c'est clair ! Tu m'y as aidée. J'ai l'impression que je peux un peu lâcher prise quand je suis avec toi. Et m'amuser.

— Mmm. Ma petite planificatrice. C'est vrai qu'on s'amuse bien. » Il m'embrasse le front. « D'où vient ce besoin de tout prévoir et planifier ? »

C'est drôle ; mes amies me taquinent depuis des années sur ce sujet, mais personne ne m'a jamais vraiment demandé pourquoi je désire tant tout contrôler. Tout le monde semble simplement avoir accepté que je suis comme ça.

Je prends une inspiration. « Mes parents se sont tous les deux engagés dans l'armée de l'air après le 11 septembre. J'ai passé mon enfance à déménager, et mon père ou ma mère ne rentrait pas pendant des mois et des mois. Parfois, ils étaient déployés tous les deux, et on restait chez ma grand-mère. Et puis, j'avais toujours peur qu'ils ne reviennent jamais… C'est arrivé à d'autres enfants que je connaissais sur la base. Je rêvais que mes parents rentrent à la maison et nous annoncent qu'ils allaient trouver d'autres emplois. J'avais simplement envie qu'il ne leur arrive rien. Et je voulais vivre dans une petite ville avec une communauté soudée. C'est pour ça que j'ai choisi Taos. Je me voyais me marier et élever des enfants ici.

— Et l'homme que tu imaginais ? »

C'est moi, ou la voix de Lance est-elle légèrement étranglée ? Je déglutis. « Eh bien, sincèrement ? J'imaginais quelqu'un de très stable. Un dentiste ou un comptable. » À ces mots, Lance grimace, ce qui me fait rire. « Je sais, ça a l'air barbant. Mais surtout, j'imaginais quelqu'un avec les pieds sur terre, qui adorerait devenir papa. Quelqu'un qui accepterait d'être l'entraîneur de l'équipe de foot de notre enfant et qui l'accompagnerait en sortie scolaire, toutes ces bêtises. »

C'est drôle comme tout ceci ne semble plus avoir aucune importance, maintenant.

« Je serai là pour entraîner l'équipe, putain », déclare Lance d'une voix solennelle.

J'éclate de rire, émue. « J'en suis sûre. »

Et étrangement, imaginer Lance apprendre à devenir l'entraîneur d'une équipe d'enfants me paraît bien plus excitant que ce que je prévoyais, avec un comptable ennuyeux croyant déjà tout savoir sur les clubs de foot.

Je frotte le nez contre son torse en soupirant. Le contentement que j'éprouve est comme une douce couverture. Je n'arrive pas à me souvenir d'un moment où je me suis autant sentie en paix. Entre les bras de Lance, je me sens en sécurité et protégée. Comme si tout ce qui nous attendait, même une grossesse imprévue et être unie à un loup métamorphe, allait non seulement être facile, mais annonçait aussi beaucoup de bons moments à venir.

Chapitre dix

L*ance*

Le lendemain matin, après avoir déposé Charlie au travail, je retrouve Rafe dans les bois avec le reste de la meute. Ils s'exercent au tir sur cible. Mon frère aime nous entraîner lorsque la météo n'est pas clémente. Il y a une heure, d'épais flocons de neige ont commencé à tomber.

Je rejoins les autres et ramasse une arbalète sans un mot. Je m'attends à me faire réprimander, comme chaque fois que je rentre après avoir pris du bon temps pendant que les autres s'entraînaient.

Je vise, attends, puis libère ma flèche une seconde après celle de Rafe. Les deux flèches atteignent le centre de la cible. Ma flèche a fendu la hampe en bois de la sienne.

« Trouduc », lâche-t-il.

Sans rien dire, je recharge mon arme et attends.

« Tu essaies de prouver que tu n'as pas besoin de t'entraîner ?

— Non. J'essaie de prouver que je ne suis pas aussi incapable que tu le penses.

— C'est reparti. » Rafe a l'audace de prendre un ton moqueur.

Channing tire une flèche. Je laisse partir la mienne. Il atteint le centre de la cible, mais je lui vole la vedette en détruisant sa flèche.

« Enfoiré. » Channing me sourit pour me montrer qu'il ne le pense pas, contrairement à Rafe.

En dépit de mon caractère habituellement décontracté, je n'arrive pas à sourire. Entendre le point de vue de Charlie hier soir a tout changé. Elle a confirmé ce que j'ai ressenti toute ma vie d'adulte, mais sans jamais savoir si j'imaginais des choses.

Rafe pense que je ne peux pas me débrouiller seul.

« Personne ne te prend pour un incapable », dit Deke avant de tirer, trop vite pour que je puisse l'imiter. D'ordinaire, il est le silencieux de la meute. S'il tente d'apaiser la situation, je dois être de plus mauvaise humeur que je ne le pense. Le besoin de marquer Charlie déteint sur chaque moment. À tout instant, je suis prêt à me battre, à baiser ou à mourir.

« Oh, vraiment ? Parce que j'ai l'impression que Channing est plus respecté que moi ici, alors qu'il est le moins expérimenté d'entre nous. »

Channing se retourne d'un bloc et vise mon œil de son arbalète. « Répète ça, connard. » Seul son sourire niais retient mon loup de réagir avec agressivité.

« Oh, tu ne me fais pas peur, dis-je en haussant les sourcils sans le quitter des yeux.

— Peut-être parce que Channing n'a pas mis une humaine en cloque... »

Je bondis en grondant et fais tomber Rafe à la renverse. Je suis si furieux que je ne saurais même pas dire si je suis sous ma forme de loup ou d'humain.

D'humain, dirait-on. Et trois autres humains massifs sont assis sur moi pour me maîtriser.

« Par le ciel, il perd la tête, dit Channing, amusé.

— Je t'emmerde. » Malgré mes efforts, je ne peux pas me lever. Ils me maintiennent à terre en pesant lourdement sur mes membres.

« Tu ferais mieux de marquer ta femelle avant de péter les plombs, marmonne Deke.

— Écoute-moi, dit mon frère. Écoute ! » Le mot contient un ordre alpha. Mon corps se fige instinctivement. « Je ne le pensais pas. Je suis désolé. Je sais qu'elle est ta compagne. Mais putain, tu as vraiment merdé sur ce coup...

— On verra si tu fais tout parfaitement quand tu rencontreras une femelle », lâche Deke. Il s'oppose à notre alpha pour me défendre, ce qui me surprend.

Je suis stupéfait lorsque Rafe ne cherche pas à affirmer son autorité. Son regard part un instant dans le vague, comme s'il pensait réellement à une femelle. Mais c'est impossible. Mon frère n'a jamais ressenti l'envie de trouver la louve alpha qui pourrait devenir sa compagne. Et il est difficile d'imaginer qu'il la rencontrera un jour alors que nous sommes terrés dans cette petite ville et que nous n'interagissons presque jamais avec d'autres métamorphes.

Tout à coup, il s'écarte de moi. Les deux autres l'imitent et se lèvent. Rafe me tend la main pour m'aider à me relever.

Je l'accepte seulement parce que se montrer conciliateur ne lui ressemble pas.

« J'espère que tu envisages tout ce qui pourrait mal tourner, c'est tout. » Rafe me tourne le dos et passe la main dans ses cheveux courts. Sa chaleur corporelle fait fondre les flocons de neige sur son crâne.

« Pourquoi est-ce qu'il ferait ça ? demande Channing à voix basse.

— Sarcero est toujours en liberté. Il pourrait chercher à se venger. Et quel meilleur moyen de le faire que s'en prendre à ta femelle ? Ou à ton enfant ? »

Mon ventre se noue.

Merde.

Je déglutis avec difficulté. « Je jure de trouver comment les protéger.

— Nous les protégerons tous », dit Rafe en hochant la tête.

Je regrette immédiatement de lui avoir cherché des noises. Il porte le poids du monde sur ses épaules. Il ne devrait pas crouler sous tant de responsabilités, même s'il est l'alpha d'une meute. Je m'approche de lui pour le prendre dans mes bras et lui tape dans le dos. « Je t'aime, mon frère.

— Enculé », marmonne-t-il. L'intimité n'est pas son fort.

Channing et moi éclatons de rire.

Chapitre onze

Charlie

Ce soir, c'est soirée entre filles avec Sadie, Adèle et Tabitha. Nous avons prévu de nous retrouver chez cette dernière. Je vais leur annoncer que je suis enceinte. Sadie le sait déjà, et Adèle est au courant qu'il s'est passé quelque chose entre Lance et moi, mais il est temps que je leur raconte toute l'histoire.

Tabitha habite à l'extérieur de Taos dans un wagon reconverti. Son style de décoration peut se résumer à : un joyeux désordre. Les objets vintage et les vêtements qu'elle vend en ligne qui occupent la moitié de chez elle y contribuent grandement.

Je repousse le rideau en perles et vais m'installer sur l'un des trois poufs. L'espèce de chaise longue moderne est également libre, mais j'évite de m'y asseoir. Selon Tabitha, il s'agit d'un sofa de yoga, mais j'ai cherché la marque sur

Internet et… aucun doute, ce sofa a été conçu pour un autre genre d'activités. Le revêtement en similicuir rouge se nettoie facilement, mais tout de même. Même Adèle préfère choisir un pouf.

Elle est déjà assise, entourée de trois chats assoupis, avec un quatrième sur les genoux. En plus de son commerce en ligne, Tabitha fait du gardiennage d'animaux domestiques pour gagner un peu d'argent. Elle a aussi été modèle photo, a fabriqué des bijoux, a participé à la construction d'une maison *earthship* et à des courses tout-terrain en Jeep. Les objectifs de carrière n'ont pas la même signification pour Tabitha et moi.

Elle n'a pas de Grand Projet de vie, c'est certain.

« Bonsoir, ma belle », dis-je à Adèle. Mon amie a l'air un peu plus détendue que la dernière fois que je l'ai vue. Pour ne pas lui poser de questions indiscrètes sur ses problèmes professionnels à moins qu'elle n'en parle la première, je lui demande plutôt : « Comment ça va ?

— Super, répond-elle en caressant le gros chat orange. Un peu de ronronthérapie.

— Oh, Winston Churchill te dérange ? demande Tabitha depuis la cuisine.

— Pas du tout », murmure Adèle. Le chat ronronne si fort que je l'entends de ma place. « Charlie vient d'arriver.

— Charlie, bienvenue ! Fais comme chez toi. Tu veux à boire ? Adèle a apporté du vin.

— Juste de l'eau pour moi, merci. » Je lève la main pour attirer l'un des siamois.

Tabitha entre dans la pièce avec un sachet de chips et un bol de sauce. Elle chasse le second chat siamois de la table basse, puis plante les mains sur les hanches. Elle porte une combinaison jaune vif, ce qui la fait ressembler à Uma Thurman dans *Kill Bill.* Elle fait beaucoup de cosplay. En général, elle se procure des lots de vêtements vintage lors de ventes aux enchères et les transforme grâce à ses dons de couture. La combinaison qu'elle porte doit être l'une de ses créations.

« Bon sang, comment vas-tu, Charlie ? demande Tabitha en plaçant des sous-verres sur la table et en disposant les apéritifs. Je ne t'ai pas vue depuis un moment. »

Sans doute parce que j'ai passé mon temps chez Lance au lieu d'aider Adèle à la chocolaterie. Il a passé la semaine à s'assurer que j'étais bien nourrie et sexuellement satisfaite chaque soir, ainsi que chaque matin avant le travail. Et il passe le reste de son temps libre à me proposer à manger ou à apparaître sur ma tournée sous sa forme de loup. « Ça va bien.

— Tu as bonne mine. Tu es maquillée ? demande-t-elle en m'observant plus attentivement. Tu es radieuse.

— Oui, c'est vrai », renchérit Adèle. Elle hausse un sourcil dans le dos de Tabitha.

Je me touche le visage, espérant que la lumière tamisée de la lampe à lave dissimule mes joues rouges. Heureusement, Tabitha n'insiste pas. Elle plonge une chips dans la sauce et va s'allonger sur le sofa de yoga-sexe. « Oh, avant que j'oublie, Adèle, j'ai vu ton associé l'autre jour. J'ai l'impression qu'il avait un œil au beurre noir. »

Je me tourne vers Adèle, inquiète. Bing n'avait pas d'œil au beurre noir quand je l'ai vu, mais la nouvelle ne semble pas la surprendre.

« Oh ? » Son ton est neutre.

« Je l'ai appelé, mais il n'a pas dû m'entendre, ajoute Tabitha en haussant les épaules. Est-ce que tout va bien ?

— Oui. Je lui ai téléphoné tout à l'heure, mais il ne m'a pas encore rappelée, dit lentement Adèle. Merci de me le dire, Tabitha. Je verrai s'il me rappelle.

— Pas de souci. » Tabitha semble ne se rendre compte de rien. Adèle n'a pas encore dû lui parler de ses ennuis. « Et toi, Charlie ? Quoi de neuf ?

— Hum... » Dois-je leur annoncer la nouvelle maintenant, ou attendre Sadie ? Je n'arrive pas à décider. Le silence se prolonge trop longtemps. Je m'aperçois que mes deux amies me regardent, dans l'attente de ma réponse. « J'ai effectivement quelque chose à vous annoncer. »

Adèle dissimule son sourire derrière son verre de vin. Elle pense savoir ce que je m'apprête à dire.

Lorsque j'ouvre la bouche, la porte s'ouvre.

« Salut, les filles ! dit joyeusement Sadie. Alors, vous êtes prêtes à devenir marraines ? » Elle apporte un gros tupperware, celui qu'elle utilise pour conserver ses pâtisseries maison, et un sac plein de bouteilles, qui tintent les unes contre les autres. « J'ai pensé qu'on devait fêter ça. J'ai fait des cupcakes et j'ai apporté de quoi préparer des cocktails sans alcool ! »

Adèle se redresse si vite que Winston Churchill est projeté dans les airs. Il atterrit lourdement sur ses pattes et s'éloigne d'une démarche fière, la queue en l'air. Adèle ne remarque rien. Elle fixe le ventre de Sadie, comme pour déterminer s'il s'est arrondi. « Marraines ?

— Des cocktails sans alcool ? » Tabitha plisse le nez, puis se tourne vers moi. « C'est ça, ta nouvelle ? Tu fais une cure détox ?

— Oh, non », murmure Sadie. Avant qu'il ne soit projeté dans les airs à son tour, je lui prends le tupperware de cupcakes des mains et le dépose en sécurité sur la table basse. « Tu ne leur as pas encore dit ? » demande-t-elle, horrifiée.

Adèle écarquille ses yeux noisette. Elle regarde Sadie, me regarde. « Charlie ?

— Surprise », dis-je d'une voix faible à Tabitha et Adèle.

Celle-ci se couvre la bouche.

« Attends, quoi ? » Le regard de Tabitha fait des allers-retours entre Adèle et moi. « Qu'est-ce qui se passe ?

— Je suis enceinte, dis-je après m'être éclairci la gorge.

— Félicitations ! s'écrie Sadie, comme la première fois qu'elle l'a appris. Désolée. Je suis tellement contente.

— Oh, mon Dieu, vraiment ? » Lorsque je hoche la tête, Tabitha lève le poing en l'air. « Rizzo est en cloque ! »

Oh, Seigneur.

« Charlie, est-ce que ça va ? demande Adèle.

— Oui ? Enfin, presque, disons. Ça va mieux. C'est encore un choc.

— Tout ira bien, déclare Sadie en s'asseyant sur le pouf à côté de moi. C'est pour ça qu'on est là. » Elle me tapote le genou.

Tabitha se jette sur les cupcakes. Sadie les a recouverts de glaçage bleu, rose et jaune pâle.

« Oui, dit Adèle. Nous sommes là pour toi. Peu importe ce dont tu as besoin... »

Je ressens un tel soulagement que mes épaules se voûtent.

« Attends, je ne savais même pas que tu fréquentais quelqu'un, dit Tabitha avant de lécher du glaçage bleu sur son doigt.

— Je ne fréquentais personne. » Pouah, je dois lui raconter toute l'histoire.

« Alors, qu'est-ce qui s'est passé ? Qui est l'heureux élu ? » Elle sourit, puis ajoute avec malice : « Tu sais qui c'est ?

— Arrête. » Adèle lance un regard sévère à Tabitha, qui m'adresse un clin d'œil.

Nous aimons bien faire semblant de nous disputer. « Oui, je sais qui c'est, merci. C'est Lance Lightfoot. »

Elle se fige avant de mordre dans un cupcake. « Attends, qui ?

— Un de ces bikers, dit Adèle.

— L'ami de Deke », ajoute doucement Sadie.

Je n'arrive pas à déchiffrer l'expression d'Adèle. Je ne sais pas si elle approuvera Lance.

Tabitha reste bouche bée. « Le séducteur blond ? C'est lui, le père de ton bébé ?

— Oui, et on s'entend vraiment bien. On a envie que ça marche entre nous. On va essayer.

— Ouais ! » Sadie applaudit et commence à sortir des bouteilles d'eau gazeuse et de sirop de son sac.

Adèle n'a pas l'air convaincue.

Tabitha s'approche et dépose un cupcake devant moi. « Une petite minute, rembobine un peu. J'ai l'impression d'avoir loupé des épisodes. Dis-moi si je comprends bien : tu es avec Lance ? Le mec qui a dragué tout un groupe d'étudiantes sexy en vacances devant nous ? »

Je grimace. Nous avons bien vu Lance faire ça. Et toutes les filles lui ont donné leur numéro. L'une a touché son biceps et lui a demandé si elle pouvait monter sur sa moto. Il leur a assuré qu'il les emmènerait toutes faire une longue balade en roulant à fond.

Je gémis et me prends la tête dans les mains. Mes amies m'entourent immédiatement. Trois mains se posent avec douceur sur mon dos. Même Tabitha me réconforte.

« Ça va aller, dit Adèle. On est là.

— Ouais, Charlie, ajoute Tabitha.

— On y arrivera, toutes ensemble, m'assure Sadie.

— Je sais que c'est un chaud lapin. J'ai couché avec lui pour m'autoriser un petit plaisir pour mon anniversaire, rien de plus. Ce soir-là, il m'a offert un verre après notre soirée entre filles. On s'est croisés sur le parking. En fait, on s'est croisés aux sources chaudes ce matin-là... à poil. Et ça a donné le ton. » Je ne peux m'empêcher d'esquisser un sourire coquin. Mes amies poussent de petits cris et s'esclaffent.

« Alors, il doit être doué, dit Tabitha.

— Très doué, dis-je en soupirant. Presque trop.

— Mais... ? » Adèle m'encourage en sentant ma réserve. Elle me tend le tupperware de cupcakes. J'en prends un.

« Mais je voulais quelqu'un de stable. Un homme casanier, comme moi. Lance ne fait plus partie de l'armée, mais je crois que son travail est tout aussi dangereux qu'avant. Peut-être même plus que quand il était militaire. » J'enlève le papier autour du cupcake et mords dedans. Il est parfait : moelleux à souhait, avec juste ce qu'il faut de glaçage. La pâtisserie sucrée fond sur ma langue.

Sadie perd le sourire. Elle prend un cupcake à son tour. « Moi aussi, ça m'inquiète, avoue-t-elle. Mais ils sont forts. » Elle me regarde d'un air éloquent. Je sais que je n'ai pas le droit de parler de la meute à Adèle et Tabitha. De ce qu'ils sont. Je ne sais pas comment Sadie a réussi à tenir le coup quand aucune d'entre nous n'était au courant. Au moins, maintenant, nous pouvons en discuter toutes les deux.

Je me sers un cocktail sans alcool. Adèle et Tabitha ajoutent de l'alcool dans leurs verres. « C'est vrai... mais ça reste un secteur dangereux. » Je ne peux m'empêcher de repenser aux blessures par balles de Lance. Hier soir, j'ai rêvé que je me levais la nuit pour allaiter le bébé et que je trouvais Lance qui se vidait de son sang sur le carrelage de ma cuisine.

« Mais ça a l'air lucratif, dit Tabitha. Quand même, ils

ont acheté une propriété à plusieurs millions de dollars sur la route des stations de ski. Ils doivent bien gagner leur vie.

— Oui, je pense que tu as raison. Ce qui me fait encore plus penser que leur métier est très dangereux. Peut-être même illégal.

— C'est légal, affirme Sadie. Ou du moins, ils agissent sur ordre du gouvernement américain.

— Ce n'est pas forcément la même chose. »

Elle fronce les sourcils. Je m'en veux de lui transférer mes craintes. Si elle est heureuse avec son nouveau compagnon loup, je ne devrais pas lui gâcher son bonheur.

« Alors, il veut être investi pendant la grossesse ? Enfin, qu'est-ce qu'il a dit ? » veut savoir Tabitha.

Je bois une longue gorgée de mon cocktail. « Ouais. Il veut être investi. Il est chez moi tous les soirs pour s'assurer que j'ai mangé et il me masse les pieds. C'est assez incroyable, à vrai dire.

— Alors, tu le crois ? Tu penses qu'il est sincère ? » demande Adèle. Sa question ne contient aucun jugement ; on dirait simplement qu'elle cherche à comprendre la situation.

S'il n'était pas un loup, je n'y croirais pas une seconde. Mais ce mec n'est pas humain. Donc, je ne peux pas le ranger dans la catégorie à laquelle je pensais qu'il appartenait. « Oui, je pense qu'il l'est. Et ce n'est pas l'homme que j'aurais choisi, loin de là, mais on s'entend assez bien pour que j'aie envie de tenter le coup.

— D'accord. » Je sais que Tabitha me soutiendra. Et si Lance me trompe un jour, elle sera la première à aller jeter des œufs sur sa baraque, à lui envoyer des colis piégés remplis de paillettes et à mettre du sucre dans le réservoir d'essence de sa Ducati.

« Et sinon, tu as pensé à des prénoms pour le bébé ? » demande Sadie.

Je retrouve ma bonne humeur. « En fait, oui.

— C'est vrai, ton petit projet parfait, dit Tabitha avec ironie en levant les yeux au ciel.

— Sois gentille, la réprimande Adèle.

— Ce n'est pas comme si elle avait consigné son projet de vie dans un grand classeur avec différents codes couleur », s'esclaffe Sadie.

Pendant le silence qui s'ensuit, mes trois amies me regardent.

« Il n'est pas organisé par couleur, dis-je entre mes dents. C'est une bonne idée. »

Tabitha se retient de rire.

« Quoi ? J'aime rassembler tous mes objectifs au même endroit.

— Et il n'y a aucun mal à ça, dit Adèle.

— En tout cas, si tu as besoin d'aide pour le prénom du bébé, j'ai plusieurs idées. » Tabitha se sert un sirop de mûre, boit une gorgée et fait claquer ses lèvres.

Je croise les bras. « Ah oui, vraiment ?

— C'est reparti, marmonne Adèle.

— Gorgone, dit Tabitha, totalement sérieuse. Un prénom de caractère.

— Quoi ? Non ! grimace Sadie.

— Shérazade. Encore un super prénom de femme forte. Boadicée. Une autre guerrière célèbre. »

J'interromps Tabitha avant qu'elle ne s'emballe vraiment, mais je souris. « J'aime les prénoms traditionnels. Comme Opale ou Jonas.

— Boadicée, c'est un prénom traditionnel, proteste Tabitha. Ou alors, un prénom tiré de la Bible ? Comme Rahab ou Belshazzar.

— Ou Nabuchodonosor, se moque Adèle.

— Oui, exactement ! Tu pourras le surnommer Nabu ou Nosor.

— Tu n'es pas sérieuse, Tabitha. » Sadie n'a pas l'air sûre.

« Je pense que Nabuchodonosor est un prénom génial », dit innocemment Tabitha. Lorsque je la foudroie du regard, elle baisse le nez vers son verre pour dissimuler son sourire.

« En fait, je pensais choisir un prénom qui commence par un J.

— Oh, mon Dieu. Je suis allée à l'école avec une famille dont tous les enfants avaient un prénom commençant par J, dit Adèle. Il y avait Joshua, Jordan et Josiah. Heureusement, ils ont arrêté après huit enfants ; ils n'avaient plus d'idées.

— Jaël et Josaphat, propose Tabitha.

— Jafar et Jasmine, dis-je sur le même ton.

— Oui ! crie Tabitha pour couvrir le rire de Sadie. Je te mets au défi de le faire, Charlie.

— Si tu appelles cet enfant Nabuchodonosor…

— Je ne l'appellerai pas comme ça. C'est promis », dis-je à Adèle en levant la main. J'ai mal aux joues à force de sourire.

« Alors, je pense que tout se passera bien.

— Oh, bien sûr, Charlie. Tu vas t'en sortir comme une chef, ajoute Tabitha.

— Préviens-nous si tu as des envies particulières, et on sera là pour t'aider, dit Sadie. J'ai envie de faire des gâteaux, en ce moment.

— Et si tu as envie d'un truc délicieux, on sera là pour en manger avec toi, enchaîne Tabitha. Mais pas si c'est dégueulasse… comme des bretzels trempés dans du jus de cornichons. »

Je lui tire la langue. Elle me rend ma grimace, puis nous

nous sourions. Je me sens beaucoup mieux. Mes amies sont géniales, et elles m'épauleront. Même si ma vie est sens dessus dessous et que je ne me sens pas prête à devenir mère, mon bébé aura les trois meilleures marraines du monde.

Chapitre douze

C*harlie*

Le samedi matin, Lance m'annonce qu'il désire m'aider à me détendre pendant ce weekend. Il me fait monter dans le Humvee de son frère. « Allez, dit-il. J'ai une surprise pour toi. »

Une surprise. Je déteste plus ou moins les surprises. Après tout, comment s'y préparer convenablement ?

Mais c'est Lance. Avec lui, j'ai l'impression que je pourrais être en sécurité partout. Je sais qu'il veillera à ce que je ne manque de rien, parce qu'il s'en est donné la mission.

« On va prendre l'avion ? » Je plante mes ongles dans mon jean pour ne pas les ronger.

« Peut-être. »

Lance emprunte la route qui mène au minuscule aéroport de Taos. Être dans l'ignorance me rend folle. Pendant ce temps-là, Lance est totalement détendu. L'une de ses grandes mains est posée sur le volant, l'autre sur mon genou. Peut-être que son calme déteindra un peu sur moi.

Il dépasse le terminal et nous conduit jusqu'à un bâtiment moins imposant à côté de la piste de décollage. Plusieurs petits avions blancs s'y trouvent.

« On va prendre un jet privé ?

— C'est ça, chérie. Seulement ce qu'il y a de mieux pour toi. Mais c'est un avion militaire, donc le confort est réduit au strict minimum. Allez, viens. » Il sort de la voiture et ouvre ma portière.

Je prends mon sac à main avant de descendre du véhicule. « Hum, j'avais besoin d'emporter quelque chose ?

— Non, tant que tu es là. » Il m'embrasse, puis me prend la main en souriant jusqu'aux oreilles. Il m'évoque un petit garçon qui s'apprête à me montrer ses jouets. Ses jouets hors de prix de grand.

Notre avion est le dernier sur le tarmac. Il a une forme rectangulaire et est peint en un gris-vert terne. La couleur de l'armée. L'intérieur ne contient pas grand-chose, un cockpit ouvert et quelques sièges simples pliés entre des sangles.

Je pense tout à coup à quelque chose. « Lance, dis-je d'un ton nerveux, on ne va pas faire du saut en parachute ?

— Non, mon ange. Rien de ce genre. Le but de ce weekend, c'est qu'on se détende ensemble. » Il m'entraîne au milieu de l'allée. Deux fauteuils plus confortables ont été installés entre les autres.

« Alors, où est-ce qu'on va ? » Je serre mon sac à main contre ma poitrine. Je me demande comment Lance a réussi à me faire venir ici sans me donner le moindre détail. À bord d'un avion et sans valise, j'ai l'impression d'être nue. J'aurais au moins emporté un nécessaire de voyage dans un bagage cabine.

« Tu verras. »

Il m'embrasse le front, puis baisse la tête pour effleurer mes lèvres. Je me penche pour l'embrasser et sursaute lorsque les portes commencent à se fermer. Quelqu'un est monté dans le cockpit.

« Bon, c'est maintenant, dit Lance en bouclant ma ceinture. On va bien t'attacher. »

Un autre baiser, et les moteurs de l'avion commencent à vrombir.

« Ce sera peut-être plus bruyant que ce à quoi tu es habituée », me crie Lance par-dessus le vacarme. Mais son enthousiasme est contagieux, et après ce baiser, mon cœur bat à tout rompre. Lance s'attache dans le siège à côté de moi et pose la main sur mon genou. Je m'adosse au fauteuil en souriant. Ça pourrait bien être amusant.

« Alors, qu'en dites-vous ? beugle le pilote. Vous voulez faire quelques tonneaux ?

— Non, le voyage le plus calme possible pour ma chérie ! répond Lance.

— C'est Teddy ? » Du doigt, je montre l'avant de l'appareil. Sadie m'a parlé de lui lorsqu'elle m'a raconté l'inoubliable promenade en hélicoptère organisée par Deke.

« C'est bien moi ! » crie le pilote. Je ne sais pas comment il m'a entendue malgré le bruit. « Et je suis super sympa. Un vrai nounours. »

Je me dévisse le cou pour regarder. Teddy est un type gigantesque. Son débardeur révèle ses bras musclés couverts de tatouages. Il ne m'évoque en rien un ours en peluche. Plutôt un tas de muscles.

« Ne drague pas ma compagne », lâche Lance. Sa posture reste décontractée, mais ses mots contiennent un soupçon de menace.

Lance a utilisé le terme *compagne* devant notre pilote. « C'est un loup métamorphe, lui aussi ?

— Un ours, chérie », répond Teddy. Encore une fois, il m'a entendue alors que je n'aurais pas pensé la chose possible.

« Si tu l'appelles encore chérie, je te castre, siffle Lance.

— Qui rend service à qui, ici ? rétorque Teddy.

— Ça ne veut pas dire que tu peux te permettre de dépasser les bornes. »

Notre pilote sourit par-dessus son épaule. « Du calme. Je te charrie, c'est tout. » Il m'adresse un autre clin d'œil.

Je me détends. Même si j'ignore ce qu'ils ont prévu, je peux leur faire confiance. Entre le bruit et la fatigue causée par la grossesse, je m'assoupis durant le reste du trajet.

Je me réveille quelques heures plus tard quand l'avion atterrit sur une petite piste. « Mon ange, on est arrivés. » Lance me prend la main et l'embrasse. Je salue Teddy d'un geste pendant que nous sortons de l'appareil. Il porte deux doigts à sa tempe.

« Prends soin de toi, future maman », dit-il. Ses lunettes miroir reflètent la lumière au-dessus de son sourire. Celui-ci s'élargit lorsque Lance gronde.

De l'air chaud m'enveloppe dès que nous sortons de l'avion. Je lève la tête vers le soleil. « Où est-on ? »

J'étais censée deviner en observant le paysage, mais il n'y avait pas de hublots. Et en plus, je dormais.

Lance hausse les épaules. « J'ai pensé que ce serait sympa de passer une journée à la mer. Tu travailles trop. Tu as besoin de te détendre et de prendre le soleil. Viens. J'ai réussi à obtenir une voiture. »

Aucun doute, nous nous trouvons dans un endroit chaud. Quelques palmiers sont parsemés dans le paysage désertique. J'aperçois quelques montagnes à l'horizon.

Nous marchons sur le tarmac et contournons le minuscule bâtiment qui sert de terminal pour nous diriger vers le parking. Cet aéroport est aussi petit que celui d'où nous sommes partis, et ce n'est pas peu dire. « Auprès de qui ?

— Nos amis. Je leur ai demandé de me rendre un service. » Il me prend mon sac, puis me guide vers une Cadillac Escalade noire en me tenant la main. Il entre un code sur un clavier numérique sur la portière et déverrouille le véhicule. Une minute plus tard, nous passons devant un panneau sur lequel est inscrit : *Bienvenue à Cabo San Lucas.*

« Oh, mince ! On est à Cabo ? En un claquement de doigts ?

— En un claquement de doigts », confirme-t-il. Il prend une paire de lunettes miroir dans la boîte à gants. Après les avoir mises sur son nez, il me tend une deuxième paire.

« Et nos passeports ? Et la douane ?

— J'ai passé quelques coups de fil pour qu'on me fasse une fleur. Tout va bien. La vie peut être facile, Charlie. Détends-toi. » L'une de ses mains lâche le volant pour se poser un instant sur ma nuque.

Les vitres sont baissées, et lorsque nous gravissons une route sinueuse à travers la montagne, je sens le sel dans l'air. *Détends-toi, Charlie. C'est une journée à la plage.* Le bleu de l'océan, le soleil et de la crème glacée. Même moi, cette perspective ne peut pas me stresser.

Nous traversons la ville touristique. Je ne cesse de m'attendre à ce que Lance entre sur le parking d'un hôtel, mais nous les dépassons tous. Il finit par s'engager sur une route privée. Elle se termine devant un portail. Lance s'arrête pour taper un code et faire signe à la caméra. Les portes s'ouvrent, et il fait avancer la voiture.

« Qui sont tes amis, exactement ? » Les habitations de ce

lotissement sécurisé ne sont pas des maisons. Ce sont des villas construites à flanc de montagne, avec vue sur l'océan.

« Ce sont des métamorphes. Nous sommes devenus amis. Nous les avons aidés en participant à des missions de sécurité de temps à autre, donc ce n'était pas un problème de leur demander un service. »

Super. Des métamorphes millionnaires. J'aurais peut-être dû m'habiller un peu mieux. Au grand minimum, je n'aurais pas dû porter mon T-shirt avec un yéti et l'inscription *Champion du monde de cache-cache.*

Nous entrons sur une allée pavée privée bordée de palmiers et de cactus. Construite au bord d'une falaise au-dessus du port, la gigantesque villa s'élève sur plusieurs étages. Son toit en adobe et en stuc décline les différentes teintes du soleil couchant.

« C'est immense, dis-je. C'est un hôtel ?

— Non, une résidence privée. Il y a dix chambres, je crois. Une piscine à débordement. » Lorsque Lance se gare, je m'attends à moitié à ce qu'une équipe de sécurité armée se précipite vers la voiture pour nous faire quitter les lieux. « Qu'est-ce que tu en dis, chérie ? Ça te convient ?

— Oh, mon Dieu », dis-je faiblement.

Il s'approche de l'entrée de la villa avec assurance. Une autre entrée sans clé. La porte s'ouvre sans un bruit. Je lui agrippe la main avant de poser le pied sur le sol en marbre.

En un murmure, je demande : « Il y a quelqu'un ici ? » Si j'habitais là, je ne m'en irais jamais.

« Non, il n'y a que nous. »

Nous entrons dans une pièce immense face à l'océan. Les baies vitrées donnent une vue panoramique dans toutes les directions. Sur une vaste terrasse, je vois des hamacs installés entre les colonnes en marbre, placés de manière à pouvoir contempler les couchers de soleil.

Lance me montre le brasero et le gril. La piscine à débordement est placée de façon à donner l'impression qu'elle flotte sur l'océan.

Je pars à la recherche d'une salle de bains. À mon retour, je secoue la tête. « La chambre principale est plus grande que ma maison.

— Elles font toutes cette taille, mon ange. » Lance a déjà visité le réfrigérateur. Il me tend une bouteille d'eau avant de boire dans la sienne. « Et il y a aussi deux dépendances. »

Ma main se crispe autour de la bouteille. Je viens vraiment d'entrer chez des gens fortunés et de me servir dans leur frigo ? « C'est incroyable. Et tu connais les personnes qui habitent ici ?

— Elles n'y habitent pas. Ce n'est qu'une de leurs propriétés. »

Je me frotte le front, puis me retourne en entendant un bruit. Derrière une table haute et des tabourets, un immense écran de télévision occupe le mur d'en face. On dirait la décoration d'un bar, recréée à domicile. L'écran s'allume — il est plus large que la table de ma salle à manger.

Je discerne des ombres roses, puis un petit visage s'éloigne de la caméra. Il s'agit d'une adorable petite fille brune avec un nœud blanc de travers. L'avant de sa robe jaune est taché par ce qui ressemble à de la peinture violette.

« Bonjour », dit-elle en remuant la main.

Je lui rends son salut sans être certaine qu'elle puisse me voir.

Quelqu'un l'appelle : « Jaylin ? Jaylin, tu as terminé avec la peinture ? Oh, merde. » Une femme brune apparaît à l'écran.

« Merde, répète la fillette.

— Non, Jaylin. Qu'est-ce que maman t'a dit au sujet des

gros mots ? » La femme s'accroupit pour frotter la tache violette sur la robe de la fillette avec un torchon mouillé.

« Il ne faut pas en dire devant des gens, répond consciencieusement Jaylin.

— C'est ça. Ils pourraient me juger. »

J'ai dû faire du bruit, parce que la mère lève la tête. « Oh, attends, tu as allumé l'écran ? Est-ce que c'est... ? » Elle se penche vers l'écran et me salue de la main. « Bonjour.

— Bonjour. » Bon, j'imagine qu'elle me voit.

« Je suis Kylie. J'ai laissé le téléphone sur la table, je comptais vous appeler tout à l'heure pour savoir si tout se passe bien. J'imagine que Jaylin vous a contactés sans faire exprès. Elle s'en sert tout le temps pour parler à son arrière-grand-mère quand elle est à l'étage. Enfin, bref. Vous êtes bien arrivés ?

— Oui, sans problème », répond Lance depuis l'autre bout de la pièce. Il vient me rejoindre et m'enlace la taille. « Merci beaucoup.

— Oh, aucun problème. On a prévu d'aller là-bas dans quelques jours, donc vous devriez trouver tout ce dont vous avez besoin.

— Génial, merci encore. Kylie, je te présente ma compagne, Charlie. » Il me serre contre lui.

« Bonjour. » Je secoue la main. Puis je prends conscience que Lance a dit que j'étais sa *compagne*.

« Est-ce que c'est...

— Ouais, ce sont les propriétaires.

— Ma maison à la plage », dit Jaylin.

Kylie éclate de rire et prend sa fille sur ses genoux en levant les yeux au ciel. « C'est ça, Jaylin, elle n'est qu'à toi.

— On y va dans mon avion blanc, explique fièrement Jaylin d'une adorable petite voix aiguë.

— Oui, on ira dans notre avion blanc dans quelques jours.

— Il est de quelle couleur, ton avion ? me demande Jaylin.

— Vert.

— C'est joli. » Elle se tourne vers sa mère. « Je peux avoir un avion vert ?

— Je pense qu'un seul avion suffit, répond Kylie avant d'embrasser sa fille sur le crâne. Allez, va jouer.

— D'accord. » Jaylin descend des genoux de sa mère et me salue de sa petite main. « Au revoir.

— Au revoir. » Je pose la main sur mon ventre. Je suis surprise d'être émue en voyant une mère et sa fille. Un jour, mon bébé sera aussi grand et adorable qu'elle.

« Charlie... euh, a appris l'existence de notre espèce il y a peu, dit Lance. Elle est enceinte de mon petit.

— Ah, c'est vrai. » Kylie me regarde, la tête penchée. Elle est aussi belle que sa fille. « Je suis à moitié métamorphe, comme le sera ton enfant, mais je ne l'ai appris qu'après avoir rencontré mon compagnon. Demande mon numéro à Lance. Tu peux m'appeler à tout moment si tu as des questions.

— Merci. Je le ferai. » Je m'éclaircis la gorge, qui s'est nouée devant la générosité de cette femme.

« Waouh, dis-je à Lance une fois que Kylie a mis fin à l'appel.

— Tu as vu ça ? Jackson et Kylie sont vraiment sympas. Enfin, Jackson est un peu sévère, mais Kylie l'a adouci. Elle n'est pas un loup... C'est un félin. Une panthère, je crois. Ou peut-être un jaguar. Ses gènes métamorphes ne se sont activés que lorsqu'elle est tombée enceinte. On connaît de nombreux cas similaires chez les métamorphes. On pourra les rencontrer, si tu veux. »

Je caresse mon ventre. J'ai envie que mon enfant connaisse des personnes qui lui ressemblent. « Je crois que ça me plairait.

— Mais assez parlé de ça. Aujourd'hui, on est là pour s'amuser. Tu veux aller te baigner ?

— Bien sûr. Mais... » Je regarde autour de nous, comme si je m'attendais à ce qu'un bikini apparaisse comme par magie. « Tu n'oublies pas quelque chose ? Je n'ai pas de valise. » Il aurait au moins pu me dire d'emporter un maillot de bain.

« Pas de problème. » Lance enlève lentement sa chemise avec un sourire en coin. Je serais prête à payer une fortune pour un striptease comme celui-ci. Le désir fait momentanément disparaître toute pensée de mon esprit.

Il baisse les mains vers son jean et soutient mon regard tandis qu'il ouvre le bouton, puis baisse la fermeture éclair.

Il commence à faire chaud ici, non ?

Quand il retire ses chaussures, je comprends ce qu'il a l'intention de faire. « Tu ne vas pas... »

Il se contente de me sourire.

« Lance, non, dis-je en croisant les bras. On ne peut pas se baigner tout nus. Pas ici. » Une voisine riche va nous voir et s'évanouir dans son caviar, la main crispée autour de son collier de perles.

« Personne ne nous verra. Détends-toi, Charlie. »

Cet homme. Il va finir par me pousser à boire. Mais je ne peux pas boire d'alcool pendant les neuf prochains mois.

« On fait la course ? Le dernier à plonger se fait jeter à l'eau. » Après un clin d'œil, il se tourne vers la piscine.

Je me déshabille.

* * *

Lance

Je laisse Charlie gagner, bien sûr. Je ne jetterais jamais ma femelle à l'eau. Et je ne la laisserai jamais rien perdre, à part son cœur. Et ses vêtements, bien sûr.

L'eau de la piscine est tiède. Charlie fait des longueurs à la manière d'une nageuse olympique.

« Tu as un sacré niveau en nage libre, dis-je lorsqu'elle finit par me rejoindre, tout sourire.

— J'ai fini première de l'État au lycée. »

Je lui caresse les flancs. « Il y a encore tellement de choses que j'ignore sur toi. Je veux tout apprendre.

— C'est vraiment comme ça que ça va se passer ? » demande-t-elle, les yeux mi-clos.

Mes mains se figent. « C'est-à-dire ?

— Est-ce qu'on est dans notre phase de lune de miel ? Avant que tu te transformes en un abruti paresseux et autoritaire avec du bide à cause de la bière, qui reste allongé sur le canapé toute la journée et ne sort jamais les poubelles ? »

Je ris si fort qu'elle sursaute. « C'est ce qui t'inquiète aujourd'hui, mon ange ?

— Pas vraiment, répond-elle en rougissant. Mais je n'ai pas envie de m'habituer à ce que tu sois si attentif à moi, si ça s'arrête un jour. »

Je soutiens son regard. « Je te l'ai dit, ça n'arrête jamais. Ça continue jusqu'au jour de ma mort, mon ange. Les loups s'unissent pour la vie. C'est du sérieux. Et, heureusement pour toi, on prend rarement du ventre. » Je lui prends la main pour la poser sur mes abdominaux.

Son sourire devient sensuel. Elle fait courir ses paumes sur mes muscles. « Oui, c'est une chance », murmure-t-elle.

Puis son sourire disparaît. « Mais mon corps ne restera pas parfait. Surtout après une grossesse. »

Je pose les mains sur ses seins et la fais reculer contre la paroi de la piscine. « Qu'est-ce que je dois faire pour que tu me croies ? Je te désirerai toujours. C'est physiologique. Rien ne changera mon besoin de te satisfaire. De prendre soin de toi. » Je fais glisser ma main sur son ventre et la pose entre ses cuisses.

Elle gémit doucement. Je plonge dans l'eau pour lui écarter les jambes et me servir de ma langue. J'entends son cri étouffé. Elle bat des jambes autour de mes épaules et me tapote le crâne. Sans me laisser déconcentrer, j'aspire les lèvres de son sexe dans ma bouche, les mordille, puis suce son clitoris gonflé. Elle me tape sur le crâne avec plus d'insistance.

Je remonte à la surface en souriant.

« Je n'ai pas envie que tu te noies », dit-elle en me donnant une tape mouillée sur le torse.

J'éclate de rire et la prends dans mes bras avant de sortir de la piscine. « J'imagine que je vais devoir te baiser hors de la piscine.

— Mmm. » Je monte les marches et la porte hors du bassin. Elle retient son souffle lorsqu'elle lève les yeux vers mon visage. « Ton loup est là. »

Je n'en doute pas. Mon loup bondit à la surface dès que je suis avec Charlie, surtout quand elle est nue. Je l'allonge avec délicatesse sur une chaise longue. « Je ne te ferai pas de mal, c'est promis.

— Peut-être que tu devrais. » Sa voix n'est qu'un murmure.

Je me fige. Mes canines s'allongent et mon sexe se tend douloureusement dans sa direction. Ralentir ma respiration me demande un énorme effort. J'ai été à moitié fou toute la semaine. Mon loup a tellement envie de la marquer qu'il est dans tous ses états, mais j'ai tout de même réussi à ce qu'elle ne remarque rien.

Cependant, si je ne la marque pas bientôt, je risque de le faire par accident après avoir perdu le contrôle. Ça pourrait mal tourner.

« Je serai prudent. Je ne te mordrai pas profondément. »

Le regard de Charlie contient de l'appréhension, mais j'y décèle aussi une certaine excitation. L'odeur de son désir me parvient comme un doux parfum. « D'accord, dit-elle d'une voix douce.

— Où veux-tu que je le fasse ? Là où personne ne le verra ? » Du dos de la main, j'effleure la zone entre ses seins et descends vers son ventre doux.

Elle roule sur le côté et caresse sa fesse. « Pourquoi pas ici ?

— Oh, par le ciel, mon ange. C'est sexy. Vraiment sexy. » Je pose sa jambe sur mon bras pour lui écarter les genoux, puis me place entre ses cuisses et la dévore. C'est tellement mieux hors de la piscine, quand je peux sentir son goût acidulé et chacun de ses frissons. Je suis le contour de sa vulve, puis enfonce ma langue en elle. Lorsque je lui lèche l'anus, elle glapit et se tortille.

Normalement, une morsure d'union a lieu au moment d'un orgasme. Mon loup prendrait le contrôle, mes canines s'allongeraient, se recouvreraient d'un sérum contenant mon odeur, et je les plongerais dans sa chair au moment où nous atteindrions l'extase. Mais cette idée me paraît dangereuse avec une compagne humaine. Surtout une humaine enceinte. Je la pénètre d'un doigt, sachant que son gémissement de plaisir fera surgir mon loup. En tout cas, il fait réagir mon sexe, qui gonfle de plus belle. J'ajoute un deuxième doigt et caresse sa paroi interne, à la recherche de son point G.

Ses gémissements deviennent plus forts et sont de plus en plus désespérés. Je donne des coups de langue à son clitoris. Mon loup s'approche de la surface en rugissant. Je recule la main et resserre les genoux de Charlie. Mon pouce trouve son anus au moment où je plonge mes crocs dans sa jolie fesse.

Son cri de douleur calme mon loup sur-le-champ. Avec d'infinies précautions, j'ouvre la mâchoire et extrais mes canines de sa douce chair, puis je lèche les plaies pour accélérer leur cicatrisation. Je ne cesse jamais de masser son petit trou pour m'assurer que les sensations restent érotiques.

« Mon ange, est-ce que ça va ? Parle-moi, s'il te plaît.

— C'est fini ? » demande-t-elle en un souffle. Elle me fait penser à un enfant qui détourne le regard pendant une piqûre.

« Ouais. Je suis vraiment désolé que ça t'ait fait mal. » J'embrasse sa peau autour de la morsure pendant que je glisse mon autre pouce entre ses cuisses pour lui caresser le clitoris.

Elle secoue la tête. « Ça ne fait pas mal. Enfin, un peu, mais je vais bien. » Elle me regarde à travers les mèches blondes qui tombent en cascade sur son visage. « S'il te plaît, dis-moi que tu vas continuer. »

Le ciel sait combien j'en ai envie. Mais je ne souhaite pas causer la moindre douleur à Charlie. « Viens ici. » Je la soulève de la chaise longue, m'y assieds, puis l'installe face à moi sur mes genoux et m'allonge. « C'est toi qui mènes la danse, mon ange. Je ne veux plus te faire mal. »

Les yeux mi-clos, elle se positionne, puis approche mon

gland de son sexe et me chevauche. « C'est moi qui guide ? demande-t-elle d'une voix rauque.

— Tu peux le faire chaque fois que tu en as envie, mon ange. Je ne suis autoritaire que quand c'est ce que tu désires. »

Elle balance les hanches au-dessus des miennes, et je suis pris de spasmes d'extase. « C'est vrai que ça me plaît quand tu es autoritaire, susurre-t-elle. Je pourrais même m'habituer à tes surprises. »

J'aimerais lui répondre, mais je suis déjà en route vers le septième ciel.

« Ton loup est heureux, murmure-t-elle.

— Qu'est-ce qui te fait dire ça ? » Je lui enlace la taille et donne un coup de bassin.

Elle accélère le rythme. Il m'est plus difficile de me concentrer sur ses mots. « Je ne sais pas. Je le sens, c'est tout.

— Putain, je suis tellement heureux, Charlie. Tu viens de faire de moi l'homme le plus heureux du monde. »

Elle inspire brusquement et pose les mains sur mes épaules. Elle fait aller et venir son sexe mouillé autour de mon érection et frotte son clitoris contre mon pubis. Elle me prend plus profondément en elle à chaque passage. Elle commence à pousser les petits cris les plus sexy de l'univers, puis nous jouissons ensemble, en parfaite harmonie. Je lui agrippe les hanches pour l'attirer contre moi tandis que ses muscles internes se contractent rapidement autour de mon sexe et aspire ma semence jusqu'à la dernière goutte.

Charlie s'écroule au-dessus de moi. Je sens ses tétons durs contre mon torse poilu. Une main sur sa nuque, je l'étreins.

« Alors, c'est l'équivalent du mariage ? On vient de se passer la bague au doigt ? demande-t-elle sur un ton taquin quand elle relève la tête.

— Ouais. Je suis à toi pour toujours maintenant, mon ange. Et tu ne te débarrasseras jamais de moi.

— Hmm, un homme-loup super canon dont le seul but dans la vie semble être de me nourrir, de m'emmener sur des plages exotiques et de me faire jouir ? Ça me convient. »

J'effleure ses lèvres des miennes. « Je t'aime. » Puis je me fige. « C'est trop tôt pour le dire ?

— Hum, tu viens de t'unir à moi pour toujours. Donc... non. Les humains commencent par se dire qu'ils s'aiment, d'habitude.

— Et toi, où en sont tes sentiments ? » Je regrette immédiatement d'avoir posé la question. Je ne veux pas lui mettre la pression, et je ne suis pas sûr de vouloir entendre sa réponse si elle compte me dresser la liste de ses réticences.

« Je commence à tomber amoureuse. Sérieusement.

— Ah oui ?

— Oui. Et aussi, j'ai peur d'attraper un coup de soleil sur les fesses. Je crois qu'on devrait rentrer. »

Un coup de soleil. Merde. Je prends ma compagne hilare dans mes bras, me lève d'un mouvement fluide et la porte à l'intérieur de la villa de Jackson et Kylie, où je peux passer le reste de l'après-midi à la prendre sur un lit confortable, à l'abri des risques de coups de soleil.

Chapitre treize

Charlie

Cabo est incroyable. Et Lance est incroyable de m'avoir emmenée ici. De me faire aimer les surprises. De se donner pour mission de m'aider à me décontracter. À lâcher prise. À cesser de prévoir et de m'inquiéter.

Nous passons la journée à nous détendre dans la villa, puis nous allons nous promener sur la plage au coucher du soleil. Le dimanche matin, une fois que Lance m'a fait crier son prénom plusieurs fois, puis manger deux petits-déjeuners, je vais m'installer près de la piscine pour passer un coup de fil à mes parents.

Il est temps que je les mette au courant de l'énorme changement dans ma vie.

Ma mère décroche tout de suite. « Charlotte ! chantonne-t-elle. Comment vas-tu, ma chérie ? » Mes parents ont pris leur retraite de l'armée de l'air l'année dernière. Ils ont emménagé au sud de Tucson, où ils étaient basés, dans une résidence pour seniors dans la Green Valley. Mon père conduit désormais une voiturette de golf et participe activement à un club cycliste masculin qui se réunit tous les dimanches. Ma mère suit des cours de peinture et organise des dîners à thèmes.

C'est ridicule, et très mignon.

« Je vais bien. En fait, je suis à Cabo.

— À Cabo ! Tu ne m'avais pas dit que tu prenais des vacances. J'aimerais être prévenue quand tu quittes le pays. » J'entends une légère sévérité dans la voix de ma mère. C'est peut-être elle qui m'a transmis le gène de l'inquiétude.

J'éclate de rire. « Je sais, je sais. Crois-moi, je te l'aurais dit si j'avais su où j'allais. En fait, c'était une surprise.

— Hein ? Que s'est-il passé ? Tu vas bien ?

— Qu'y a-t-il ? demande mon père derrière elle. Où est-elle ? Elle a besoin d'aide ? »

Ah, mes parents. Toujours prêts à venir me sauver, ou à sauver le monde.

C'est peut-être l'une des raisons pour lesquelles j'aime Lance. Son caractère m'est familier, même si mes parents sont coincés, et lui nonchalant.

« Je vais très bien. En fait, j'ai une nouvelle à vous annoncer. Une grande nouvelle.

— Oh, mon Dieu, ne me dis pas que tu es là-bas pour te marier ? Ça ne te ressemble pas.

— Hein ? Non, pas du tout, pourquoi est-ce que tu penses à ça ? En fait, je suis enceinte. » Mieux vaut le dire sans détour, non ?

Ma mère pousse un cri, puis murmure à mon père : « Elle est enceinte.

— Quoi ?! s'écrie celui-ci.

— Mon… hum, petit ami m'a fait la surprise de m'emmener passer le weekend à Cabo. Pour que je sorte du froid et que je me détende après le choc de cette nouvelle. Évidemment, ce n'était pas prévu.

— Non, eh bien… ce n'est pas grave. » Ma mère accepte rapidement la situation. « Nous sommes ravis pour toi. Tu le gardes, n'est-ce pas ?

— Bien sûr que je le garde ! Je suis vraiment heureuse. C'était inattendu, mais ce bébé est désiré.

— Et ton petit ami ? Tu ne nous avais même pas dit que tu fréquentais quelqu'un.

— Je sais. Ce n'était pas vraiment sérieux jusque-là, mais il est génial. » Je m'empresse d'ajouter : « C'est un ancien militaire. D'ailleurs, il a même réussi à m'obtenir un coup de fil avec Chad. Il a toujours des contacts dans l'armée. » Je choisis des informations qui impressionneront mes parents. Ça fonctionne.

« Ouah, on dirait bien. Où l'as-tu rencontré ? Il habite à Taos ?

— Oui. En fait, on s'est rencontrés aux sources chaudes. Mais son ami est le fiancé de mon amie Sadie, donc on fréquentait les mêmes cercles. C'est quelqu'un de bien. Il fera un très bon père.

— C'est merveilleux, ma chérie. Alors, pour quand la naissance est-elle prévue ? Vous allez vous marier ? »

Je pose la main sur ma fesse. Elle est encore douloureuse après la morsure, mais beaucoup moins que je ne m'y attendais. Lance m'a dit que sa salive possède des propriétés qui évitent les infections et accélèrent la cicatrisation. « Hum, ouais, sans doute. Enfin, oui, on le fera. Bien sûr, je n'ai pas eu le temps d'organiser quoi que ce soit pour l'instant, mais quand ce sera le cas, tu seras la première au courant.

— Et la date prévue de l'accouchement ?

— Le 8 août.

— Un bébé d'été ! C'est super. Nous voudrons être présents pour la naissance, bien sûr. Tu es d'accord ?

— Ça me ferait très plaisir, maman. » J'ai les larmes aux yeux et la gorge nouée. Je n'arrive pas à y croire. Je vais avoir un bébé. À l'idée que mes parents seront là pour partager la joie de la naissance, tout devient plus réel.

Et je m'aperçois tout à coup que je ne sais pas du tout comment se déroule la naissance d'un demi-métamorphe. Mes parents seront-ils autorisés à assister à l'accouchement ? Le bébé aura-t-il l'air normal ? Oh, Seigneur, je me pose tant de questions.

Comme si Lance avait senti ma panique grandissante, il apparaît tout à coup avec un verre de citronnade glacée. Il me donne le verre et m'embrasse la tempe.

« Et nous souhaitons aussi rencontrer ton petit ami. Tu ne nous as même pas dit son prénom.

— Lance », dis-je en rencontrant ses yeux d'un bleu soutenu, qui deviennent bleu pâle lorsqu'il prend sa forme de loup. « Il est génial. Vous allez l'adorer. »

J'entends mon père marmonner quelque chose. Lance doit l'entendre aussi ; il m'enlace la taille et approche ses lèvres de mon oreille. « Ne t'inquiète pas pour ton père. Il finira par m'adorer. »

Après avoir dit au revoir à mes parents, je me tourne vers lui. « Tu veux bien me promettre quelque chose ?

— Quoi donc ?

— Ne montre pas ta moto à mon père et ne lui dis jamais que tu m'as autorisée à la conduire. Ou que je suis montée dessus. D'accord ? Il est très protecteur. »

Lance sourit. « Il a bien raison. Ne t'en fais pas. Je connais le genre, dit-il en pointant son torse. Ancien militaire, tu te souviens ? J'ai peut-être l'air à la cool, mais je sais jouer le rôle du soldat sérieux. Je le convaincrai que je suis parfait pour toi. »

Je me colle contre lui. « Je n'ai pas tant besoin d'un soldat sérieux que d'un mari et d'un père sérieux, dis-je en lui tapotant le torse. Est-ce que tu peux être très sérieux pour moi ? »

Lance m'adresse son sourire le plus décontracté. « Je croyais que j'étais censé te détendre.

— C'est vrai, mais j'ai besoin...

— Je sais de quoi tu as besoin. » Lance passe la main dans mon dos pour m'attirer contre lui. Ses lèvres caressent le côté de mon cou. « Et je pense que nous avons encore le temps pour un dernier moment de détente avant de devoir retrouver Teddy sur la piste d'atterrissage. »

Un frisson de plaisir me traverse. Une fois de plus, j'oublie toutes mes inquiétudes tandis que Lance me porte dans la villa afin de me relaxer en profondeur.

Chapitre quatorze

Lance

Deux semaines après Cabo, Charlie a rendez-vous chez le gynécologue. Elle a dû reporter la date du rendez-vous parce qu'elle craignait que le médecin voie ma morsure sur sa fesse, mais celle-ci a vite cicatrisé. Les plaies sont à présent refermées et ont presque disparu.

Le rendez-vous a lieu après ses heures de travail. Je la rejoins là-bas.

Vêtue d'une blouse bleue, elle s'installe sur la table d'examen. Son visage est blême et crispé.

« Tout ira bien, n'est-ce pas ? Avec le bébé ? Le fait qu'il soit à moitié loup ne causera pas de complications ? »

Je me place en face d'elle et pose les mains sur ses hanches pour la rassurer. « C'est même plutôt le contraire, mon ange. Notre bébé sera fort. Il ne tombera jamais malade et ne se cassera jamais rien. Même si notre enfant ne mute jamais, les demi-métamorphes ont plus de force que les humains et jouissent d'une bonne santé.

— Certains ne mutent pas ? » Elle écarquille les yeux.

Merde. J'essaie de la détendre, pas de la faire flipper. « Ce n'est pas grave, mon ange. Nos enfants seront parfaits, que leurs gènes se manifestent en tant qu'humains ou métamorphes. »

Son regard se met à briller. « Nos enfants… au pluriel ?

— Ben, ouais. Enfin, si tu veux. J'ai envie d'en avoir plus. »

Un large sourire étire ses lèvres.

« Et toi ?

— Ouais. J'en veux deux. Un garçon et une fille.

— Dans cet ordre ?

— Oui. Mais comme Adèle ne cesse de me répéter : *si tu veux faire rire le bon Dieu, raconte-lui tes projets*. C'est ce que sa grand-mère avait coutume de lui dire. Et dans mon cas, c'est bien vrai. »

Nous entendons frapper doucement à la porte. Une femme afro-américaine entre en souriant. Son sourire est chaleureux et elle semble très détendue. Je remercie le ciel en silence.

« Bonjour, je suis le docteur Johnson, dit-elle en me serrant la main.

— Lance Lightfoot.

— Charlie, j'espère que vous allez bien depuis la dernière fois.

— Oui, merci », dit-elle faiblement. Elle a déjà dû fournir un échantillon d'urine et a été pesée. Charlie s'inquiète d'avoir continué à prendre sa pilule contraceptive pendant les premières semaines de la grossesse, mais l'infirmière nous a dit que la gynécologue effectuerait sans doute une échographie de contrôle aujourd'hui.

En effet, celle-ci lui pose quelques questions, puis lui demande si elle souhaite qu'elle réalise une échographie. Charlie accepte. Le Dr Johnson applique du gel sur son ventre, puis elle pose la sonde dessus.

Les rapides battements de cœur de notre bébé résonnent dans la salle d'examen. Les yeux de Charlie s'emplissent de larmes. « Tout a l'air d'aller, déclare la gynécologue à Charlie. Votre bébé fait à peu près la taille d'un grain de riz. »

Je serre la main de Charlie et pose ma tête contre la sienne. « Tout va bien, mon ange.

— Oui, tout va bien. Avez-vous des questions à me poser ? » demande le Dr Johnson.

Charlie ouvre la bouche, puis me regarde et la referme. « Je ne pense pas, dit-elle d'une voix faible.

— Très bien. J'aimerais vous revoir dans un mois. Voici des informations sur les aliments recommandés et déconseillés. Je vais vous prescrire des vitamines prénatales. Vous pouvez aussi vous les procurer librement, mais vous les paierez moins cher si vous avez une ordonnance. »

La gynécologue quitte la salle. Charlie se rhabille. Elle se tourne vers moi pendant qu'elle passe son uniforme de postière. « Oh, mon Dieu, Lance, au milieu de l'examen, j'ai tout à coup eu peur qu'elle voie quelque chose et qu'elle devine que le bébé n'est pas humain. Mais tu ne m'aurais pas laissé venir ici si ça avait pu poser un problème, n'est-ce pas ?

— Tu ne vas pas accoucher d'un loup, Charlie. Il n'y a rien d'étrange à voir. Bon, si elle veut faire une prise de sang, je devrai l'en empêcher, mais la question ne devrait pas se poser avant la naissance du bébé. »

Charlie ouvre des yeux ronds. « Mais...

— Tu n'as aucune raison de t'inquiéter, dis-je en la prenant par les épaules.

— Comment est-ce que tu les empêcheras de faire une prise de sang ?

— Je trouverai un moyen. » Je hausse les épaules.

« Est-ce que c'est une bonne idée d'accoucher avec un médecin humain ? Est-ce qu'il existe des gynécologues métamorphes qu'on pourrait consulter à la place ?

— Peut-être, dis-je en me frottant le front. Je ne sais pas. Les métamorphes ne tombent pas malades, donc nous n'avons pas besoin de médecin. Je vais me renseigner. »

Je doute de trouver quoi que ce soit, mais on ne sait jamais. De plus en plus de métamorphes semblent s'unir à des humaines, ce qui effraie les meutes, qui redoutent l'extinction de notre espèce. Je ne me suis jamais vraiment intéressé au sujet. Je faisais partie de l'armée et n'avais jamais eu l'intention de trouver ma compagne. Mais désormais, je ne peux que présumer que si le destin m'a uni à une humaine, c'est pour la survie de notre espèce, et non l'inverse. Le destin ne se trompe pas.

« Je devrais peut-être accoucher à domicile », dit Charlie lorsque nous sortons.

Je m'arrête et réfléchis en regardant les montagnes. « Je ne sais pas, mon ange. Si quelque chose tournait mal… pas pour le bébé, mais pour toi, on aurait besoin de médecins humains. Je ne veux pas que tu coures le moindre risque.

— Oh. »

Je l'entraîne vers sa voiture et lui tiens la portière pendant qu'elle monte à bord. « Tout va bien se passer. Il n'y a aucune raison de s'inquiéter. Je vais te suivre chez toi, d'accord ?

— Je… je crois que j'ai besoin de rester un peu seule, dit-elle, sourcils froncés. Juste le temps de digérer tout ça. On peut laisser tomber pour ce soir ? »

Mon cœur manque un battement.

Merde.

« Mon ange, qu'est-ce qui te tracasse ? Qu'est-ce que je peux faire ?

— Non, ce n'est rien. Ne flippe pas. J'ai juste besoin de me retrouver un peu. Tout ça va très vite, et j'aimerais m'habituer à l'idée d'avoir un bébé-loup. Et d'être ta compagne. Et de tout ce qui va avec. Est-ce que je peux demander une nuit seule ? » Elle pose la question d'une voix douce, pourtant ses mots me transpercent le cœur.

Bien sûr, je lève les mains et réponds : « Sans problème, Charlie. Prends tout le temps qu'il te faut. » Je me penche pour lui embrasser le front. « Mais promets-moi de manger dès que tu arrives chez toi.

— Promis, juré », dit-elle en souriant.

Je ferme la portière en lui adressant un clin d'œil, mais la façon dont nous nous quittons me pèse. Lourdement.

Charlie a des doutes. Ça ne me plaît pas du tout.

* * *

Charlie

J'ai envie de marcher pour mettre de l'ordre dans mes pensées. Et de toute manière, je dois aller acheter les vitamines prénatales.

Lorsque je passe non loin de la boutique d'Adèle, je remarque quelque chose d'étrange. Je me trouve derrière la rue marchande, là où la porte arrière de la chocolaterie donne sur une ruelle et une benne à ordures. La porte est entrouverte, mais les lumières sont éteintes. Comme si quelqu'un avait oublié de la verrouiller ou de la fermer correctement.

Je m'approche, sourcils froncés. Adèle est-elle à l'intérieur ? Aurait-elle simplement oublié de fermer la porte derrière elle ? J'imagine mal un tel oubli de la part de mon amie consciencieuse et responsable. Son associé rasta-foutrien, en revanche... C'est une autre histoire.

« Bonjour ? » J'appelle en poussant la porte. J'attends quelques secondes, mais n'obtiens aucune réponse. Je tire la porte et m'assure qu'elle est bien fermée. Elle n'est pas verrouillée, mais c'est le mieux que je puisse faire. J'envoie un message à Adèle.

Coucou, tu es à la chocolaterie ? La porte arrière était ouverte. Mais les lumières sont éteintes.

Je m'attarde une ou deux minutes dans la ruelle pour voir si Adèle me répond. Un vent frais se lève pendant que j'attends. La température a baissé avec le coucher du soleil. Je remonte le col de ma veste. J'aurais dû enfiler plus de couches de vêtements ou mettre une écharpe avant de sortir. Le froid est-il dangereux pour le bébé ? Il est encore si petit dans mon ventre. J'ignore encore tant de choses sur la maternité.

Je regarde mon téléphone, mais je n'ai toujours pas reçu de réponse d'Adèle. Je me remets en marche. Avec un peu de chance, elle verra le message et viendra verrouiller le magasin. C'est bizarre que la porte soit restée ouverte. C'est sans doute la faute de cet idiot de Bing.

J'avance dans la ruelle lorsque je sens que quelqu'un se trouve derrière moi. Je me retourne à moitié, mais ne vois que des ombres.

« Il y a quelqu'un ? » Je ne discerne aucun mouvement autour des bennes. J'aurais pu jurer que quelqu'un était là.

Je me frotte la nuque. J'ai eu la même impression quand le loup me suivait. Bien sûr, ce loup était en réalité Lance. Et on sait comment ça s'est terminé.

J'ai parcouru la moitié de la ruelle quand j'entends un moteur vrombir. Une grosse camionnette entre dans la rue. Ses phares sont éteints.

« Hé ! » J'avertis le conducteur de ma présence en criant tout en me décalant vers le mur pour me réfugier près de plusieurs bennes à ordures. Sans tourner le dos à la camionnette sombre, je marche à reculons. Je me cogne tout à coup contre quelque chose de tiède.

« Oh ! » Je fais volte-face, puis recule d'un bond. Une silhouette sombre s'approche — un homme cagoulé. *Qu'est-ce que... ?* Je sursaute et manque de tomber à la renverse. Mon portable m'échappe des mains et tombe sur le trottoir. J'aimerais bien le récupérer, mais l'inconnu continue d'avancer vers moi.

Je me tourne pour prendre la fuite, mais la camionnette me bloque le chemin. Ses phares sont toujours éteints. Dans l'obscurité, emprisonnée entre l'homme cagoulé et le véhicule, je prends lentement conscience de ce qui se passe. J'ouvre la bouche pour crier, mais l'inconnu bondit et me frappe au crâne. Tout devient noir.

* * *

Lance

Après quelques minutes, je cesse de toquer à la porte d'entrée et contourne la maison pour essayer à l'arrière, porté par l'adrénaline. Charlie n'a répondu ni à mes messages ni à mes appels. J'écris à Deke : *Sadie a des nouvelles de Charlie ? Elle ne répond pas au téléphone.*

Je sais qu'elle avait besoin de rester seule, mais je me suis inquiété lorsqu'elle ne m'a pas répondu. Je me creuse la cervelle pour essayer de trouver où elle aurait pu aller.

Deke répond : *Non. Channing s'en occupe.* Channing peut localiser son portable.

Je force la porte arrière et traverse la maison d'un pas vif. Les lumières sont éteintes et tout est silencieux. Aucun signe de Charlie. Mon loup s'agite.

« Calme-toi, dis-je tout haut. Elle va bien. Elle est allée marcher, c'est tout. Ou faire une course... sans sa voiture. »

Mon portable sonne. Je réponds. Sans attendre que je le salue, Channing m'informe : « D'après les données du portable, elle est à Taos. Je vais te donner une localisation plus précise. »

Je sors de la maison en trottinant, puis continue sur le trottoir en me forçant à ne pas courir. *Elle va bien. Elle va bien.*

« Elle est près de la chocolaterie d'Adèle. »

Soulagement. Je me mets tout de même à courir. Mon loup a désespérément besoin de voir Charlie. Je rappelle Channing quand j'approche du magasin. « Où ça ? »

Il n'a pas besoin de précisions pour comprendre le sens de ma question. « À l'arrière. Dans la ruelle. Je vais le faire sonner. »

Je fonce pour gagner l'arrière de la boutique. Je décèle le parfum de Charlie, un mélange d'anciennes et de nouvelles odeurs, mais elle n'est pas là. L'appréhension me noue le ventre. Ma peau se couvre de chair de poule.

Merde. Aucun portable ne sonne. Je parcours la ruelle, où flotte la douce odeur de Charlie. Je la sens même sous ma forme humaine. Les odeurs sont plus nettes lorsque je suis sous ma forme animale, mais à moins que ce soit nécessaire, je ne prendrai pas le risque que quelqu'un remarque un loup gigantesque non loin de la place centrale.

Je vois soudain un portable à côté des bennes à ordures. L'écran est fissuré, mais c'est bien celui de Charlie. Il porte son parfum. Une autre odeur y est mêlée, un mélange de graisse et d'essence.

Un grondement monte dans ma gorge. Je ne peux le retenir. Putain, mon loup est dans tous ses états. Je serre le téléphone dans mon poing, puis m'accroupis. Je trouve des traces de l'odeur de Charlie au sol, ainsi que d'autres, plus faibles. Elles appartiennent à deux inconnus. La piste prend fin dans la ruelle, là où l'odeur d'essence est la plus forte.

Quelque chose ne va pas. Charlie a disparu.

* * *

Charlie

Je reprends lentement connaissance. De l'air frais souffle sur mon visage, alternant avec des vagues d'odeur d'essence. Je suis bâillonnée, j'ai les mains ligotées dans le dos et je suis allongée sur le flanc. Mon crâne douloureux palpite. Quand j'essaie d'ouvrir les yeux, je manque de vomir contre le torchon humide enfoncé dans ma bouche.

Oh, mon Dieu, le bébé. Je me recroqueville comme si je pouvais protéger mon ventre. Je ne ressens rien d'anormal, mis à part le fait d'être attachée et assoiffée. Les cordes m'irritent la peau, et une collection de bleus endolorit mes flancs. Je ne les avais pas avant de perdre connaissance, mais je suis vivante. Pour le moment.

La douleur sous mon crâne se décuple tandis que je rassemble mes souvenirs... la chocolaterie, les inconnus, le coup sur la tête. Ai-je interrompu un cambriolage ? Que se passe-t-il ?

Je me pose la question pendant ce qui me paraît des heures. Le camion finit par s'arrêter. Dans le silence soudain, j'essaie de crier, mais j'ai la gorge trop sèche, et le bâillon étouffe le son.

Un pan de toile s'écarte tout à coup, et une lumière vive éclaire mon visage.

Un homme pousse un juron. « T'as déconné de l'enlever. Le loup noir va être sur notre dos.

— Qui ? »

La toile retombe, faisant disparaître la lumière et étouffant le reste de la conversation. J'ai beau tendre l'oreille, je n'entends que des murmures. Je plie les doigts et remue les mains pour tester mes liens, mais ils tiennent bon et m'irritent la peau.

Le loup noir va être sur notre dos. Est-ce en rapport avec Black Wolf Security ? L'espoir me réchauffe le cœur. Lance et sa meute me viendront en aide. C'est certain. L'alternative n'est pas envisageable.

La camionnette redémarre et se remet en marche. Tandis que je frissonne de froid, terrifiée, une autre pensée se présente. Et si j'avais été kidnappée *à cause* de Black Wolf Security ?

Lance et sa meute travaillent dans un secteur très dangereux. J'ai vu son corps criblé de balles. Si quelqu'un découvrait qu'il a une compagne, ou pire, un enfant, notre famille deviendrait une cible. Pour les forcer à obéir. Pour se venger. Pour toutes sortes de choses auxquelles je n'ai pas envie de penser.

* * *

Lance

Je débarque comme un dingue au QG de la meute. Je respire fort, comme si j'avais couru jusqu'ici depuis la ville, au lieu d'avoir foncé sur ma Ducati et de l'avoir abandonnée, couchée sur le côté, sur la pelouse devant chez nous.

J'entre dans la salle des opérations et demande : « Du nouveau ? »

La grande silhouette de Channing est penchée devant plusieurs écrans. Il a un casque audio sur la tête et ne remarque pas mon arrivée. Rafe m'intercepte. Il a les traits tirés.

« On a un visuel grâce aux vidéos de sécurité, dit-il en m'entraînant vers son bureau. Voilà ce que les caméras de surveillance dans la ruelle ont enregistré. » Il pointe une télécommande vers un écran mural. La vidéo est floue, mais je distingue une vue du centre de la ruelle. Et je vois clairement Charlie, inconsciente, se faire charger dans une camionnette sans signe distinctif par deux hommes cagoulés.

Je rejette la tête en arrière et hurle. Mon loup est juste sous la surface et menace de se libérer. Mais ça n'aidera pas Charlie. Je dois rester sous forme humaine.

« Du calme », m'ordonne Rafe en s'approchant.

Je serre les dents, chacun de mes muscles bandé. J'ai envie de me frapper, de hurler, de courir des milliers de kilomètres. Je suis prêt à tout pour secourir Charlie et mon bébé. À n'importe quoi pour faire cesser la litanie constante dans ma tête. *C'est ma faute. Ma faute si elle a été enlevée. Ma faute s'ils sont en danger.*

« Ce n'est pas ta faute, soldat », aboie Rafe. Je prends conscience que j'ai parlé à voix haute.

« Ils l'ont enlevée, je sais qu'ils l'ont enlevée, dis-je en faisant les cent pas. On doit découvrir où elle est.

— On ne sait pas qui ils sont.

— C'est forcément Vincent Sarcero. » Le trafiquant d'armes que nous avons cambriolé lors de notre dernière mission. « Il a compris, et il nous traque pour se venger. Putain ! » Je donne un coup de poing dans le mur. Le plâtre s'enfonce sous mon poing, et un nuage de poussière blanche se soulève.

« Reprends-toi, soldat. » Je me tourne vers mon frère en grondant. Il gronde plus fort en réponse, ce qui calme quelque peu mon loup. La présence dominante de notre alpha l'y aide. « Pour le moment, on ne sait rien du tout. Et muter n'aidera pas Charlie. »

Merde. Il a raison. Je dois garder la tête froide.

« Que sait-on sur le point de départ ? » demande-t-il. Il parle du lieu du kidnapping.

Je me redresse et fais mon rapport : « Il y avait l'odeur de deux hommes. Ceux sur la vidéo. Personne d'autre. Toutes les autres odeurs étaient plus vieilles. » Je me passe la main sur le visage. « Ils pourraient être loin de la ville à l'heure qu'il est.

— J'ai passé des coups de fil à tous nos contacts. Channing a réussi à lire la plaque d'immatriculation du fourgon, et la police est alertée. Channing écoute leurs communications.

— Quoi d'autre ?

— J'ai appelé le colonel et les King... » Il se tait lorsque Deke apparaît dans l'embrasure de la porte, le bras passé autour des épaules de Sadie. La petite humaine écarquille les yeux en remarquant le trou que j'ai créé dans le mur.

« Dis-nous ce que tu sais, chérie », murmure Deke.

Sadie déglutit deux fois avant de détacher son regard du mur. « J'ai téléphoné à Adèle, mais je suis tombée sur le répondeur. Tabitha se rend chez elle en ce moment même.

— La chocolaterie n'était pas verrouillée, dis-je. Ils l'ont peut-être attendue à l'intérieur. » Je me passe une main dans les cheveux. L'envie de muter me fait trembler de tous mes membres.

Rafe pose la main sur mon épaule. « Conserve ton énergie. On aura bientôt une cible.

— J'ai des infos, déclare Channing. Kylie King est en ligne. »

Nous nous rassemblons dans la salle des opérations, où le visage blême de Kylie King est affiché sur l'un des écrans. Elle n'a plus rien de la mère détendue que Charlie et moi avons rencontrée en appel vidéo à Cabo. Ses cheveux sont attachés en arrière et son expression est soucieuse. Elle porte des lunettes jaunes sans monture sur le nez. Nous entendons de frénétiques cliquetis tandis qu'elle tape sur son clavier.

« Je suis sur le dark web, nous dit-elle sans lever les yeux. J'effectue des recherches à partir du nom de Charlie, de Black Wolf Security et de tout ce qui se trouve aux alentours de Taos.

— Et Vincent Sarcero ? »

Kylie plisse le nez et secoue la tête. « D'après une rumeur, il serait mort.

— Mort ? demandons Deke et moi en chœur.

— Rien de confirmé, pas encore. J'y travaille. Laissez-moi un peu de temps. J'en saurai bientôt plus.

— Merci, Kylie, dit Rafe.

— C'est normal. » Kylie prend un instant pour nous

regarder à travers l'écran. Son expression s'adoucit lorsqu'elle me voit. « On va la retrouver, Lance. »

Je réussis à hocher la tête avant que l'écran ne devienne noir.

Rafe s'avance et montre son portable. « Je viens d'avoir le colonel Johnson. Une équipe a réussi à éliminer Vincent Sarcero tôt ce matin. C'est le chaos dans son organisation.

— Sans déc', marmonne Deke. Donc, ça ne peut pas être lui.

— Non, sauf s'il en a donné l'ordre avant sa mort. Mais j'en doute. »

Vincent Sarcero était le premier suspect sur ma liste. Qui a kidnappé Charlie si ce n'est pas lui ?

* * *

Charlie

Après un long trajet qui dure une éternité, la camionnette ralentit et s'arrête. Quelques chiens aboient. Un homme crie jusqu'à ce qu'ils se taisent.

Merde. Je tends l'oreille, espérant récolter des indices sur où je me trouve et qui m'a enlevée, mais je suis au bord de la crise de panique.

La rampe s'abaisse avec un cliquètement métallique. Des mains me tirent sans douceur à l'extérieur du véhicule. Je me recroqueville, mais n'ai pas la force de résister.

« Tout doux, ma jolie », grommelle l'un des hommes en me soulevant contre lui. Je halète contre le bâillon. Redoutant de tourner à nouveau de l'œil, je plante mes ongles dans mes paumes et m'efforce de ralentir ma respiration.

Tandis que j'essaie de ne pas hyperventiler, l'homme

me porte à l'intérieur d'un entrepôt sombre. Il contourne des véhicules et des machines.

« C'est elle ? » demande un autre homme. Mon ravisseur se contente de grogner.

Des frissons parcourent mon échine. *Elle ?* C'est *moi* qu'ils cherchaient ? Une fois de plus, je pense que ça doit avoir un rapport avec l'entreprise de Lance. Mais si c'est le cas, il me trouvera. Il ne nous laissera pas mourir, notre bébé et moi. Ou du moins, il fera tout ce qui est en son pouvoir pour nous retrouver. J'en suis certaine.

Je dois simplement survivre jusque-là. *S'il te plaît, Lance. Viens vite.*

« Là-dedans. » Le deuxième homme ouvre une porte d'un coup de pied. Le premier me porte à l'intérieur et me pose sur le sol en béton. La pièce contient des déchets, et rien d'autre. Rien d'autre que l'obscurité et la forte odeur âcre de ma sueur.

La porte se referme. Toujours ligotée et bâillonnée, je me retrouve seule, à me demander ce qui va m'arriver.

* * *

Lance

Je regarde les écrans sans ciller dans la salle des opérations. J'aimerais pouvoir aider les autres. Mon loup s'est calmé. Ma nausée a disparu, remplacée par la torpeur détachée que j'éprouve avant une bataille. La pièce est désormais silencieuse. Le seul bruit est celui des doigts épais de Channing qui tapent à toute vitesse sur le clavier. Pour un gros malabar qui ressemble davantage à un bulldozer qu'à un geek, il est sacrément doué avec les ordinateurs.

Je me lève d'un bond lorsque Kylie réapparaît à l'écran. « Il se passe des choses à Taos. Quelqu'un connaît un certain Christopher Ford ?

— Ouais, répond Rafe. C'est l'associé d'Adèle. Il est copropriétaire de la chocolaterie.

— Tu parles de Bing ? demande Sadie.

— C'est ça, confirme mon frère. C'est un fumeur d'herbe et un vendeur du dimanche, mais il est inoffensif. J'ai déjà vérifié ses antécédents il y a un moment. » Bien sûr qu'il l'a fait. Rafe ne serait pas mon frère aîné s'il ne cherchait pas à tout contrôler. Même si j'ignore pourquoi il voudrait contrôler la vie d'Adèle. Peu importe ; tout de suite, je lui en suis extrêmement reconnaissant.

« Eh bien, on dirait qu'il est passé de l'herbe à la méthamphétamine ces derniers mois, nous apprend Kylie. Il s'est rapproché de types craignos. Genre, vraiment craignos. Il y a une prime sur sa tête. »

Sadie pousse un petit cri. Deke lui enlace la taille et la serre contre lui.

« Je vais prévenir les flics », dit Rafe. Il sort de la pièce en collant son portable contre son oreille.

Merde, est-il possible que l'enlèvement n'ait rien à voir avec notre mission ? Qu'un abruti ait trempé dans une affaire louche, et que Charlie se soit simplement trouvée au mauvais endroit, au mauvais moment ?

Les minutes s'écoulent à une allure d'escargot.

Channing retire son casque. « Merde. Le canal de la police est en alerte rouge. Ils sont devant chez Christopher Ford. Il y a un corps. »

Je me lève en rugissant.

* * *

Charlie

J'ai de plus en plus froid à force d'être allongée sur le béton, mais je ne peux pas y faire grand-chose. *S'il te plaît, petit bébé. Tiens bon, je t'en supplie. Maman va trouver une solution.*

Je ferme les yeux. Je ne peux pas pleurer. J'ai besoin de rester hydratée. Je me souviens de ce que Lance a dit. Les bébés métamorphes sont forts, n'est-ce pas ? Je peux être forte pour mon bébé.

Mais je sursaute quand la porte s'entrouvre en grinçant. Un filet de lumière pénètre dans la pièce. Mon cœur se met à tambouriner dans ma poitrine.

« Elle est réveillée », dit l'homme à quelqu'un. Il s'accroupit à côté de moi. Il a retiré sa cagoule. Son visage est pâle, avec une barbe hirsute et des traits ternes. Je tressaille lorsqu'il tend la main vers moi. Ce n'est pas comme si je pouvais me lever et m'enfuir, pourtant il passe mon poignet dans une menotte fixée au sol avant de trancher mes liens. Je recule autant que possible — pas beaucoup — et m'adosse au mur, puis j'ôte le bâillon de ma bouche. J'aimerais pouvoir cracher pour me débarrasser du goût désagréable, mais j'ai la bouche trop sèche.

« Tiens. » L'homme me tend une bouteille d'eau. Il attend que je le regarde pour dévisser le bouchon, mais je ne bouge pas lorsqu'il me la tend. Avec un petit soupir, il la pose par terre et recule pour me laisser la prendre. Je me force à me déplacer lentement pour saisir la bouteille à deux mains. La première gorgée est divine. Je m'humidifie la bouche avant de boire longuement.

« C'est mieux, murmure-t-il. On est partis du mauvais pied. »

Sans déconner, Sherlock. Je le regarde en plissant les yeux. Il hausse les épaules. « Les choses ne se sont pas passées comme on le voulait. On n'a rien contre toi, mais tu as une information que l'on veut.

— Quoi ? » Ma voix est encore éraillée.

« Le numéro du compte en banque. Ton associé nous doit un paquet de pognon. »

Mon associé ? Je réfléchis à toute vitesse. De quoi parlent-ils ? Je suis postière.

Mon kidnappeur continue : « Il était censé nous retrouver et nous donner ce qu'il nous doit. Mais il n'est pas venu. Toi, si. »

Puis je me souviens : la porte de la chocolaterie était restée ouverte. Ils m'ont enlevée juste devant la boutique. Me prennent-ils pour Adèle ?

« Vous parlez de Bing ?

— Ouais, c'est lui.

— Mais je ne le connais pas. »

L'expression de l'homme se durcit. Je colle mon dos au mur.

« Écoute, ma jolie, si tu coopères, tout se passera bien pour toi. On a déjà buté ton associé. »

Quoi ? « Bing est mort ?

— C'est ce qui arrive quand on déconne avec nous. Mais si tu coopères, on te libérera. »

Je le regarde fixement, bouche bée, tout en tentant de ne pas craquer. Ce type ment. J'ai vu son visage. Si je lui donne les informations qu'il demande, je suis foutue.

Mais je suis foutue de toute manière. Que feront-ils quand ils comprendront que je ne suis pas Adèle ?

* * *

Lance

Des voitures de police sont rassemblées dans la rue devant l'appartement de Christopher Ford. Nous sommes dans le Humvee, mais nous ne pouvons pas approcher. Je suis pétrifié sur le siège passager. Les gyrophares bleu et rouge éclairent mon visage par intermittence pendant que j'attends le retour de Rafe. Mon frère a décidé de se rendre sur la scène du crime et m'a demandé de l'accompagner. C'est toujours mieux que rester à me tourner les pouces en attendant de nouvelles informations. Channing nous appellera dès qu'il en saura plus.

Rafe revient en trottinant entre les véhicules de police. D'un bond, il s'installe derrière le volant du Humvee. « Je n'ai pas pu m'approcher du corps, mais il s'agit bien d'un meurtre. »

Je pose la main sur la poignée de la portière en grondant. J'aimerais voir les flics réussir à empêcher un loup de plus de cent kilos de s'approcher.

« Arrête, m'ordonne Rafe. Ça ne servirait à rien de s'approcher. Les flics t'arrêteraient. Maintenant qu'on sait pourquoi Charlie a été kidnappée, Channing et Kylie peuvent localiser ces connards. Dès qu'on a plus d'infos, on passe à l'action. » Son portable vibre. Il décroche en moins d'une seconde. « Lightfoot.

— Sadie a reçu un coup de fil, gronde Deke dans le combiné.

— J'avais un message de Tabitha, dit Sadie. La police vient d'arrêter Adèle pour l'interroger sur le meurtre de son associé.

— Merde ! » Le cri de Rafe envoie une onde d'énergie alpha qui nous traverse tous.

Ainsi, Adèle ne le laisse pas indifférent. Quoi qu'il en soit, la nouvelle l'ébranle. Il démarre le véhicule en trombe.

* * *

Charlie

Un grand calme m'envahit.

« Je ne suis pas Adèle. Et je peux vous le prouver. Je vais sortir mon portefeuille. » Je lève lentement la main et montre la poche de ma veste.

L'homme acquiesce de la tête. Je sors le portefeuille et le jette par terre devant ses pieds.

« Je m'appelle Charlie Holland. Je travaille à la poste, dis-je rapidement.

— Merde. » Il prend ma pièce d'identité, se redresse et sort en claquant la porte derrière lui. Je m'avachis en arrière dans le noir.

C'est déjà très grave d'enlever une postière. Mais s'il essaie de s'en prendre à moi, je lui dirai que je sors avec Lance Lightfoot de Black Wolf Security. Il comprendra à quel point il est dans la merde.

Cette situation n'était pas la faute de Lance. J'ignore si c'est rassurant ou encore plus inquiétant, parce que je ne sais même pas s'il sait que j'ai été enlevée. Je lui ai dit que je voulais rester seule ce soir. Peut-être qu'il m'accorde du temps. Merde, peut-être que personne ne se rendra compte que j'ai disparu avant demain matin, quand je ne me présenterai pas au travail.

* * *

Lance

Lorsque nous revenons au QG, Deke est en train d'empiler de l'équipement et des armes sur la pelouse. Il est en tenue de combat, avec de la peinture noire sur le visage. Sadie se tient à quelques mètres, les bras serrés autour de son ventre. Dès que nous nous garons, Rafe sort ouvrir la portière à Adèle. Elle descend du véhicule, la tête haute, suivie de Tabitha. Sadie court les serrer dans ses bras.

« À l'intérieur », aboie Rafe. Nous entraînons les femmes dans la salle des opérations. Pendant que j'étais à deux doigts de détruire l'habitacle du véhicule à mains nues, Rafe a passé d'autres coups de fil et a réussi à faire libérer Adèle.

Channing retire son casque et se lève pour nous saluer.

« Qu'est-ce qui se passe ? Tu l'as trouvée ?

— Je sais peut-être où elle est détenue. Dans la forêt nationale Carson. Teddy est en route. »

Putain, quelle chance.

« Équipez-vous », ordonne Rafe. Channing et moi quittons la pièce en hâte. C'est le moment que j'attendais. *J'arrive, Charlie. Tiens bon.*

Je sors en trottinant. Les humaines sont rassemblées sur le porche. Au loin, j'entends les pales d'un hélicoptère en approche.

« C'est ma faute. C'est à cause de Bing », dit Adèle. Ses amies l'entourent et l'étreignent.

Rafe s'arrête à sa hauteur. « Tu n'aurais rien pu faire. Tu n'es pas responsable de ce que fait l'ennemi. Ce n'est pas ta faute, c'est la leur. »

Adèle hoche la tête, mais elle ne semble pas convaincue. « Alors, quel est le plan ?

— Nous pensons savoir où elle est retenue. Nous allons y aller, et la ramener. » Puis Rafe fait une chose que je n'aurais jamais pensé le voir faire un jour. Il prend le menton d'Adèle dans sa main et lui fait lever la tête pour qu'elle rencontre son regard. « Je te promets que nous allons la ramener. »

L'hélico fait désormais du surplace au-dessus de nos têtes. Le vent soulevé par les pales secoue les arbres autour de notre jardin.

« Mais comment… » Rafe fait taire Adèle en posant un doigt sur ses lèvres.

« On va faire ce qu'on sait faire de mieux. Restez là. En sécurité. » Il recule et nous fait signe. « On bouge ! »

* * *

Charlie

Un bruit discret me réveille. Je remue. J'ai les muscles endoloris et raides à force de rester assise. Mais je ne peux pas y faire grand-chose, avec un poignet menotté au sol. Au moins, je ne suis plus ligotée.

Aucune lumière ne passe sous la porte. Est-ce déjà le matin ? Après avoir terminé la bouteille d'eau, je me suis roulée en boule du mieux possible et j'ai fermé les yeux. Je dois être sérieusement déshydratée, parce que je n'ai pas eu besoin d'uriner. Je ne sais pas si c'est une bonne ou une mauvaise chose.

Je sens plus que je n'entends une présence de l'autre côté de la porte. Il me semble remarquer un murmure. Je me raidis. L'homme est-il de retour ?

La porte s'entrouvre. Une grande ombre s'étire dans la

pièce. Je rencontre un regard scintillant au milieu d'un visage couvert de peinture. Une main se pose délicatement sur ma bouche pour étouffer mon cri.

« Charlie. » Les bras forts de Lance m'entourent. Mon souffle se bloque dans ma gorge. J'enfouis mon visage contre son torse et inspire son odeur. Est-ce un rêve ?

« Mon ange, je suis là, me murmure-t-il. On va te sortir de là. Tout va bien se passer. » Il me palpe et renifle mon cou. « Tu es blessée ?

— Non », dis-je d'une voix rauque. J'essaie de l'enlacer, mais la menotte m'en empêche. Un profond grondement fait vibrer son torse sous mon oreille.

« Un instant. » J'entends un bruit qui ressemble à une boîte de conserve se faisant écraser, puis mon bras est libre. La menotte ceint toujours mon poignet, mais la chaîne a disparu.

Lance me soulève et me porte dans ses bras comme si j'étais une jeune mariée. « Tiens-toi à moi, mon ange. On s'en va. »

La porte remue légèrement. Deux yeux verts luisent dans le noir. Je sursaute, mais Lance me murmure : « Du calme. Ce n'est que Rafe. »

Je discerne la silhouette du gigantesque loup noir devant la porte. Il baisse la tête et s'éloigne.

« Il va passer devant », me chuchote Lance.

Je hoche la tête et enfouis de nouveau mon visage dans son cou. J'inspire son odeur à grandes goulées pour conserver un semblant de calme. Le visage et les cheveux blonds de Lance sont couverts de peinture de camouflage. Il a l'air d'un démon dans la nuit. Toutefois, il n'est pas aussi effrayant que ce gros loup noir.

« Tu es prête ? »

Je le serre plus fort dans mes bras. Je ne me fais pas

assez confiance pour parler. Ses muscles se bandent en dessous de moi, puis il se met à courir. Le vent sur mon visage m'indique que nous nous déplaçons plus vite qu'aucun humain ne le pourrait. En quelques instants, nous sommes sortis de l'entrepôt. À part un chien qui aboie au loin, la nuit est silencieuse.

Le bâtiment est entouré d'une clôture de trois mètres de haut surmontée de fils barbelés. Le métal scintille au clair de lune. Devant nous, le loup noir bondit par-dessus, en un saut aussi impossible que gracieux. J'en ai le souffle coupé.

« Rattrape-la », dit Lance entre ses dents. Le loup mute brusquement et reprend forme humaine. Rafe n'est pas nu ; il porte une sorte de boxer en tissu élastique.

« Tu es prête, Charlie ?

— Hum... »

Lance me jette dans les airs comme un sac de patates. Je ferme les yeux et me prépare à l'atterrissage. Rafe me rattrape si facilement que je ne sens presque pas l'impact. Lance bondit par-dessus la clôture et passe sans mal au-dessus des fils barbelés. Son talent me laisse bouche bée. C'est donc ça d'être un métamorphe ? Notre bébé sera-t-il comme lui ?

Dans notre dos, les chiens ont commencé à faire du raffut. Rafe mute et reprend sa forme de loup.

« Merde. » Lance me reprend dans ses bras et commence à courir entre les arbres. J'essaie de garder les yeux ouverts, mais la forêt qui défile à toute vitesse autour de nous me donne le tournis. « On n'est pas encore sortis d'affaire, dit-il.

— Qu'est-ce qui va se passer ?

— Je voulais foutre le feu à cet endroit. Le réduire en cendres. Mais Rafe me l'a interdit. Les flics auront envahi les lieux dans quelques heures.

— Comment est-ce qu'on va partir d'ici, je voulais dire ?

— Oh. C'est le plus amusant. » Il m'adresse un large sourire. Je n'ai jamais été aussi effrayée de ma vie, et Lance sourit. Pour lui, c'est un jour comme un autre. C'est son quotidien... Il a passé toute sa vie adulte à être en danger.

Le plus amusant ?

Lance cesse de courir. Sans me lâcher, il s'accroupit derrière un rocher.

Quelqu'un s'agenouille à côté de nous. « La voilà. » Un reflet blanc scintille au milieu de la peinture de camouflage : Channing me sourit. Il me donne une bouteille d'eau. Lance m'aide à la tenir pendant que je bois aussi lentement que possible.

Il me tapote le dos lorsque je m'étouffe et tousse en postillonnant. « Doucement, mon ange. Je te tiens. »

Je me serre contre lui et ferme les yeux de toutes mes forces pour m'empêcher de pleurer. Je ne risque plus rien. Lance est venu me chercher. Tout va bien se passer.

« Bon, préparez-vous à courir », marmonne Channing. Il range la bouteille vide dans son sac, puis en sort un talkie-walkie. « Écho-1, ici Alpha-10. Venez nous chercher. »

Lance me déplace pour libérer sa main et prend l'appareil que lui tend Channing. « Écho-1, on a le colis. Il est temps de se barrer d'ici. » Derrière nous, l'entrepôt est à présent illuminé. Les aboiements sont de plus en plus forts.

« Compris, répond une voix criblée de parasites dans le récepteur. « Écho-1 en route. Tenez-vous prêts, Alpha-10. »

Lorsque je baisse la tête, un gros loup brun et blanc se tient à la place de Channing. Il me sourit avant de prendre le sac dans sa gueule et de commencer à trotter.

« Et voilà, chérie. On est presque partis. » Lance se redresse et se remet à courir. Nous nous trouvons sur une montagne, et il nous fait prendre de la hauteur en direction du vacarme produit par les pales d'hélicoptère. Je vois l'appareil en vol stationnaire au-dessus d'un affleurement rocheux. Et nous fonçons droit sur lui.

« Accroche-toi. » Lance accélère encore. Les arbres deviennent flous. Il se précipite à travers les fourrés en direction de l'hélicoptère qui nous attend. Cependant, je ne vois aucun signe du loup noir et du loup brun et blanc. Pas de Rafe, pas de Channing.

Par-dessus le vrombissement du moteur et le vent des rotors, je demande : « Et les autres ?

— Ils peuvent se débrouiller ! » Lance saute dans l'hélicoptère et s'assied sur un siège en me gardant dans ses bras. Il s'attache à une main pour continuer à me tenir. Je crois qu'il n'a plus jamais l'intention de me lâcher.

« Je suis vraiment désolé, mon ange. C'est presque fini. » Je ne sais pas comment je réussis à l'entendre malgré le bruit des pales.

L'adrénaline et le froid me font claquer des dents, mais je suis vivante. Nous sommes dans les airs et nous nous éloignons dans la nuit.

Mais avant que je puisse soupirer de soulagement, un long sifflement bas se mue en un horrible gémissement. Et l'impact se produit. L'hélicoptère frémit, puis il penche sur le côté.

Lance me serre plus fort. « Merde !

— On abandonne la mission ! » hurle Teddy. Tout se déroule au ralenti. Je n'y vois presque rien dans l'obscurité, mais j'ai l'impression que Lance saisit quelque chose derrière nous. Tout à coup, il m'attache à lui, assis sur le siège.

Je demande en criant : « Qu'est-ce que tu fais ?

— On va s'écraser ! »

Non. On ne peut pas s'écraser. Je ne suis pas prête à

mourir. Pas alors que j'ai tant de raisons de vivre… je dois protéger à tout prix cette vie minuscule qui grandit en moi.

L'hélicoptère penche un peu plus. Nous sommes projetés contre le siège. Je hurle et sens mon ventre se retourner. L'hélicoptère chute vers le sol.

« Accroche-toi ! » Lance me tient si fort qu'il me fait mal. Le vent me fouette le visage ; j'y vois à peine. Lance nous fait approcher du vide et saute. Mes cris sont avalés par le souffle d'air.

Je ne peux pas mourir. Par pitié, mon Dieu, je t'en supplie, épargne-moi et mon bébé. Je ferais n'importe quoi pour le protéger.

Le monde devient soudain silencieux. Nous flottons dans la nuit, les étoiles scintillant au-dessus de nous. Le moment est presque paisible. Puis, je ne sais comment, Lance nous fait pivoter, et je vois la vallée. Merde, on tombe. En chute libre. Putain, on va mourir.

Je hurle son prénom tandis qu'un autre grincement trouble le silence.

Loin au-dessus de nous, l'hélicoptère explose bruyamment. De la lumière illumine la nuit. Lance me protège de son corps. Bien que je sois attachée, je m'accroche à lui de toutes mes forces.

« Tiens-toi bien, Charlie. » Les mots me parviennent malgré mes oreilles qui sifflent. Mon visage est engourdi. Le vent nocturne est glacé, coupant comme une lame. Une puissante secousse fait manquer un battement à mon cœur. Le parachute s'ouvre au-dessus de nous. Nous restons suspendus dans les airs au-dessus de la vallée. En dessous, les routes et les maisons forment de petites lumières clignotantes qui m'évoquent d'autres étoiles.

Les yeux brillants de Lance sont un phare dans la nuit.

« Je te tiens, mon ange. Je te tiens. » Il me serre contre lui tandis que nous flottons vers la terre ferme.

* * *

Le jour se lève, éblouissant et froid. Je suis assise à l'arrière d'un Yukon noir avec Lance. Dès que nous avons touché le sol, Lance a détaché le parachute, m'a soulevée et a rejoint la route en me portant. Quelques minutes plus tard, Deke est arrivé en voiture. Teddy était déjà assis sur le siège passager.

« Rafe et Channing ont réussi à s'échapper, nous a immédiatement appris Deke. Les flics ont déjà fouillé l'entrepôt. Ils ont trouvé un foutu lance-grenades.

— Ouais, on avait compris », pouffe Teddy. Pour un type dont l'hélicoptère vient de se faire réduire en miettes, il est de bonne humeur. Son énorme corps tient à peine sur la place passager. Chaque fois qu'il remue, le siège craque, mais il semble détendu et sourit comme s'il était en vacances.

Moi ? Je n'arrive pas à cesser de trembler. Je suis blottie contre Lance, qui me tient dans ses bras. Mes dents continuent de claquer.

« Tu as froid, mon ange ? »

Je hausse les épaules. Ma peau est engourdie. Lance rencontre le regard de Deke dans le rétroviseur. Ce dernier hoche la tête et appuie sur plusieurs boutons. Une seconde plus tard, de l'air chaud est projeté dans le véhicule. Lance oriente les souffleurs dans ma direction.

Mais je ne sens rien.

« On va aller à l'hôpital. Te faire examiner. Et le bébé.

— D'accord. » Ma voix me paraît très lointaine. Mes oreilles n'arrêtent pas de se boucher — sans doute à cause de l'explosion. L'explosion d'un foutu hélicoptère, juste au-dessus de moi.

« Je suis vraiment désolé, mon ange », dit Lance. Mais rien de tout ça n'est sa faute. C'est lui qui m'a secourue. Il m'embrasse la tempe pour la millionième fois.

J'ai envie de le laisser prendre soin de moi, comme il vient de le faire. Comme il le fait depuis que nous nous sommes rencontrés. Mais je n'arrive pas à me détendre. C'est comme si la peur m'avait glacé les os et refusait de disparaître.

Chapitre quinze

Lance

Le lendemain matin, Charlie se réveille contre mon torse. Elle avait l'air à des années-lumière hier, pendant que nous nous occupions des suites de son enlèvement. Renfermée sur elle-même. Comme engourdie. Presque vide.

Ça m'a filé une trouille d'enfer… Pourtant, rien ne me fait peur.

Pour ne rien arranger, elle a cauchemardé toute la nuit et s'est réveillée en sursaut en criant. Elle a tremblé entre mes bras pendant que je l'étreignais et lui répétais qu'elle ne risquait rien.

Elle ouvre un œil, puis détourne le regard lorsqu'elle rencontre le mien. Mon pouls s'accélère.

« Charlie ? Parle-moi, mon ange. Je sais que ça ne va pas. »

Elle s'assied au bord du lit en me tournant le dos. Elle

porte l'un de ses T-shirts imprimés élimés et une culotte. Nous n'avons pas fait l'amour hier soir, et on dirait que ça n'arrivera pas ce matin non plus.

Elle soupire. Lorsqu'elle se tourne pour me regarder, son regard renferme de la souffrance. « Non, ça ne va pas. Lance, ce qui m'est arrivé était comme un électrochoc. Je... » Elle se passe la main sur le visage. « Je ne peux pas vivre des situations aussi stressantes. Je dois penser au bébé.

— Bien sûr que tu ne peux pas, mon ange. Personne ne devrait endurer ce qui t'est arrivé. C'était n'importe quoi.

— Toi, tu arrives à gérer. » Elle pince les lèvres, et ses épaules se voûtent. Je ne sais pas pourquoi ses mots ont plus l'air d'une accusation que d'un compliment.

« Je suis quasiment indestructible, Charlie. Et j'ai suivi un entraînement militaire quotidien depuis que je suis devenu adulte. Je me suis déjà retrouvé dans des situations comme celle-ci.

— Ouais, marmonne-t-elle. Si j'ai bien compris, tu te retrouves dans ce genre de situation environ une fois par mois. »

Je la regarde fixement. L'appréhension me noue le ventre. Qu'essaie-t-elle de me dire ?

« Je me trompe ?

— Non. Mais comme je te l'ai dit, je ne suis pas humain. C'est différent. »

Charlie détourne la tête en clignant rapidement des yeux. Je me crispe. Ma compagne pleure... à cause de moi. « Je n'ai pas envie de redouter que tu meures dans une explosion ou un hélicoptère en flammes. Ou que tu te fasses tirer dans chaque partie de ton corps. Après tout, tu dis que tu es *quasiment* indestructible. Tu peux être tué, non ?

— Charlie, n'importe qui peut être tué à tout moment. Il

ne faut pas trop y penser », dis-je en me levant, les bras en l'air.

Charlie se lève, elle aussi. Elle se tord les mains. « Ce n'est pas ce que je veux », lâche-t-elle.

Je me fige. « Comment ça ? » Ma voix est douce, mais la peur me glace le sang de ses froids tentacules.

« J'avais un projet, tu te souviens ? » Des larmes emplissent ses yeux. Sa voix tremble.

J'essaie de déglutir, sans succès. « Je me souviens.

— Ma vie était censée être barbante et stable. Je veux retrouver cette vie. J'en ai besoin. » Elle recommence à se tordre les mains, ce qui me brise le cœur. J'ai envie de la prendre dans mes bras, mais elle continue de reculer. « Je ne supporte pas de m'inquiéter. J'ai passé mon enfance à me faire du souci, à craindre qu'un de mes parents ne rentre jamais. Et maintenant, pareil pour Chad. Je ne peux pas m'inquiéter pour toi. Et je n'ai pas envie que notre enfant ait à subir ça, lui non plus.

— Charlie... » Je contourne le lit, mais elle lève la main.

Ses larmes coulent à présent, deux sur une joue, une troisième le long de son nez. « S'il te plaît. Laisse-moi parler. Lance, quand j'ai été enlevée hier, les kidnappeurs ont parlé d'un loup noir. »

Je fronce les sourcils.

« À mon avis, ils avaient simplement peur de vous, mais sur le moment, je me suis demandé si on m'enlevait à cause de la meute. Parce que quelqu'un avait appris que j'étais ta compagne et voulait se servir de moi pour te faire du mal.

— Ouais, j'y ai songé aussi », dis-je en me passant la main sur le visage.

Grave erreur. Charlie écarquille les yeux et se couvre la bouche. Elle trébuche en arrière. « J'avais raison, dit-elle d'une voix étouffée.

— Non, attends... raison à propos de quoi ? » Je m'approche, mais sans la toucher. Elle est sur la défensive... Elle enlace sa taille en un geste protecteur.

« Ce que tu fais... tes missions... Elles sont dangereuses. Et ça me met en danger. Ça met notre bébé en danger.

— Non... » Mais c'est un mensonge. Elle a raison. Elle a entièrement raison. C'est comme un coup de couteau dans le ventre.

« Lance, je ne peux pas faire ça. Tu es incroyable au lit. Tu es merveilleusement gentil et protecteur, mais ça ne suffit pas, murmure-t-elle. Ce n'était pas ce que je souhaitais. Ce n'est pas ce dont j'ai besoin. »

Mon cœur s'échappe de ma poitrine et tombe à nos pieds. Ma bouche s'emplit de cendres.

« Je serai tout ce dont tu as besoin, Charlie.

— Tu ne peux pas. Je suis navrée, Lance. Je... » Elle fait un geste du bras. « Les couchers de soleil à Cabo, c'est sympa, mais ça ne suffit pas. »

Je ne suffis pas. Rafe avait raison. Je ne peux pas être un bon père.

Les blessures par balles étaient moins douloureuses que cet instant.

Mon loup hurle si fort que j'entends à peine les mots suivants de Charlie. « Je vais m'en aller. »

La panique me comprime la poitrine. « Quoi ? Où ça ?

— J'ai un plan. Je peux rester chez mes parents en Arizona. Ils sont à la retraite, maintenant. Ils m'aideront quand le bébé sera né. » Elle me tourne déjà le dos, ouvre les portes du placard et en sort deux valises.

Des alarmes retentissent sous mon crâne et noient les hurlements de mon loup. De la chaleur emplit mon corps, presque au point de me faire muter. Pas parce que je suis en colère ; à cause de la sensation de danger. Je suis en train de perdre ma compagne. Je suis en train de perdre ma compagne et mon enfant.

Et je ne peux rien faire pour l'empêcher.

Tout en la regardant jeter des vêtements dans la valise, j'arrive à demander : « Quand ?

— Hum, tout de suite. Je pense qu'une rupture nette sera plus facile pour nous deux. Après ce qui s'est passé, j'ai besoin de prendre un peu de distance avec Taos. Je croyais que ce serait un bon endroit pour élever des enfants, mais je me trompais complètement. »

Je ne lui dis pas que me quitter est une impossibilité. Enfin, elle peut partir, mais je la suivrai.

Ça ne ferait que la contrarier. Je dois la laisser respirer. Elle vient de dire qu'elle a besoin d'une rupture nette. De distance. Je vais devoir empêcher mon loup de la suivre sur-le-champ.

Je ne sais pas comment j'y parviendrai… L'instinct de protéger ma compagne et notre enfant à naître est si puissant qu'il risque de me tuer. Un loup uni à sa compagne peut-il être victime du mal de lune ?

Merde.

Mes oreilles bourdonnent. Je m'entends dire : « D'accord. Je comprends. » Je m'habille. C'est un mensonge. Je ne comprends pas. Je ne comprends rien.

Ou peut-être que si.

Rafe avait raison depuis le début. Si je ne suis pas assez responsable pour me débrouiller seul, comment pourrais-je penser que je suis assez responsable pour prendre soin d'une compagne et d'un enfant ? Charlie ne m'en estime pas capable, c'est évident.

Je suis le type avec qui elle a pris du bon temps. Celui qu'elle appelle pour une partie de jambes en l'air et des orgasmes, mais pas celui avec qui elle veut faire sa vie. Elle ne me pense pas capable de veiller à la sécurité de notre famille. Je ne suis ni le médecin, ni le dentiste, ni le comptable qui sait coacher une équipe de foot pour enfants et n'a jamais touché une arme à feu.

J'enfile mes bottes. « Je peux t'aider à faire tes valises ? » Ma voix est râpeuse, lasse.

Charlie secoue la tête. « Non, dit-elle sur un ton larmoyant. Ce serait plus facile pour moi si tu t'en allais. »

Je fais un pas vers elle. J'ai besoin de lui embrasser le front ou la tempe avant de partir, mais elle se raidit. Je me fige.

Merde.

« Au revoir, dis-je en un murmure en me tournant vers la porte.

— Au revoir », dit-elle d'une voix étranglée.

Et c'est terminé.

* * *

Charlie

Je vomis dès que Lance s'en va. Après avoir rendu ce que contenait mon estomac, je pleure toutes les larmes de mon corps. Je n'aurais jamais imaginé qu'une rupture puisse être si terrible. Mais je ne peux pas rester avec lui.

J'appelle Sadie pour qu'elle vienne m'aider à préparer mes affaires. Tabitha reste avec Adèle. Après ce que cette dernière a vécu, je n'ai pas envie de la déranger. Son associé a été assassiné, et elle a été interrogée parce qu'elle faisait partie des suspects. Elle a assez de soucis comme ça.

Mais quand on sonne à ma porte, je trouve mes trois

amies sur mon perron. Et je me remets à pleurer de plus belle.

Nous passons toute la matinée et la moitié de l'après-midi à rassembler dans ma Subaru toutes les affaires dont j'aurai besoin à court terme. Je pourrai revenir chercher le reste lorsque je vendrai la maison. Ou lorsque mon cœur ne sera pas brisé en mille morceaux et que je serai capable de réfléchir.

« Tu es sûre de toi ? ne cesse de me demander Sadie. Je veux dire, regarde dans quel état tu es. » Elle fait un geste dans ma direction, le front plissé par des rides soucieuses.

« Charlie, tu as vécu une expérience terrifiante. Tu as failli mourir, et c'était ma faute. » La mâchoire contractée, Adèle cligne des yeux pour retenir ses larmes.

« Non, pas du tout.

— Je n'aurais jamais dû m'associer à Bing. C'est moi qu'ils auraient dû enlever.

— Ce n'est pas ta faute pour autant ! Et inutile de chercher un coupable. Ça a été un déclic. J'ai compris le genre de vie que je veux donner à mon enfant. J'ai besoin de stabilité. J'ai besoin d'être auprès de mes parents dans leur petite résidence tranquille pour seniors, où il ne se passe rien d'excitant et où tout le monde souhaite faire sourire un bébé.

— Je ne suis même pas sûre que les enfants aient le droit de vivre dans les résidences pour seniors », dit lentement Tabitha.

Je me tais. Elle a peut-être raison. « Eh bien, mes parents m'aideront à trouver une solution. Tu peux garder Merlin un petit moment ?

— Bien sûr.

— Merci. » Je me force à sourire. « Je viendrai le chercher quand je déménagerai.

— Mais... et ton travail ? Et... nous ? » demande Sadie

d'une petite voix. Adèle passe un bras autour de ses épaules. Sadie se blottit contre elle en reniflant. Merde, nous allons toutes nous mettre à pleurer avant que je monte dans ma voiture.

Je traverse la pièce et pose les mains sur les épaules de Sadie. « Je vous aime, les filles. Vraiment. Je vous aime de tout mon cœur. Mais j'ai vraiment besoin de m'en aller. J'ai besoin de... temps. » Et de distance.

« Et Lance ? » demande Tabitha.

J'ai mal à la poitrine comme si un couteau était planté dans mon cœur. Je serre les dents avant de répondre. « Je n'ai pas envie de parler de lui.

— Charlie... » Adèle s'interrompt, puis reprend : « Sois prudente sur la route. Appelle-moi quand tu arrives, si tu as envie de parler.

— Moi aussi, ajoute Sadie.

— Moi aussi. » Tabitha me prend dans ses bras.

J'essaie de déglutir, mais je suis secouée par de nouveaux sanglots. Je prends tour à tour mes amies dans mes bras. « Merci à vous toutes. Je vous tiens au courant. »

Je monte dans la Subaru et démarre.

Lorsque je sors de l'allée, j'aperçois une paire d'yeux bleu argenté qui scintillent derrière les fourrés près de ma clôture.

Lance.

Je ravale un sanglot. Un de plus.

Puis je m'éloigne au volant de la voiture. J'accélère et m'en vais.

* * *

Lance

. . .

Après le départ de Charlie, je demande à Teddy de me déposer en hélicoptère à environ cent cinquante kilomètres de là, dans la nature. C'est mon seul moyen pour m'empêcher de suivre ma compagne. Mon loup devra survivre, ce qui l'occupera un moment.

Quatre jours plus tard, j'entre en boitant sur la propriété de Black Wolf Security. Mes pattes sont à vif et ensanglantées, ma fourrure couverte de neige.

Rafe sort en trombe du chalet dès qu'il me voit. « Mute », ordonne-t-il.

Je me sens encore plus mal sous ma forme humaine. Épuisé et usé. À peine vivant.

Mon frère me donne un coup de poing dans le nez. Je tombe à la renverse dans la neige, sur les fesses. Du sang s'écoule de mon nez brisé.

« Espèce de connard égoïste, siffle-t-il. Putain, je ne savais même pas si tu étais vivant ! »

Je me lève péniblement. Des gouttelettes de sang volent de mon nez. « Bien sûr. Parce qu'on sait tous que je ne peux pas survivre par mes propres moyens.

— Merde, Lance. » Rafe grimace. Ses épaules se voûtent. Il me serre dans ses bras.

Je ne bouge pas.

Je ne peux rien faire, sinon rester debout et emplir mes poumons d'oxygène.

« Elle changera d'avis », me dit-il.

Je m'écarte et secoue brusquement la tête. « Ah oui ? Vraiment ? Je ne sais pas. »

Soudain, tout devient clair. Je sais ce que je dois faire pour retrouver ma compagne.

Quitter Rafe. Quitter ma meute. Quitter cette vie qui ne lui plaît pas.

Je ne peux pas avoir les deux ; Charlie a été claire sur ce

point. Elle ne veut pas que le père de son enfant soit un mercenaire. Elle désire une vie ordinaire, barbante et sans risque.

« Je m'en vais, dis-je.

— Quoi ? » Le froncement de sourcils de Rafe s'accentue. Deke et Channing sortent et viennent se placer derrière lui sur la terrasse en bois.

« Ça ne convient pas à Charlie, dis-je en pointant notre propriété du doigt. Et je dois prendre soin de ma famille. J'ai ma propre meute, maintenant. »

L'expression de Rafe oscille entre la confusion et la souffrance. « Putain.

— Putain, répète Channing.

— Lance... », dit Deke, mais il n'ajoute rien.

Je monte les marches et passe à côté d'eux. « Je dois y aller. Je ne suis plus sous votre responsabilité. Je ne laisserai pas Charlie avoir ce bébé toute seule.

— Tu as raison. » Je me fige en entendant le commentaire de Rafe, puis je me retourne. « Bien sûr, tu as raison. Merde.

— Je suis désolé. Je ne veux pas vous laisser tomber, mais ils doivent passer en premier.

— Bien sûr, dit Deke en un grondement grave.

— C'est clair », renchérit Channing.

Je vais me doucher dans la salle de bains attenante à ma chambre. Je vais me laver, manger un morceau et préparer mes affaires.

Je déménage en Arizona.

Chapitre seize

Charlie

« Charlie, ma chérie, je pense que je devrais t'emmener chez le médecin. Tu vomis tout le temps, ça ne peut pas être bon pour le bébé », dit ma mère. Elle me soutient pendant que je hoquète, penchée au-dessus de la cuvette des toilettes.

Si Lance était là, il se serait assuré que je mange avant d'en arriver là.

Cette pensée ravive mon chagrin comme au premier jour.

Je pensais que je me sentirais mieux auprès de ma famille comme par magie. Ou que j'y verrais au moins plus clair. J'imagine que j'associais le fait d'avoir un enfant à ma propre famille, mais maintenant que je suis à Green Valley avec mes parents, je me sens plus seule que jamais. Ou peut-être est-ce à cause de la souffrance qui continue de me comprimer le cœur.

J'ai postulé à la poste d'ici et de Tucson, mais il n'y a pas de places vacantes pour le moment. J'ai passé la semaine à jardiner avec ma mère, à pleurer et à vomir.

Donc, ouais, ça a été marrant. J'ai le cœur brisé, je suis enceinte et je suis revenue chez mes parents. Oh, et je n'arrête pas de gerber. Une étoile, ne recommande pas.

« Je vais bien. Je dois me forcer à manger, c'est tout. Il reste des crackers ?

— Je vais voir, ma chérie. »

Je soupire, puis me rince le visage au lavabo.

Lorsque je sors de la salle de bains, ma mère a versé un sachet de crackers dans un saladier. Elle le pose sur la table. Je m'assieds lourdement sur une chaise et prends un biscuit apéritif. Elle s'installe en face de moi.

« Tu lui as parlé ?

— Non. » Je secoue la tête.

Franchement, je suis surprise qu'il ne m'ait pas contactée. Mais bon, j'ai vu à quel point il était blessé quand je l'ai quitté. Qu'ai-je dit ? Je ne me souviens même plus... j'étais bouleversée, et les hormones me faisaient perdre la tête.

Il me suffit de penser à lui pour me remettre à pleurer. Il me manque. Son sourire décontracté. La sensation de sécurité que j'éprouve entre ses bras musclés. Sa façon de me faire sourire, de me détendre, de prendre soin de moi.

Le cracker est sec sur ma langue. « Je crois que j'ai fait une erreur, maman.

— Avec Lance ? »

Je hoche la tête. « En partant. Je croyais que le meilleur endroit pour élever un enfant serait auprès de vous, mais maintenant...

— Un enfant a besoin de son père », dit ma mère.

Je m'avachis sur la chaise. « Je n'avais pas tout le temps un père. Et la moitié du temps, je n'avais pas de mère. C'était terrifiant de grandir en redoutant que l'un de vous ne revienne jamais.

— Oh, Charlie. » Des larmes brillent dans les yeux de ma mère. « Je suis désolée que tu aies souffert. Nous avons souffert aussi. Tu crois que ça ne nous tuait pas, chaque fois qu'il était temps de partir et de laisser les personnes que nous aimions le plus au monde ? Enfin, je savais que votre père s'occupait bien de vous, mais faisait-il ce que je faisais pour vous ? Et j'ai dû louper tous ces mois quand vous grandissiez. C'est du temps que je ne rattraperai jamais.

— Je sais. Je n'ai pas envie que mon enfant s'inquiète comme ça pour son père. Et Lance a un métier dangereux. Avec son frère, ce sont des mercenaires... Ils pourraient se faire tuer à tout moment. »

Mais je me souviens que ce n'est pas entièrement vrai. Lance m'a dit qu'il est quasiment indestructible. Et j'ai vu à quelle vitesse il s'est remis de dizaines de blessures par balles.

« Il n'y a jamais de situation parfaite, Charlie. Ton père et moi avons fait de notre mieux. C'est tout ce que vous pouvez faire aussi, Lance et toi. »

Tandis que je songe à ses paroles, je prends conscience qu'elle a raison. Je suis plus âgée que ma mère lorsqu'elle est tombée enceinte de moi. Et elle faisait partie de l'armée de l'air, donc fonder une famille n'était vraiment pas idéal. Elle voulait mieux pour nous, mais elle a fait ce qu'elle a pu.

« Je comprends que tu souhaites protéger ton enfant et lui éviter de souffrir, mais dans la vie, il n'y a aucune garantie. Comme en amour. Chaque fois qu'on aime, on risque notre cœur. Et tu peux me croire, tu aimeras comme tu n'as jamais aimé à la naissance de cet enfant. Et puis, sincèrement ? On dirait que tu portes aussi Lance dans ton cœur.

— Oui. C'est vrai. » Je dois bien l'avouer. Son beau visage apparaît dans ma tête. Je prends mon portable et fixe l'écran. Dois-je l'appeler ? Lui dire que je rentre ? Il est peut-être trop en colère pour accepter de se remettre avec moi.

Cette pensée me fait l'effet d'un coup de poing dans le ventre.

Je prends conscience d'autre chose. « Mes amies me manquent aussi. » Tabitha, Sadie et Adèle sont devenues comme des sœurs pour moi. S'il faut un village pour élever un enfant, elles sont mon village. Pourquoi m'en éloignerais-je ?

« Je pense que tu as vécu un traumatisme. Te faire kidnapper t'a terrifiée et a décuplé tes inquiétudes. Parce que tu souhaites donner une vie parfaite à tes enfants. Tu as eu envie de te mettre à l'abri, donc tu es venue ici. Nous avons dû faire du bon travail, si tu viens nous voir quand tu as besoin d'un refuge. »

J'éclate d'un rire larmoyant. « Ouais, j'imagine que tu as raison. »

Mais mon refuge n'est plus auprès d'eux. Je le croyais, mais je me trompais. Mon refuge est auprès de Lance.

Pendant que j'étais retenue en otage, terrorisée, je n'arrêtais pas de me répéter qu'il allait venir me secourir. C'est ce qu'il a fait, bien sûr. Et lorsque le sauvetage a mal tourné et que nous avons failli mourir, il m'a sauvée de nouveau. Facilement. Avec le sourire. Lance n'a pas peur.

Il n'est pas humain... Il n'a pas les mêmes craintes que moi.

Mais il a des besoins. Et il m'a affirmé que l'un de ces

besoins est de rester près de moi, sa compagne, et de protéger notre enfant.

Donc, j'ai été on ne peut plus cruelle en le quittant. En lui arrachant sa famille. Comment ai-je pu être si inconsciente ?

Je me frotte le front. Ma mère me tapote l'épaule. « Repose-toi un peu. Tu te sentiras mieux après une sieste. »

Je retourne à pas lourds jusqu'à mon lit et me recroqueville autour d'un gros oreiller. J'ai fermé les yeux depuis quelques minutes lorsque ma mère passe la tête dans ma chambre. « Charlie ? Quelqu'un voudrait te voir. »

Quoi ? Qui viendrait me rendre visite ici ? À part mes parents, je ne connais personne en Arizona. « Qui est-ce ? » Je me lève lentement. Tabitha, Adèle et Sadie ont peut-être décidé de faire le voyage. Mais Adèle a encore beaucoup à faire après le décès de son associé. En privé, j'ai dit à Sadie et Tabitha de rester pour la soutenir. Cependant, Tabitha est tout à fait capable de sauter dans une voiture et d'effectuer le trajet sur un coup de tête.

« Viens, tu verras. » Ma mère s'éloigne. Je presse le pas pour la suivre.

« Tu sais ce qu'on me veut ?

— Non, répond-elle d'un air amusé. Charlie, tu as acheté un nouveau véhicule ?

— Hein ? » Je cours presque jusqu'à la porte. Ma mère dit vrai. Un minivan bleu argenté neuf se trouve dans l'allée. Un ruban rouge est même noué autour du capot.

« Mon Dieu. » Je sors de la maison pieds nus. Le minivan est encore plus gros de près. Une monstruosité de la taille d'un bateau, conçue pour trimballer des enfants et des chiens dans des conditions de sécurité optimales. Une poussette apparaît derrière le véhicule. Bleu clair, assortie aux sièges de la voiture. Lance la pousse. « Coucou, chérie. »

Je reste bouche bée.

« Regarde ça. » Il approche la poussette du siège bébé dans le véhicule et le décroche sans que je comprenne comment. « Si le bébé fait la sieste et qu'on veut le sortir de la voiture... aucun problème. » Avec un claquement, il installe le siège à l'envers sur la poussette. La poussette et le siège assorti ne font plus qu'un. Lance soulève le tout sans mal pour me montrer. « Ça s'appelle un système de voyage pour bébé tout-en-un. »

Je retrouve ma voix. « Je sais. J'ai failli en acheter un. Lance, que fais-tu ici ? »

Il se redresse. Ses cheveux blonds sont ébouriffés, et son visage a l'air plus fin, presque émacié. Il baisse la tête pour croiser mon regard. Il semble hésitant, mais ses yeux brillent lorsqu'ils rencontrent les miens.

« Je viens te livrer tes nouveaux accessoires pour le bébé. » Plus sexy que jamais, il remonte l'allée, s'arrête à quelques mètres de moi et écarte les bras. Ses avant-bras et ses biceps frémissent, comme s'il se retenait de me prendre dans ses bras. Je crois que j'aimerais qu'il le fasse. Je n'imaginais pas à quel point je serais heureuse de le voir. Lance n'est pas seulement le père de mon bébé. Il est peut-être bien l'homme de ma vie.

« Je devais te voir », dit-il. Sa voix est rauque, comme s'il n'avait pas bu depuis longtemps. « Tu as l'air d'aller bien.

— Merci », dis-je en un murmure. Je m'aperçois que mes mains sont posées sur mon ventre. Je les laisse retomber le long de mes flancs, puis désigne le minivan du menton. « Qu'est-ce que c'est ?

— Ton nouveau véhicule, répond-il en esquissant un triste sourire en coin. Il est joli, hein ?

— Il est gros. »

Il rit à voix basse. « Ce n'est pas franchement la voiture

de mes rêves non plus, mais c'est ce dont tu as besoin. Et s'il te plaît, je m'en achèterai un aussi.

— Hein ?! »

Derrière moi, la porte d'entrée se ferme. Ma mère me laisse affronter seule mon destin. Ça m'est égal.

« Lance, tu ne peux pas faire ça. » J'avance de quelques pas. Maintenant, c'est moi qui suis penchée vers lui. Mon corps est crispé, tendu à tout rompre. Je suis prête à lui sauter dans les bras.

« C'est déjà fait », dit-il doucement. Il fait un pas vers moi. Puis il hésite. « Je sais que je ne suis pas celui que tu aurais choisi, mais je veux que tu saches que je te choisis. Charlie, je te choisis par-dessus tout le reste. »

Des larmes me brouillent la vue. « Qu'est-ce que ça signifie ?

— Voilà ton nouveau minivan, ta poussette et ton siège bébé, dit-il en les montrant l'un après l'autre. Tu savais que les pompiers peuvent t'apprendre à installer les sièges ? Je me suis arrêté dans six casernes sur la route. Maintenant, je suis un pro. » Son ton est fier. « Et regarde... » Il contourne le véhicule et appuie sur un bouton. La porte du coffre s'ouvre en coulissant, et je reste stupéfaite. Le coffre est rempli jusqu'au plafond de cartons de couches. De toutes sortes, de toutes tailles. De souriants bébés et bambins potelés sont représentés sur chaque boîte. « Et j'ai aussi acheté des lingettes, ajoute Lance en tapotant une rangée de cartons dans le fond du coffre. Tout un lot. Apparemment, on en aura énormément besoin. » Il hausse ses larges épaules.

« Tu as acheté un minivan. » Je n'arrive toujours pas à y croire. Je pense soudain à quelque chose avec un élan de panique. « Lance, tu n'as pas... tu n'as pas vendu la Ducati, au moins ? »

Cette fois, il sourit franchement. « Je l'ai laissée en

gardiennage à Taos. Je l'aurais fait, mon ange, mais j'ai pensé que tu aurais peut-être envie de t'en servir plus tard. » Il s'approche et décale la poussette sur le côté. À part quelques centimètres de vide, plus rien ne se trouve entre nous. « Mais si tu n'en as pas envie, ce n'est pas grave, Charlie. Je peux m'en séparer. Je peux me séparer de tout. La seule sans qui je ne peux pas vivre sur cette planète, c'est toi. »

Je le regarde sans ciller. Mon cœur bat à tout rompre. Le monde se rétrécit, et je ne vois plus que le beau visage de Lance.

Un coup de klaxon me fait sursauter. Une BMW décapotable noire s'est garée devant le trottoir. Une femme souriante vêtue d'un costume vieux rose sort du véhicule. Elle nous salue de la main en retirant ses grosses Ray-Ban. Le soleil fait étinceler ses dents blanches, qui m'éblouissent. « Bonjour ! Enchantée, je suis Amy. Vous êtes Lance ? Et vous devez être Charlie. Je suis votre agente immobilière ! » Elle écarte les bras, comme si elle s'attendait à ce que des confettis tombent du ciel.

Je regarde Lance. « Hum...

— Bonjour, Amy. Merci d'être venue, lui dit-il.

— Avec plaisir ! J'ai au moins cinq maisons à vous faire visiter aujourd'hui. » Amy sort un dossier de son grand sac et nous le montre. « Vous êtes prêts à y aller ? »

Hein ? Je regarde Lance sans comprendre. J'ai l'impression d'être tombée dans une scène de sitcom. Il ne manque que mes parents sur le perron pour ajouter des rires préenregistrés.

Lance se frotte la nuque. « Euh... Vous pouvez nous accorder un instant ?

— Bien sûr ! » Amy sourit et pivote sur ses talons couleur chair. Elle descend l'allée en sortant son portable.

« Une agente immobilière, Lance ?

— Ouais, je me suis dit que je devais acquérir une propriété dans les environs. J'espérais que tu viendrais visiter des maisons avec moi pour me donner ton avis. Oh, et... » Il passe la tête à l'avant du minivan pour prendre une feuille, qu'il me tend. « Voilà une liste des meilleurs établissements et professionnels pour ton accouchement. Il y a des hôpitaux et des gynécologues, mais aussi une maison de naissance qui est chaudement recommandée. Kylie m'a aidé à dresser la liste. » Il se passe une main sur le front sans cesser de m'observer. « Je sais que tu fais tes propres recherches, mais je voulais participer.

— Attends. » Je n'arrive pas à digérer tout ce qui se passe. Je regarde la feuille, le minivan, Amy. « Tu déménages ici ? »

Lance s'approche encore. Si près que mes cellules meurent d'envie qu'il me touche. Toutefois, il laisse quelques centimètres entre nous et murmure : « Je te l'ai dit, Charlie. Je ne peux pas vivre sans toi. Et je ne veux plus passer une seule seconde dans une autre ville que toi. » Il déglutit avec difficulté. « Enfin, je te préfèrerais dans mon lit », ajoute-t-il d'un ton sensuel. De la chaleur se déploie entre mes cuisses. « Mais si tu ne veux pas, ce n'est pas grave. Je pensais acheter une maison non loin de chez tes parents. Ou peut-être un duplex ? Tu pourrais habiter d'un côté, et moi de l'autre. On partagera le jardin. »

La boule dans ma gorge fait la taille du minivan. « Lance, tu ne peux pas quitter Taos comme ça. Et ta meute ? » J'ai posé la question à voix basse après m'être assurée que l'agente ne nous entend pas. Le portable contre son oreille, elle marche dans le cul-de-sac. Les rideaux de la baie vitrée de mes parents sont immobiles, pourtant je parie que ma mère nous épie discrètement. Nous avons un public, c'est certain.

Je fais un pas vers Lance. Pour chuchoter, pas parce que je meurs d'envie de le toucher. « Tu déménages vraiment ici ?

— Je te l'ai dit, Charlie. Tu es la seule dont j'ai besoin. » Son murmure me chatouille les oreilles.

Je ne peux plus attendre. Je franchis la distance qui reste entre nous et me jette dans ses bras. Il est là pour me rattraper. Comme toujours.

« Lance… » Je ceins sa taille de mes jambes en pleurant. C'est si bon de le sentir contre moi.

« Ma chérie. » Il m'embrasse sur le visage et dans le cou, me lèche et me mordille. Nous nous donnons en spectacle devant l'agente immobilière et mes parents, mais ça m'est égal.

« Je suis désolée si je t'ai fait souffrir. Je n'en avais pas l'intention, j'étais morte de peur, c'est tout. Je sais que c'était impulsif de décider de déménager ici en un claquement de doigts. »

Il émet un grognement évasif. « Il est possible que je me sois montré un peu impulsif, moi aussi.

— Ce n'est pas impulsif. C'est parfait. » Je me remets à pleurer. Mais cette fois, il s'agit de larmes de joie. « Tu es venu pour moi. Avec un minivan ! » Je couvre son visage de baisers.

Il me mordille l'oreille en me pétrissant les fesses. « Qu'en dis-tu, ma chérie ? Tu veux bien de moi ? Qu'on le fasse ensemble ? Les anniversaires, le premier jour de maternelle, les matchs de foot ? Je suis prêt à le faire pour notre enfant, mais je préfèrerais être avec toi.

— Oh, mon Dieu, oui. Oui. »

Lance me pose délicatement sur mes pieds, puis il pose

un genou à terre et sort une tétine de sa poche. « Acceptes-tu d'être la mère de mon bébé ?

— Je suis déjà la mère de ton bébé, dis-je en lui donnant une tape sur l'épaule.

— Officialisons les choses, alors. » Il glisse la tétine sur mon annulaire droit, puis il sort une vraie bague de sa poche. Elle est sertie d'une ligne de pierres jaunes scintillantes. Ma pierre de naissance. Cette bague va parfaitement à mon annulaire gauche. Elle est différente. Unique. Comme nous.

Je me penche pour embrasser Lance.

« Oh, mon Dieu ! s'écrie l'agente immobilière. Il vient de faire sa demande en mariage ? Je suis si heureuse d'être là pour ce moment inoubliable ! » Elle remonte l'allée et nous prend en photo avec son portable.

C'est pire que quand les serveurs d'un restaurant insistent pour chanter pour votre anniversaire. Je regarde Lance et articule en silence : « Débarrasse-toi d'elle.

— Euh, Amy, vous voulez bien revenir à un autre moment ? » demande-t-il par-dessus son épaule. Il grimace lorsqu'elle prend une autre photo.

« Bien sûr ! »

J'étouffe mon rire contre l'épaule de Lance jusqu'à ce que les claquements de talons dans l'allée m'indiquent que l'agente est partie.

« Désolée, ma chérie. J'en ai un peu trop fait.

— Ce n'est pas grave, dis-je en repoussant ses cheveux en arrière. Mais nous n'aurons pas besoin d'agent immobilier. Je ne veux pas habiter ici.

— Tu es sûre, ma chérie ? On fera comme tu voudras. » Il pose la main sur ma joue.

« Lance... » Ma voix se voile. Il est si beau, et il est là, en chair et en os, contre moi. Je me noie dans ses yeux du bleu de l'océan. « J'en suis sûre. Tu es l'homme de ma vie. Je l'ai compris avant que tu arrives.

— Ne pleure pas, Charlie. » Il embrasse ma joue mouillée.

« C'est à cause des hormones. » Je ris à travers mes larmes. Je prends son visage entre mes mains pour l'embrasser. Il me soulève et nous fait lentement tourner sur nous-mêmes. « Et, oui, je suis sûre. J'aimerais que tu me ramènes à Taos. Mon autre famille me manque.

— Ouais ? Tu es sûre ? » Il m'accompagne jusqu'au minivan et plaque mes fesses contre la carrosserie en se collant à moi.

« Certaine. J'ai commis une énorme erreur. Tu m'as tellement manqué. Et je me trompais au sujet de ton travail. Tes missions ne me rendent pas vulnérable. Grâce à elles, nous sommes en sécurité.

— J'ai démissionné, m'apprend-il. Tu avais raison. Je dois me préparer si je veux coacher l'équipe de foot de notre enfant. Et je pense devenir comptable, ou un truc du genre.

— Arrête ! » J'éclate de rire, même si mon cœur déborde de joie. Il est vraiment parfait. « Je ne veux pas que tu démissionnes. Enfin, pas pour moi. Je n'ai rien besoin que tu changes pour moi. J'avais perdu la tête quand je pensais que tu n'étais pas l'homme parfait. Le compagnon parfait, je veux dire. C'est toi que j'aime, Lance. Toi seul. Tel que tu es. »

Lance m'adresse un sourire irrésistible, puis il fait glisser ses lèvres sur les miennes. « Pour moi aussi, il n'y a que toi », murmure-t-il.

Quelqu'un se racle bruyamment la gorge derrière nous. Lance se retourne et me pose sur mes pieds avant de tendre la main pour saluer mon père. Il prend immédiatement une attitude de soldat, le torse bombé, les épaules en arrière. Il est aussi respectueux et respectable que possible. « Bonjour, monsieur. Lance Lightfoot.

— Ed Holland, dit mon père en lui serrant la main à contrecœur. Un minivan, hein ?

— Oui, monsieur. Je me suis dit que je devais me procurer un véhicule plus adapté à une famille. Vous savez, pour le covoiturage pour l'école ou pour les matchs de foot des enfants. »

Sa réponse tire un sourire à mon père. « Ça m'a l'air d'une bonne idée.

— Oui, monsieur. Et je croyais venir pour visiter des maisons dans le quartier avec Charlie, mais on dirait que je vais la ramener à Taos avec moi. »

Ma mère apparaît derrière mon père et nous adresse un large sourire. « Je pense que c'est pour le mieux, dit-elle. Même si j'aurais été heureuse d'habiter près de mes petits-enfants. Je m'appelle Sandra. » Elle serre la main de Lance.

« Lance Lightfoot.

— Je suis contente que vous soyez venu chercher Charlie.

— Toujours, répond Lance en me regardant du coin de l'œil. Je viendrai toujours chercher Charlie. »

Chapitre dix-sept

Charlie

« Je n'arrive pas à croire que tu m'as acheté un minivan. » Je m'accroche au cou de Lance pendant qu'il me fait passer la porte d'une maison de location au fond d'une impasse tranquille dans la banlieue. J'adore ma mère et mon père, mais je suis contente que Lance ait loué un logement. Nous passerons une nuit ici avant de rentrer à Taos. C'était ça, ou arracher mutuellement nos vêtements et nous sauter dessus dans l'allée de mes parents.

« Je *nous* ai acheté un minivan, tu veux dire. » Lance ferme la porte sans me lâcher. La maison silencieuse est meublée, avec des murs crème et de la moquette. Lance la traverse avec une expression déterminée.

« Tu n'es pas obligé de me porter, tu sais. Je suis enceinte, pas handicapée.

— Ce n'est pas ce que m'a dit ta mère. » Il me décoche

un regard sévère. Elle lui a parlé de mes nausées matinales. Enfin, elles durent plutôt toute la journée. Notre premier arrêt après être partis de chez mes parents a été dans un magasin d'alimentation diététique pour acheter divers remèdes antiémétiques. Lance m'a aussi acheté toutes sortes de bonbons au gingembre. Ça semble fonctionner.

« Lance, je vais bien. » En vérité, je n'ai plus la nausée depuis que je l'ai vu. Mais le gingembre confit était délicieux.

Il gronde et ouvre la porte de la chambre d'un coup d'épaule. Un lit à baldaquin king size occupe la majeure partie de la pièce. Il s'y dirige sans attendre, tel un chasseur ayant aperçu sa proie. Il est tellement sexy que je ne peux m'empêcher de caresser les courts poils blonds sur sa joue. Il tourne la tête et me mordille la paume. Mon sexe se contracte en réaction.

« C'est ce que tu dis. Je vais m'en assurer. » Il m'allonge sur le lit avec d'infinies précautions. Comme si j'étais en verre. Un trésor qu'il devait manipuler avec soin.

Sa prévenance me fait monter les larmes aux yeux. Encore une fois. Fichues hormones.

Il reste au-dessus de moi et effleure mon visage de sa joue couverte d'un léger début de barbe. « Tu es ce que j'ai de plus important au monde, me murmure-t-il à l'oreille. Je vais te le prouver.

— Tu as acheté la voiture la plus ringarde qui soit et tu l'as conduite de ton plein gré. Après l'avoir remplie de cartons de couches. Et tu t'es même entraîné à mettre des couches... sur une poupée. » Je pouffe. Je revois sa tête quand j'ai trouvé la poupée à taille réelle avec une couche pour nourrisson.

« Merde, marmonne-t-il. Si tu en parles à qui que ce soit...

— Ne t'en fais pas. Je garderai ton secret. » J'adore savoir qu'il s'est entraîné, mais j'imagine que sa meute se moquerait de lui. « Ce que je veux dire, c'est que tu n'as rien à prouver. Tu en as assez fait.

— Non, Charlie. Je ne fais que commencer. » Il s'écarte et me caresse la joue du pouce.

Je lui enlace le cou et l'attire pour qu'il s'allonge sur moi, mais il recule la tête et s'assied. Il m'enlève mes chaussures et mes chaussettes, puis me fait lever la jambe pour m'embrasser la cheville. Je me tortille.

« Lance. » Je tends les bras vers lui, mais il me saisit les poignets et les embrasse là où bat mon pouls avant de me faire baisser les bras le long de mes flancs.

« Ne bouge pas. » Je me pétrifie sous son regard bleu céruléen. Il passe sa grande main sous mon haut, étale sa paume sur mon ventre rond et se fige. Son expression devient si tendre que mes yeux s'emplissent à nouveau de larmes.

« Lance, dis-je en un souffle.

— C'est ça, mon ange, dis mon prénom. » Il remonte mon T-shirt et m'embrasse le ventre. « Je vais prendre soin de toi », promet-il à mon nombril.

Je renifle. Il parle à notre bébé.

« Je vais prendre soin de toi », répète-t-il à mon intention lorsqu'il lève la tête. Je me noie dans son regard. Il remonte le long de mon corps, puis m'embrasse sur la bouche. Sa langue glisse avec autorité entre mes lèvres. Je me cambre contre lui pendant qu'il rassemble mes poignets au-dessus de ma tête. Il prend le contrôle. Sa bouche se colle sur la mienne, puis il se déplace pour déposer des baisers de chaque côté de mes lèvres et le long de ma mâchoire. Il continue méthodiquement jusqu'à mon oreille.

« Lève les bras », ordonne-t-il avant de soulever mon T-shirt pour me l'enlever. Il passe les mains dans mon dos et dégrafe mon soutien-gorge avec une habileté acquise par une longue pratique. *Quel dragueur.* Mais maintenant, il est à moi.

Il pose les mains sur mes seins et caresse mes tétons de ses pouces. La sensation se répercute dans mon entrejambe. Je ne tiens pas en place ; je cambre le dos pour tenter d'approcher davantage ma poitrine de ses paumes. Un sourire en coin étire les lèvres de Lance. Il baisse la tête et frotte le nez entre mes seins gonflés.

« Ils vont bientôt être encore plus gros pour moi », dit-il d'un air distrait. Il frotte son début de barbe contre ma poitrine avant d'apaiser la peau irritée de sa langue. Il dépose des baisers sur chaque centimètre de peau pâle jusqu'à ce que mon ventre se contracte, puis recule. « Je vais prendre soin de vous aussi », promet-il à chaque mamelon. Je lève les yeux au ciel.

Lance recule la tête, saisit ma hanche d'une main et me retourne sans difficulté sur le ventre. Le mouvement est rapide, mais il me tient pour me stabiliser. « Ça va ?

— Ouais. » J'ai le souffle coupé. Mes fesses fourmillent lorsqu'il les caresse. Je sens la chaleur de sa paume à travers mon jean. Il me donne une tape sur le derrière. « Sois sage. » Il m'embrasse entre les omoplates, et les poils sur ses joues me picotent la peau. Il frotte son menton contre mon dos, ce qui me tire un cri, puis l'embrasse pour faire disparaître la sensation. Il passe un bras sous mon ventre pour ouvrir ma braguette. Je ne sais pas comment il réussit à retirer mon jean moulant avec une telle facilité, mais il le fait bientôt glisser sur mes jambes, puis rassemble ma culotte dans son poing pour dénuder mes fesses, qu'il serre l'une après l'autre dans son autre main.

« Tu vas aussi prendre soin de mes fesses ? » Mon ton est narquois, à demi étouffé par la couverture.

« Peut-être. » Il empoigne ma fesse droite plus fort et passe le pouce sous ma culotte fine, dans la raie de mes fesses. Je les contracte. Il rit à voix basse. Sans insister, il se penche pour m'embrasser le derrière. « Tellement parfaite. Ma Charlie. » Il passe les deux mains sous ma culotte et les écarte. Le tissu se déchire et tombe en lambeaux. Je suis nue, et pas lui. Mais il secoue la tête quand je fais un geste pour le déshabiller. « Non. Ce n'est pas toi qui décides. Allonge-toi sur le dos et lève les bras au-dessus de la tête.

— Ou sinon ? » Je le regarde en plissant le nez, même si je suis déjà en train d'obéir.

« Sinon, tu n'auras rien de tout ça. » Il soulève son T-shirt pour dévoiler ses sublimes abdos. Un fin chemin de poils blonds descend droit dans son jean...

Merde. Il bluffe, mais je n'ai pas envie de prendre le risque qu'il arrête. Et puis, plus vite je ferai ce qu'il me demande, plus vite j'obtiendrai ce que je désire. Je me dépêche de m'allonger sur le dos et lève les bras en me cambrant. Je suis nue, exposée à son regard. Le désir contracte mon bas-ventre et me tire un geignement torride.

Lance se penche à côté du lit et fouille pour trouver quelque chose. Il se redresse, un rouleau de corde violette à la main.

« Tu sais, Charlie, dit-il en la déroulant lentement, c'était très impulsif de déménager à Green Valley. Ça ne ressemble pas du tout à ma petite planificatrice. » Il hausse un sourcil blond.

Je cherche une réponse, mais ne trouve rien. Je suis trop occupée à m'empêcher d'hyperventiler malgré le désir.

Il se penche pour murmurer contre mes lèvres : « Ne

t'inquiète pas, mon ange, tu n'auras plus jamais rien à planifier. C'est moi qui commande. »

Mini orgasme.

Je ne me doutais pas que regarder quelqu'un m'attacher serait si excitant. Je reste tranquillement allongée pendant que Lance, penché sur moi, me positionne comme il en a envie. Il m'embrasse la paume avant d'enrouler la corde autour de mes poignets. En quelques secondes, je suis ligotée, les bras au-dessus de la tête, attachée à la robuste tête de lit en acajou. Je regarde le plafond en remuant les orteils.

« Pratique, le lit à baldaquin », dis-je à voix basse.

Lance m'adresse un clin d'œil, puis il attache la corde au pied du lit. Je m'aperçois alors que ça n'a rien d'une coïncidence. C'était prévu. Il a pensé à tout, et c'est terriblement sexy. Je peux me laisser aller et m'abandonner au plaisir.

« Tu es à l'aise ? » demande-t-il en prenant mon pied dans sa main.

Je m'étire un peu les épaules. « Oui. » Mon corps nu est étendu comme celui d'une vierge sur un autel. Lance se déplace au pied du lit, où les colonnes du lit l'encadrent. Il ôte lentement son T-shirt et le laisse tomber au sol. Son sexe presse contre la fermeture éclair de son jean. Je me lèche les lèvres, mais il se contente d'ouvrir le bouton du jean, rien d'autre, avant de s'approcher pour vérifier que les cordes tiennent solidement mes bras.

Il tire sur les liens l'un après l'autre, puis fait courir son doigt à l'intérieur de mon bras. Ça chatouille, mais je ne peux pas bouger, ni rien faire d'autre. *Merde, c'est torride.* Lorsqu'il se place entre mes jambes, je cambre le dos, ce qui fait remonter mes seins et les expose davantage. Il les lèche et descend vers mon ventre, puis mon sexe, en laissant un chemin de baisers. Je sursaute, mais il gronde : « Si tu ne restes pas immobile, je t'y obligerai. »

Oh, merde. Il embrasse encore trois fois l'intérieur de ma cuisse droite. Je me tortille tellement qu'il se saisit de la corde. Il me fait délicatement glisser vers le pied du lit. Cette fois, il ferme des entraves en cuir autour de mes chevilles, attache la corde à leurs passants en métal et la noue au bas des colonnes du lit.

« Un vrai scout, dis-je à voix basse en le regardant achever un nœud compliqué.

— Pas vraiment. » Ses canines brillent lorsqu'il me sourit. La marque sur ma fesse palpite. *Je suis sa compagne. Il m'a marquée.*

D'une voix légèrement tremblante, je demande : « Qu'est-ce que tu aurais fait ? Chez mes parents... si j'avais dit non ?

— Je t'aurais donné le minivan. » Il lâche la corde et vient se placer au-dessus de moi, en se maintenant sur ses biceps bandés tandis que je frémis en dessous de lui. « Puis je t'aurais suivie chaque jour et chaque nuit. Tu aurais vu un loup partout où tu aurais posé les yeux. »

Je me mets à haleter. Je suis la proie du loup, à sa merci. « Tu ne m'aurais pas laissé partir, hein ?

— Jamais. » Il passe le bras sous mon dos pour caresser ma marque. Le plaisir m'envahit et m'arrache un cri. Je jouis, juste comme ça.

Il recule pour observer mon visage. « Ça ne faisait pas partie du projet.

— Tu as un projet ? Pourquoi est-ce si sexy ?

— Mm-hmm. » Il baisse la tête et frotte le nez dans mon cou. La sensation débute dans mon bas-ventre et se propage dans mes membres. « Voilà comment ça va se passer. Je vais passer un peu de temps à refaire connaissance avec ton corps magnifique. Toi, tu vas rester allongée et te laisser faire. »

Oh, bon Dieu.

« Est-ce que ça va me plaire ? » J'essaie de le taquiner, mais je suis déjà essoufflée. Il m'embrasse dans le cou, se réintéresse à mes seins, puis s'arrête à ma clavicule.

« En partie, répond-il. Mais je pense que tu mérites une petite punition pour ne pas m'avoir appelé à l'instant où tu as su que tu voulais me revoir.

— Je rassemblais mon courage. J'avais peur que tu sois en colère, et je m'en voulais de t'avoir fait du mal…

— Je sais. Ce n'est pas grave. » Il embrasse ma mâchoire avec tendresse tout en caressant l'intérieur de ma hanche de ses pouces, à un rythme qui me fait perdre la tête. J'essaie de me déplacer pour qu'il touche mon sexe, mais les cordes m'immobilisent. Le sourire de Lance devient malicieux. « Voilà ce qui se passe quand tu essaies de fuir un loup. Tu es ma compagne, Charlie. Je te pourchasserai jusqu'au bout du monde. »

* * *

Lance

Charlie est allongée devant moi, un buffet de peau douce que je peux lécher et mordiller. Ses jambes sont écartées et attachées. Son sexe parfume la pièce. Merde, j'en ai l'eau à la bouche. Mon érection palpite assez fort pour s'échapper de mon jean. Mais ce n'est pas encore le moment de posséder ma compagne. D'abord, je dois :

1. Exciter Charlie jusqu'à ce qu'elle soit sur le point de jouir, puis m'écarter
2. Recommencer jusqu'à ce qu'elle me supplie

3. La pilonner et la faire hurler.

Repos, dis-je à mon sexe. Je dois m'en tenir au plan. Mais merde, c'est difficile. Les petits cris qu'elle pousse pendant que je lui caresse les seins, la façon dont sa poitrine se soulève lorsque j'embrasse son sexe, l'humidité de sa vulve, toute rose et gonflée pour moi... putain, c'est super dur.

Bien sûr, mon sexe est toujours dur quand Charlie est dans les parages.

Je cesse un instant de lécher son nectar pour lui demander en un murmure : « Ça te plaît, mon ange ? Tu as envie de jouir ?

— Oui, s'il te plaît », grogne-t-elle. La sueur fait briller sa peau bronzée. Tout son corps est tendu, ses doigts crispés autour des cordes.

Je fredonne et frotte ma mâchoire contre l'intérieur de sa cuisse. J'étale ses sécrétions sur sa peau, puis les lèche. Merde, je pourrais passer ma vie à la lécher.

« S'il te plaît, Lance, soupire-t-elle. *S'il te plaît, s'il te plaît, s'il te plaît, s'il te plaît !* »

Ma compagne semble bouleversée. Ce n'est pas bon. Je dois tout faire pour que la mère de mon bébé reste heureuse.

« J'avais un plan », dis-je en me redressant pour ouvrir les menottes autour de ses chevilles. Une fois ses jambes libres, je peux refermer mes mains autour de ses fesses. Je la soulève pour effleurer son sexe trempé de mon gland. « Mais, tu sais quoi ? On s'en fout du plan. » Je m'enfonce dans sa parfaite petite chatte serrée.

Des feux d'artifice explosent sous mes paupières. Ses muscles internes massent mon sexe sur toute sa longueur tandis qu'un orgasme explosif fait frémir tout son corps. Je la regarde tressaillir. J'attends qu'elle reprenne son souffle pour m'écarter, puis replonger en elle, ce qui déclenche une autre vague de convulsions.

« Je te tiens, Charlie. » Je me soutiens sur mon bras droit et continue mes lents va-et-vient dans son sexe brûlant. Je malaxe son sein de la main gauche.

J'ai essayé d'être patient. J'ai essayé d'y aller lentement. Mais ma belle compagne est attachée et me supplie de la posséder. Qu'étais-je censé faire ? Et puis, elle aime me voir perdre le contrôle.

Charlie soupire, ses cils papillonnent. « Bon Dieu, oui, baise-moi. » Sa poitrine rosit sous l'effet de son orgasme. Des cheveux humides sont collés à ses tempes. Une mèche mouillée crée d'adorables boucles. Elle est si belle que je l'enroule autour de mon index en ralentissant mes mouvements. Notre bébé sera-t-il blond, comme nous ? Aura-t-il les cheveux bouclés ?

Merde, Charlie est enceinte de notre enfant. Cette pensée ravive mon désir. Je donne un coup de reins et la pénètre profondément. J'ai envie de féconder ma femelle à nouveau. « Jouis pour moi, mon ange. Jouis encore. »

Elle secoue la tête tandis qu'elle tente de résister à son orgasme. Un cri aigu monte dans sa gorge. Je me penche au-dessus d'elle en m'assurant que mon bas-ventre frotte son pubis à chaque passage. Puis j'ordonne : « Jouis.

— Oh, mon Dieu ! » La jouissance déferle sur elle. Son corps se contracte, se cambre et se soulève du lit.

J'ai besoin qu'elle me touche. Je saisis la corde au-dessus de sa tête à deux mains et tire dessus pour la rompre. Dès que je lui libère les mains, Charlie fait courir ses paumes sur les muscles de mon dos, humides de sueur.

« Attends. » À cet ordre, son sexe se contracte autour de mon érection. « Tu aimes ça, Charlie ? Tu aimes quand c'est moi qui commande ? » La pression monte. Je suis sur le point d'exploser.

« Oui, geint-elle.

— Tu veux que je t'attache ? Que je prenne le contrôle ? » Je plonge profondément en elle et fais pivoter mes hanches. Elle plante ses ongles dans mon dos. « Tu vas jouir pour moi, mon ange. Encore une fois.

— Non...

— Tu peux le faire. Je suis là. On va jouir ensemble. »

Elle ouvre les yeux et les plonge dans les miens. « Ensemble, murmure-t-elle.

— Entendu », dis-je en un souffle contre ses lèvres en soutenant son regard.

Elle m'empoigne la tête et écrase sa bouche contre la mienne. Et nous jouissons de cette façon, serrés dans les bras l'un de l'autre. Pendant un moment, nous restons ainsi, égarés dans la volupté. Nous nous embrassons et reprenons notre souffle. Puis je me redresse pour vérifier que les cordes ne l'ont pas blessée. Elle a des rougeurs sur les poignets et les chevilles à force de tirer sur ses liens, mais rien de trop dramatique. Lorsque j'embrasse les marques, elle frémit de plaisir.

Au moins, je n'ai pas cassé le lit. Les colonnes garderont peut-être des traces de cordes. Je devrai payer un lit de remplacement au propriétaire.

Je me rince, puis fais couler un bain. À mon retour, Charlie me sourit d'un air endormi. Je la prends dans mes bras et la porte jusqu'à la baignoire. Je m'assieds dans l'eau sans la lâcher et l'installe sur mes genoux. L'eau est tiède, mais pas trop chaude. Les fesses de Charlie effleurent mon sexe — qui adore ça. Je serre les dents et me concentre pour la nettoyer pendant qu'elle reste étendue, toute molle, contre mon torse.

Elle est si éreintée qu'elle a l'air ivre. Ivre de plaisir. « Je n'arrive pas à croire que tu as fait ça, murmure-t-elle en levant les yeux vers moi. Je n'arrive pas à croire que tu es venu jusqu'à Green Valley.

— Toi et moi, c'est pour la vie, Charlie. Pour le restant de nos jours. » Je la fais sortir du bain et la sèche pendant qu'elle chancelle contre moi en bâillant. Puis je la porte jusqu'à la chambre, nous installe dans le lit et nous couvre avec le drap. Mon loup soupire. Ma compagne est enfin de nouveau dans mes bras.

« Tu seras le coach de foot le plus sexy qui soit, marmonne-t-elle.

— Endors-toi, mon ange. Je suis là. » Je la serre dans mes bras et l'attire contre mon corps en un geste protecteur. Charlie est à sa place.

Chapitre dix-huit

Charlie

Un trajet en minivan est bien plus amusant que je ne l'aurais pensé. Même avec un coffre plein à craquer de cartons de couches. Lance est au volant, et moi à côté de lui, un sachet de gingembre confit sur les genoux.

« On est presque à la maison », dit-il lorsqu'il entre dans mon quartier. Nous avons décidé d'emménager ensemble. J'adore ma maison, et Lance aussi. J'ai déjà prévu de transformer mon bureau en chambre de bébé. Lance a une énorme liste de choses à faire lors des prochains mois. La priorité : ajouter des pièces au cadre de mon lit pour lui permettre d'y attacher des cordes. C'est surtout ce projet qui motive Lance.

« Enfin rentrés. » Il ralentit en arrivant devant ma maison.

« Qu'est-ce que... » Je reste bouche bée. Ma maison a l'air... différente. Tout d'abord, des banderoles bleues et roses couvrent le toit. Perchés sur celui-ci, Channing et Deke sont en train d'attacher suffisamment de ballons à la cheminée pour qu'elle risque de s'envoler.

Près de la porte, Rafe les regarde en se protégeant les yeux du soleil d'une main. Je ne l'entends pas, mais je devine qu'il leur crie des ordres. À côté de lui, un personnage gonflable occupe la majorité de la pelouse. C'est le même genre de décoration que l'on peut voir à Halloween, sauf qu'il s'agit d'un ours en peluche bleu pastel. Sa tête arrive au niveau du toit. J'ai l'impression que Channing a envie de sauter dessus.

Ma porte d'entrée s'ouvre, et mes amies sortent de chez moi. Sadie tient d'autres ballons, de grosses lettres dorées qui forment le mot BÉBÉ. Elle nous salue du bras dès qu'elle nous voit et sautille dans ses ballerines. Pendant ce temps, Tabitha et Adèle se tournent pour regarder Channing, qui fait mine de se préparer à sauter sur l'ours gonflable depuis le toit. Tabitha rit, mais Adèle secoue la tête, les mains sur les hanches. Maintenant, Channing se fait engueuler par Rafe et Adèle en même temps.

« On dirait que quelqu'un a organisé une *baby shower* surprise, dis-je à Lance. C'est toi qui as prévu ça ?

— Non, grimace-t-il. Tu veux que je te ramène en Arizona ?

— Non, ça ira. J'aime les surprises. » Je pose la main sur son genou. « Surtout quand je suis avec toi.

— C'est ce que je veux entendre. » Il se penche pour m'embrasser.

Je fais mine de reculer. « Pense aux enfants », dis-je sur un ton faussement choqué avant de me tourner vers la banquette arrière. J'y ai sanglé la poupée dans le siège bébé après avoir promis à Lance de dire à tout le monde qu'il s'agit de la mienne. Il est possible que je me sois entraînée à lui mettre des couches, même si ma mère m'a assuré que ça n'avait rien à voir avec un bébé vivant qui gigote dans tous les sens.

« Ils ont intérêt à s'y faire », grogne Lance. Il pose la main sur ma nuque et m'attire vers lui. Son long baiser passionné me réchauffe le bas-ventre… jusqu'à ce que quelqu'un klaxonne. Je recule en sursautant pendant que Lance foudroie nos amis du regard. Rafe a les bras croisés, mais il sourit. Tabitha est penchée à l'intérieur de son Combi Volkswagen jaune. C'est elle qui a klaxonné.

« Mes copines sont folles, dis-je en secouant la tête.

— Ma meute est pire. » Lance se gare et descend du véhicule. Il trotte jusqu'à ma portière pour l'ouvrir. Voir cet homme sexy ouvrir la portière d'un gros minivan suffit à me faire mouiller. À en juger par son sourire en coin, il le sait. « Dernière chance, mon ange. On peut les laisser tomber et prendre la route.

— Non, j'en ai fini de fuir.

— Alors, allons-y. Prête ?

— Prête. » Il me tend la main. Je la prends, et nous remontons mon allée ensemble. Vers notre avenir, entourés de nos amis et des membres de la meute, et vers l'amour que nous partagerons pour le reste de nos vies.

* * *

Rencontrez le bébé de Charlie et Lance ! Cliquez ici pour lire la scène bonus et vous inscrire à la newsletter Alpha Bad Boys.

Merci d'avoir lu *Le Serment de l'Alpha* ! Si vous avez aimé ce livre, nous vous serions reconnaissantes de laisser une évaluation ; elles sont très importantes pour les auteurs indépendants. Vous en voulez encore ? Découvrez ce qu'il se passe lorsque Rafe et Adèle luttent contre leur attirance dans le prochain livre de la série *Alpha Bad Boys* : *La Vengeance de l'Alpha* !

Scène bonus du Serment de l'Alpha

Charlie

La douce lumière du soleil matinal passe par la fenêtre de ma chambre. Elle tombe sur le torse musclé de Lance et le fait briller comme un dieu. C'est une image agréable au réveil… même si j'ai à peine fermé l'œil. Je suis encore fatiguée, mais bien réveillée. Quand un petit cri retentit, il me fait l'effet d'une alarme incendie.

« Je m'en occupe. » Lance se retourne et se penche vers le nouvel ajout dans ma chambre : un berceau en forme de side-car. Il prend le bébé dans ses bras. À ce spectacle, l'émotion me noue la gorge. « Coucou, petit bout, murmure-t-il, la tête penchée sur le nourrisson emmailloté dans ses bras. Oh, elle me regarde.

— Laisse-moi voir. »

Il se penche et me montre notre fille. Elle cligne rapidement ses grands yeux bleus.

« Elle est tellement éveillée. Et si tranquille.

— Ma jolie petite fille, chantonne Lance. Tu veux voir

ta nouvelle maison ? Rester avec papa et laisser maman dormir ? »

Je me rallonge contre les oreillers en écoutant son murmure.

« C'est ça, tu es à la maison, maintenant. C'était ton lit. C'est la chambre de maman et papa, et tu peux y rester pendant un moment. Mais là, on va faire la visite... » Sa voix diminue lorsque la porte de la chambre se ferme en grinçant. Je laisse mes yeux se fermer. Notre fille est un bébé très calme, sauf à deux et quatre heures du matin, quand elle a faim et que je ne me réveille pas assez vite. Il faut dire que je ne me repose pas beaucoup pendant son sommeil. J'ai simplement envie de rester allongée près d'elle pour contempler son petit visage paisible.

Lorsque je me réveille de nouveau, la lumière du soleil a pris une teinte dorée. Il est dix heures du matin. Notre fille est allongée dans le berceau, enveloppée comme un burrito dans une couverture jaune pastel. Je gagne la salle de bains sur la pointe des pieds. Quand j'en sors après m'être douchée, Lance m'attend avec une tasse de café.

« Comment va ma préférée ? demande-t-il en se penchant pour m'embrasser sur le front.

— Je ne suis pas plutôt ta deuxième préférée ?

— Non, vous êtes toutes les deux mes préférées. » Il étire les bras au-dessus de la tête pour se pencher dans l'embrasure de la porte. Cette position met en valeur les muscles de son torse et de ses bras. *Mmmmm.* Il esquisse son sourire de tombeur. « Je savais que j'étais né pour être aimé par plus d'une femme. »

J'éclate de rire et secoue la tête avant de boire une gorgée de café. « Comment fais-tu pour ne pas être épuisé ? » Alors que j'ai des cernes sous les yeux, il a l'air aussi frais que d'habitude.

« L'entraînement. » Il hausse les épaules, puis me soulève sans renverser ma tasse et me dépose sur le lit. « Repose-toi. Elle se réveillera bientôt et elle aura faim. Rafe passera plus tard avec la meute. J'espère que ça ne te dérange pas ? » Ses yeux bleu océan rencontrent les miens.

« Non, bien sûr que non. J'ai aussi invité Adèle et les autres à passer. Ils nous ont laissé quelques jours d'adaptation, puisque notre fille a décidé d'arriver plus tôt que prévu.

— Elle n'a pas suivi le projet, dit Lance sur un ton faussement désapprobateur.

— Elle avait trop hâte de te rencontrer. »

Je lavais la vaisselle quand j'ai perdu les eaux. J'ai regardé le liquide couler le long de ma jambe, et c'est là que les contractions ont commencé. Elles étaient si rapprochées que Lance n'a pas eu le temps de m'emmener à l'hôpital. Il m'a portée jusqu'à la voiture, mais nous ne sommes pas allés plus loin. Je me suis agrippée à ses épaules et j'ai donné naissance à notre petite fille, qui est née rapidement.

Kylie avait raison. Les métamorphes ont une excellente santé et sont très résistants. « Comme des papillons en acier », m'a-t-elle dit au téléphone trois mois plus tôt. J'ai hâte de l'appeler en visio pour la voir, ainsi que sa fille Jaylin. Mais chaque chose en son temps. Mes parents arrivent demain, et nous pourrons appeler mon frère en vidéoconférence. C'est encore Lance qui a organisé l'appel.

Il saisit mon menton et étudie mon visage. « Tu te sens bien ?

— Oui. » Je repousse sa main et lève la tête pour réclamer un baiser. « Enfin, je me remets encore de l'accouchement, mais ça va. » Après nous avoir examinées toutes les deux, les médecins nous ont déclarées en parfaite santé. « Merci de m'avoir permis de faire la grasse matinée.

— J'ai aussi préparé le petit-déjeuner, dit-il en effleurant mes lèvres des siennes. Je me suis dit que tu pouvais avoir des pancakes et du bacon au lit. »

Je gémis. « Tu ne m'as jamais rien dit de plus sexy.

— Vraiment ? » Il recule en fronçant les sourcils. « Je dois relever le niveau.

— Ou alors, je suis affamée, tout simplement. Allaiter, c'est du travail, dis-je en m'adossant aux oreillers. Nourris-moi, père de ma fille. Et ensuite, je la nourrirai. »

Il est bientôt midi. J'ai réussi à manger, allaiter le bébé et le coucher pour m'habiller quand Lance passe la tête dans la chambre. « Je crois que j'entends la cavalerie. » J'ai beau lui assurer que je peux marcher, il me porte jusqu'au canapé.

Des voix murmurent à l'extérieur de la maison. J'entends des pas monter les marches. Lance va ouvrir la porte. Rafe est le premier à entrer. Les frères s'étreignent de façon bourrue. Ils se tapent même virilement dans le dos.

Rafe me salue, puis il plisse les yeux. « Où est ma nièce ?

— Elle dort, marmonne Lance. Ne parle pas si fort, enfoiré. »

Deke et Sadie entrent ensuite. « Félicitations, mon pote, dit Deke en donnant une tape dans le dos de Lance.

— Merci. Tu es le suivant, lui glisse-t-il avec malice. Laisse-moi aller chercher ma fille pour que tu t'entraînes à porter un bébé. » Il s'éloigne d'un pas léger, laissant Deke crispé et mal à l'aise. Son visage n'exprime aucune émotion, mais ses sourcils tressaillent. Il n'est pas très expressif, mais maintenant que j'ai appris à le connaître, je peux deviner quand il flippe un peu.

Sadie est tout sourire. Elle s'assied pour me serrer dans ses bras.

Lance revient. « La voilà. Mais aucune chance pour que je te laisse la tenir, lâche-t-il à Deke en s'écartant de lui.

— Je t'emmerde, rétorque ce dernier sans animosité.

— Hé ! » Les yeux de Sadie lancent des éclairs. « Pas de gros mots devant le bébé. » Lorsque Lance se penche pour placer notre fille dans mes bras, le visage de mon amie se transforme. « Oh, regarde comme tu es belle. »

Elle touche la couverture. Sa bague de fiançailles et son alliance brillent à son annulaire.

Ma fille tend le bras et agrippe le doigt de Sadie.

« Oh, regardez. » Channing vient d'arriver, suivi d'Adèle et Tabitha. « Elle a des goûts de luxe, plaisante-t-il en donnant un coup de coude à Lance.

Je penche notre fille pour que tout le monde puisse la voir. « Je vous présente Zoé.

— Zoé », répètent Adèle et Sadie. Tabitha pousse un petit cri.

« Alors, pas de prénom en J, finalement ? » me demande-t-elle quelques minutes plus tard pendant que Zoé passe dans les bras de tous nos amis. Du moins, c'est ce qui était prévu. Adèle a l'air prête à se battre contre Rafe pour avoir une chance de la tenir. Le nouvel oncle refuse de lâcher sa nièce. « Ni mon prénom ancien favori, Nabuchodonosor ?

— Elle est arrivée très vite. Et c'est le prénom qui lui allait, dis-je en haussant les épaules.

— Bravo ! Tu as pris les choses comme elles venaient.

— Beau travail, maman », me dit Adèle à voix basse. Rafe lui a enfin passé Zoé, et mon amie la berce avec douceur.

« Alors, on fait un barbecue ? demande Channing en montrant une glacière sans doute remplie de viande. Que la fête commence !

— Chut ! » L'oncle de Zoé et toutes ses marraines lui font signe de se taire.

« On a apporté une tonne de trucs à manger, me dit

Tabitha. Et du dessert. La bonne nouvelle, c'est que j'ai fait des cupcakes avec Adèle. La mauvaise, c'est que j'ai pris un virage un peu trop vite...

— Je te l'avais dit ! » Adèle secoue la tête, ce qui fait rebondir ses boucles parfaites.

« Et ils se sont renversés, termine Tabitha. Mais l'autre bonne nouvelle, c'est que Sadie a aussi apporté un gâteau, semble-t-il. Donc, tout n'est pas parti en fumée. »

C'est un choix de mots intéressant. « Adèle m'a dit un jour : *Quand la vie fait partir nos plans en fumée, autant faire rôtir des guimauves.*

— Et tu sais qui sont tes amies, parce que ce sont elles qui apportent les guimauves et du chocolat à faire fondre dessus, dit celle-ci.

— Oooh, des guimauves avec du chocolat fondu. On pourrait en faire ! » s'exclame Sadie. Elle me tend un verre de citronnade et lève le sien pour porter un toast. « À Zoé. À la vie.

— À Zoé », répètent mes amies.

Dans le jardin, les hommes allument le gril. Zoé est de nouveau dans les bras de son père. Il la porte dans le creux de son bras musclé avec l'aisance d'un pro. Il remarque que je le regarde et m'adresse un clin d'œil. Ma poitrine s'emplit d'une douce chaleur.

Les choses ne se sont pas passées comme prévu, mais ce n'est pas grave. La vie est si belle.

La Vengeance de l'Alpha ~ Extrait

Rafe

La lune se reflète sur la surface sombre du lac de Côme. Les villas et leurs propriétés privées sont silencieuses tandis que je me déplace furtivement entre les cyprès et les buis proprement taillés pour atteindre ma destination.

« Alpha-1, tu es en position ? murmure la voix de Channing dans mon oreillette.

— Pas encore », dis-je entre mes dents en dirigeant ma bouche vers le minuscule émetteur intégré à mon col. Je ne porte qu'une combinaison noire élastique qui me permettra de muter en loup si j'en ai besoin. Si tout se passe comme prévu, je n'aurai pas à le faire.

En attendant, j'ai l'air d'un cambrioleur sur le point de faire un casse dans un musée. Ce qui est approprié. Ce soir, je suis un voleur. La cible est la villa du dix-huitième siècle bâtie dans le flanc de la montagne.

La villa italienne de Gabriel Dieter possède plusieurs strates de sécurité. La première est son emplacement, sur une portion isolée du lac de Côme. Il n'y a qu'une seule route pour venir ou repartir, et elle est lourdement gardée. Mais les gardes sont humains. Le colonel Johnson, le commandant métamorphe qui a autorisé cette mission, a réussi à obtenir leur itinéraire nocturne. J'ai deux minutes pour les semer et atteindre le lac. Une fois que j'ai contourné les gardes, il est temps pour moi de nager.

L'eau vient lécher les rochers en une douce et accueillante berceuse. Le froid me fait serrer les dents quand je me glisse dans le lac. Mon loup n'aime pas vraiment l'eau. Les loups métamorphes sont lourds ; nager n'est pas facile. Je me déplace sans bruit en restant là où le lac est peu profond jusqu'à ce que la forteresse où vit Dieter apparaisse devant moi. Lorsque je retrouve la terre ferme, je m'ébroue comme un loup. Je n'ai pas encore trouvé de manière plus efficace pour me sécher.

« J'approche de la maison », dis-je en un souffle dans le micro. Je prends mon élan, bondis et pivote au-dessus du mur. J'atterris sur mes pieds en silence.

« Besoin d'une diversion ? demande Channing.

— Non. » Une perturbation à la limite de la propriété de Dieter attirerait les gardes, mais causerait de l'agitation. Plus j'arriverai à progresser sans que Dieter soit alerté d'une brèche dans sa sécurité, mieux ce sera.

« Intrus en approche », marmonne Channing dans mon oreillette. Mais je me tourne déjà. Mon loup a senti les nouveaux arrivants : de puissants chiens de garde qui foncent vers moi. Des rottweilers. Laissant mon loup les saluer, je gronde et montre les dents. Les chiens pilent net lorsqu'ils comprennent qu'ils se trouvent face à un plus gros prédateur. La présence de mon alpha affecte quelque chose de primal en eux, qui prend le pas sur leur dressage. Ils se sentent à la fois stimulés et apaisés. Ils lèvent la tête pour montrer leur gorge et reculent lorsque j'avance.

Je traverse la pelouse sombre vers la maison. Cette zone ne comporte pas de détecteurs de mouvement, sans doute pour éviter que les chiens les activent. *Erreur*. Je fais le tour de la villa jusqu'à ce que je me trouve sous son annexe vitrée du sol au plafond — la seule touche moderne parmi l'architecture séculaire. Le bureau de Gabriel Dieter.

Je trouve des prises dans le mur en pierre et escalade la façade de la villa jusqu'au plafond. Là, je peux m'approcher de la coupole en verre. « Je suis presque entré. » Un coupe-verre est attaché à ma ceinture, mais alors que je progresse sur le toit en tuiles, je vois qu'une fenêtre de l'une des tours anciennes est entrouverte. Je gravis la tourelle à l'aveugle, mes doigts cherchant des prises à grand-peine. La brise qui monte du lac rafraîchit ma peau exposée. Lorsque j'arrive enfin au niveau de la fenêtre, je me colle contre la pierre et pousse le verre ancien avec d'infinies précautions. Comme je le pensais, elle s'ouvre sans mal.

Incroyable.

Je me glisse par l'ouverture et me retrouve dans un couloir. « Je suis entré. »

De l'appréhension remonte le long de ma colonne vertébrale pendant que je traverse silencieusement le couloir en direction du bureau de Dieter. Cet enfoiré est parano. D'après nos comptes-rendus, il dort toutes les nuits dans une chambre sécurisée. Le plus souvent, il préfère loger dans une forteresse dans les Alpes suisses. Nous avons essayé de l'espionner là-bas, mais il s'en est rendu compte sans que nous sachions comment, et il a lâché une petite armée à nos trousses. Il s'est fait discret depuis et s'est planqué dans un trou si profond que même les contacts du colonel Johnson n'ont pas réussi à le trouver. Jusqu'à la semaine dernière, lorsqu'on nous a indiqué qu'il s'était installé ici, dans sa résidence près du lac de Côme. Cette propriété n'est pas aussi sécurisée que son chalet de montagne, mais elle appartient à sa famille depuis des siècles. Il doit avoir rendez-vous avec quelqu'un. Un seigneur de la guerre, le chef d'un groupe terroriste ou un client similaire espérant se procurer illégalement des armes.

Je repousse le sentiment de malaise de mon loup. Dieter est aussi vaniteux que paranoïaque. Il souhaitait sans doute rencontrer ses clients ici pour leur en mettre plein la vue. D'inestimables artefacts sont alignés dans le couloir. Ils sont assez nombreux pour remplir un musée. Je dépasse de gigantesques tableaux aux cadres dorés, des statues grecques, un vase Ming... Ce type amasse les objets de valeur comme un dragon. Qui sait quels autres trésors sont enfermés dans les coffres sous cette villa ?

Ma mission est simple. Pénétrer dans le bureau de Dieter, trouver des preuves de sa prochaine vente d'armes, placer quelques micros. Le meilleur moment pour agir est quand il se trouve chez lui, se croit en sécurité et pense que tout va bien.

Je m'arrête devant la porte du bureau et tends l'oreille pour détecter d'éventuels gardes en approche. La sécurité de Dieter est excellente, mais elle ne fait pas le poids face à un loup métamorphe. Mon ouïe surdéveloppée, ma vision nocturne et mon odorat me donnent l'avantage.

« Je suis devant le bureau, dis-je dans l'émetteur en un murmure. Je ne vois pas de système de sécurité supplémentaire. » Pas de lecteur d'empreintes digitales ou d'iris, rien. Lorsque je pose la main sur la poignée, la porte s'ouvre lentement. « La porte est déverrouillée.

— Noté. Rien sur les caméras. Avance avec prudence », dit une autre voix. Lance, depuis sa nouvelle maison. Il est interdit de mission jusqu'à nouvel ordre, mais il a insisté pour nous soutenir par radio.

La porte grince légèrement en terminant son arc de cercle, mais la villa reste silencieuse. Quelque part dans la maison, Gabriel Dieter dort dans sa chambre sécurisée. Si tout se passe bien, il ne découvrira pas que quelque chose a disparu avant son réveil demain matin.

Des lasers rouges emplissent l'espace devant moi. Environ une centaine, qui s'entrecroisent dans toute la pièce. Pas étonnant que la porte reste déverrouillée. Aucun cambrioleur humain ne pourrait traverser ce labyrinthe.

Mais je ne suis pas humain.

Je recule dans le couloir pour prendre mon élan, puis bondis. En une manœuvre que j'ai répétée des semaines en boucle, je m'élance la tête la première par-dessus les lasers, assez haut pour effleurer le plafond. Mon saut se termine en une roulade qui me fait arriver derrière l'énorme bureau. J'atterris près du mur et me fige, chaque muscle bandé. Silence. Derrière moi, la forêt rouge de lasers n'a pas été activée. À soixante centimètres à ma droite, un petit coffre-fort est encastré dans le mur sur une corniche.

J'ai réussi. « Je suis devant le coffre.

— Bien reçu », murmure Lance.

Je me faufile jusqu'au coffre et allume la lampe à lumière noire intégrée au col de ma combinaison. Lorsque je la dirige sur le clavier du coffre-fort, les empreintes digitales de Dieter apparaissent sous la forme de taches violettes. Je lis les chiffres à Lance.

« Il n'y a pas de documents sur le bureau ?

— Non. »

La lumière s'allume dans le bureau. Je fais volte-face en clignant des yeux, aveuglé par la luminosité soudaine.

« Bienvenue chez moi, Rafe Lightfoot. »

Gabriel Dieter est assis dans le coin de la pièce, sur un fauteuil qui a l'air aussi vieux que la maison. Cet enfoiré porte carrément une robe de chambre. Sans déconner, en velours rouge avec un pantalon noir en soie et des pantoufles. Avoir la classe avec un look à la Hugh Hefner n'est pas donné à tout le monde, mais Dieter s'en sort bien avec son épaisse chevelure sombre, sa peau bronzée et son arrogance digne d'une star de cinéma.

Ce bâtard porte des lunettes de soleil. À l'intérieur. La nuit.

Les lasers ont disparu. D'un bond, je pourrais poser mes crocs contre son cou. Mais il tient une arme à feu au long canon noir. « J'éviterais, si j'étais toi », dit-il sans une pointe d'accent.

Ma radio se met à grésiller. « Il y a de la lumière dans le bureau.

— Bonjour, Lance », dit Dieter depuis l'autre côté de la pièce. Il n'aurait jamais pu entendre mon frère à moins d'être doté d'une ouïe métamorphe. Mais il a dû deviner juste. Je reste immobile, sur mes gardes, tandis que je réfléchis à mes possibilités.

« Tu as mis du temps à arriver, continue lentement Gabriel. Je t'ai pratiquement déroulé le tapis rouge. » Il penche la tête de côté. « Tu as tué mes chiens ?

— Non.

— Pfff. C'est si difficile de trouver de bons éléments, de nos jours.

— Je les ai drogués. L'effet a dû cesser, maintenant. » C'est un mensonge, mais je n'ai pas envie que Dieter tue ses chiens parce qu'il les juge inutiles. J'écarte les bras pour attirer son attention. « Alors, tu m'as attrapé. Et maintenant ? » S'il me tire dessus, ce sera douloureux, mais je devrais réussir à m'échapper. Quelques balles ne neutraliseront pas un métamorphe.

« Maintenant, je te donne une leçon. Après ta petite

opération d'espionnage en Suisse, je savais que tu n'en resterais pas là, mais entrer chez moi par effraction… tu vas un peu loin.

— Tu pensais pouvoir vendre des AK47 à des seigneurs de la guerre sans que personne ne réagisse ?

— Hmm. » Il fait mine de réfléchir. « Je me demande ce que je pourrais te donner pour te convaincre d'abandonner cette petite croisade. »

Je retiens le grondement qui monte dans ma gorge. « Rien.

— De l'argent, de l'or, des bijoux…

— Aucune chance.

— Le nom de ceux qui ont assassiné ta famille ? »

Mes muscles se changent en pierre. « Qu'est-ce que tu sais là-dessus ? » Ma voix est rauque.

« Tu serais surpris par tout ce que je sais à ton sujet, Rafe Lightfoot. Je sais que toi et ton frère Lance êtes devenus orphelins à l'adolescence. Je sais que vous voulez vous venger. »

Je suis sous le choc. Il ajoute : « Oh, et félicitations. J'ai appris que ton frère et une humaine vont devenir parents. » Les lèvres de Dieter s'étirent en un lent sourire. Je n'ai jamais rien vu de plus flippant. « Je devrais peut-être leur rendre visite.

— Laisse-le tranquille ! » Mon grondement résonne dans la pièce sans que je puisse me retenir.

« C'est peut-être ça que je te donnerai, dit-il sans perdre son sourire froid. Si tu me laisses tranquille, je vous rendrai la pareille.

— Je ne réagis pas bien aux menaces. » Ma voix est étranglée par la fureur.

« Ça suffit. Je vous ai tolérés un certain temps. Ça te plairait de te réveiller au milieu de la nuit pour accueillir un intrus ? demande-t-il en se penchant vers moi. À quel point votre petit chalet de montagne est-il sûr ? »

Je tourne la tête pour parler dans mon micro : « Mettez Lance sous surveillance. Tout de suite.

— Compris, répond Channing. Mission annulée. On passe te prendre dans trente secondes. »

J'entends un hélicoptère au loin. Ils sont presque arrivés.

J'esquisse un large sourire qui dévoile mes dents. À en juger par l'expression de Dieter, mon sourire est aussi perturbant que le sien. « Bon, c'était sympa, mais je dois y aller. » Je fais mine de me tourner vers la fenêtre à ma droite.

Des coups de feu retentissent. Je plonge sur la gauche et arrache le coffre-fort du mur. Du verre se brise au-dessus de moi. Je lève le coffre au-dessus de ma tête pour me protéger de la pluie d'éclats de verre. Dieter pousse un hurlement.

« Quelqu'un a demandé un taxi ? » crie Channing avant de glousser comme un taré. L'hélicoptère vole au-dessus du dôme en verre brisé. En un saut, j'attrape l'échelle qui m'attend en serrant le coffre-fort contre mon torse. Channing se trouve juste au-dessus de moi. Nous montons tous deux vers l'hélico. Channing remonte l'échelle en un instant, mais le poids du coffre m'entrave.

D'autres coups de feu retentissent dans la nuit. En dessous, Dieter se tient au milieu de son bureau dévasté par les bris de verre. Ses lunettes de soleil sont tombées, et son visage est un masque de rage. Il continue de tirer dans ma direction.

Des balles atteignent leur cible. Je manque de lâcher l'échelle en corde. Du feu se déploie dans tout mon corps, suivi par une supernova de douleur. Je lâche le coffre.

« Merde, non !

— Accroche-toi, sergent ! me crie Lance dans l'oreillette.

— Il est touché ! On y va, on y va ! » hurle Channing à Teddy, notre pilote. L'hélicoptère prend de la hauteur. Des rafales d'air froid m'entourent tandis que nous survolons le lac. Je serre les dents et m'accroche.

« Je te remonte ! » Channing commence à tirer l'échelle à l'intérieur de l'appareil. Ma vue se trouble. Ma conscience surnage faiblement au-dessus de mon corps à l'agonie. Les secondes semblent durer des années. Enfin, Channing m'agrippe les bras. Je ravale un rugissement et remue mes membres glacés pour l'aider à me faire monter dans l'hélico.

Mon corps est étrangement engourdi. Je ne peux que m'écrouler dans l'appareil, à bout de souffle.

« Ce salaud savait qu'on venait », dis-je pendant que Channing m'aide à l'allonger. Il déchire ma combinaison et révèle les blessures par balles sur mon torse. « Il m'a tiré dessus.

— Sans déconner », grommelle-t-il. Il tente d'extraire l'une des balles et écarte la main en criant. « De l'argent ! »

Un brasier parcourt mes côtes. Je ne sens plus mes lèvres. Le poison se propage dans mon corps.

« Merde, dis-je, les dents serrées.

— Merde », confirme Channing en enfilant des gants. La douleur me donne le vertige lorsqu'il commence à fouiller dans ma chair. Il faut extraire les balles, sinon mes capacités de régénération métamorphe ne pourront pas agir. L'argent m'empoisonnera lentement, mais sûrement.

Après un millénaire d'une douleur insoutenable, Channing a terminé. « Cinq balles », annonce-t-il. Je les entends tinter les unes contre les autres lorsqu'il les fait tomber dans un sachet en plastique.

« Tout est bien qui se termine bien, sergent », dit Lance

dans mon oreillette. À son ton stoïque, je devine qu'il est rassuré. « Tu continues le combat.

— Tu l'as dit. » Je m'autorise à me détendre. Ma température grimpe à mesure que la régénération métamorphe agit, mais après quelques minutes, je peux m'asseoir.

Channing me donne une bouteille d'eau. Je le remercie.

« Des balles d'argent, dit-il en secouant la tête. Tu sais ce que ça veut dire. »

Je bois la moitié de la bouteille, puis m'éclabousse le visage et le torse avec le reste. « Ouais. Gabriel Dieter connaît notre secret. » C'est indéniable, le trafiquant d'armes a appris que nous sommes des métamorphes. La question, c'est : comment ?

* * *

Adèle

Je me tiens sur le trottoir, les mains dans les poches de mon manteau, tandis que je regarde avec mélancolie la devanture de ma boutique de Taos. Les brillantes lettres dorées forment « Le Chocolatier » en une belle écriture incurvée. Je me souviens du jour où le panneau a été accroché, de la fierté que j'ai éprouvée. Du nombre d'heures que j'ai passées à fignoler le logo de ma petite chocolaterie pour m'assurer qu'il était parfait.

Maintenant, la vitrine de la chocolaterie est sombre. La police a terminé son enquête à la recherche d'indices sur le meurtre de mon associé, mais je n'ai jamais pu y retourner. Mon propriétaire a posé un verrou sur la porte, puis il en a profité pour saisir tout mon équipement et mon inventaire. Et j'ai découvert que Bing ne payait pas les loyers depuis longtemps. Chaque mois, je rédigeais des chèques pour le propriétaire, mais mon associé les déchirait parce qu'il vidait le compte en banque de l'entreprise.

L'avis d'expulsion collé sur la porte d'entrée me noue le ventre. Je l'ai lu et relu, mais je n'arrive toujours pas à y croire. Je me rends ici chaque matin comme si j'allais travailler, et chaque fois que je tourne à l'angle de la banque, voir ma boutique fermée et vide est un nouveau choc.

Quatre années de travail pour rien. Disparues. Parties en fumée. Qui ne m'ont rapporté qu'un compte bancaire professionnel vide, un tas de factures impayées et une boutique dont la vitrine est couverte de scellés jaunes de police.

Au moins, je ne suis plus suspectée d'avoir commis le meurtre.

« Adèle ! » Quelqu'un m'appelle de l'autre côté de la rue. Sadie Diaz, l'une de mes meilleures amies. Elle me salue et se dirige vers moi. J'espérais ne croiser personne, mais Taos est trop petit pour ça.

Et puis, Sadie est mon amie. Avec elle, c'est à la vie, à la mort. Elle est mignonne comme tout aujourd'hui, avec son caban rouge vif et son écharpe blanche décorée de canards jaunes. L'un de ses élèves pourrait avoir tricoté son bonnet bleu. Est-ce qu'on tricote, à la maternelle ? Je ne suis pas sûre que des enfants de cinq ans devraient être autorisés à manipuler des aiguilles de tricot, mais je ne suis pas une experte.

Sadie me serre dans ses bras. Je me laisse faire. Elle sent toujours les biscuits au sucre. « Coucou, toi.

— Coucou. Tu te promènes ?

— Je vais acheter des timbres à la poste, dit-elle en se tournant vers ma boutique avec une expression solennelle. Adèle, je suis vraiment désolée.

— Ce n'est rien. » Je carre les épaules et reste impassible, mais Sadie ne se laisse pas duper. La compassion adoucit son regard.

« Tu as eu d'autres informations de la part de la police ? demande-t-elle.

— Non. » J'enfonce mes mains plus profondément dans mes poches et commence à remonter la rue vers le bureau de poste.

Sadie m'emboîte le pas. « Qu'est-ce que tu vas faire ?

— Accepter des contrats de traiteur, dis-je sur un ton léger. Rester occupée. Quand l'enquête criminelle sera terminée, je serai prête à rouvrir. » *Je dois juste dix mille dollars d'arriérés de loyer. Rien de grave.*

Une brise hivernale se lève. Un vieux journal de la ville se soulève sur le trottoir et passe à côté de moi. Je le capture sous ma botte. La une est dédiée à l'histoire tragique de Christopher Ford, surnommé « Bing », assassiné à trente et un ans. Je connais l'article par cœur ; je l'ai lu avant qu'il ne soit publié. Le journaliste m'a citée au deuxième paragraphe : « Christopher Ford était un fils, un frère, un associé et un ami. Il nous manquera beaucoup. » Ainsi qu'au quatrième paragraphe : « En tant que copropriétaire du Chocolatier, je peux confirmer que ni moi ni les employés ne nous doutions que notre entreprise était mêlée à un trafic de drogue. Nous coopérons totalement avec la police. »

Mémé, tu avais raison. Ma grand-mère m'a toujours dit de ne jamais me fier à un homme au point d'en mettre ma main à couper.

Je ramasse le vieux journal, le roule en boule et le jette dans une poubelle.

Sadie m'observe, les sourcils froncés. Je passe mon bras sous le sien.

« Je m'en remettrai.

— Bien sûr que tu t'en remettras. Mais c'est nul.

— Ouais.

— Et on est presque en décembre. Je sais que la chocolaterie marche fort pendant la période des fêtes.

— Ce n'est pas grave, dis-je en secouant la main. Si tout se passe bien, je pourrai bientôt rouvrir. » Je ne lui dis pas qu'il n'y a presque aucune chance pour que tout se passe bien. Je n'ai pas d'argent, je ne peux plus accéder à ma boutique ni à ma cuisine professionnelle, et je n'ai pas de quoi acheter des ingrédients. La chocolaterie se portait bien. Malheureusement, Bing a détourné le peu de profit que nous faisions.

Je ne l'ai pas dit à mes parents. Ils ont toujours pensé que cette entreprise était vouée à l'échec, et ils meurent d'envie d'avoir raison.

Je souris pour me retenir de serrer les dents, mais Sadie se penche et examine mon visage. « Tu es sûre ?

— Si le bon Dieu le veut et que le ciel ne nous tombe pas sur la tête. » Même les vieux adages de ma grand-mère ne me remontent pas le moral.

Nous marchons un moment en silence. Lorsque nous passons devant la boulangerie, je salue la propriétaire, Brooke, qui balaie son perron. Elle hoche sèchement la tête avant de rentrer dans sa boutique en hâte. Comme si j'étais un déchet toxique et que mon échec professionnel était contagieux.

Une fois devant la poste, Sadie se tourne vers moi. « Tu sais que tu peux nous demander quoi que ce soit si tu as besoin. N'importe quoi. » Elle déglutit. « Je sais que tu ne me demanderais jamais, mais j'ai de l'argent de côté... »

Oh, Seigneur. Je lève la main pour l'interrompre. « C'est inutile.

— Adèle...

— Je suis sérieuse, Sadie. J'ai des soucis, mais pas à ce point. » Je préfère rouler nue sur du verre brisé qu'emprunter de l'argent à mes amies.

« J'ai envie d'aider », dit-elle. Sadie est adorable, mais étonnamment têtue. « Nous en avons toutes envie. Tu te souviens quand il te manquait du personnel et que tu as reçu une commande pour deux mille truffes en chocolat blanc fourrées à la crème à la framboise ? Et la veille de la Saint-Valentin, en plus ?

— Bien sûr que je m'en souviens. Toi, Char et Tabitha avez veillé toute la nuit pour m'aider. Et comme je n'avais pas de quoi vous payer, j'ai apporté des blinis à toutes nos soirées, chaque mercredi pendant un an. » Maintenant, je peux préparer des blinis les yeux fermés.

« On a résolu le problème ensemble, dit Sadie avec fermeté. Tu t'es déjà trouvée face à des défis, et tu les as toujours surmontés.

— Ouais... » J'ai l'impression que le vent hivernal s'infiltre dans mon manteau. Sadie a raison. Je me suis toujours battue pour faire survivre mon entreprise. Mais j'en ai assez de lutter. J'ai l'impression de pousser un rocher pour le faire remonter une colline avant qu'il ne redégringole au bas de la pente, encore et encore. Mais au lieu d'un rocher, il s'agit d'une profiterole en béton.

Lorsque je fais part de cette réflexion à Sadie, elle ne rit pas. « Ça pourrait être moins difficile. On a envie de t'aider. Si tu ne veux pas d'argent, alors laisse-nous donner de notre temps. Tu pourras nous le rendre en chocolats.

— D'accord, entendu. Si j'ai besoin d'aide, je vous le ferai savoir. » Je la serre dans mes bras, puis nous nous séparons et je repars dans la direction d'où je suis venue. Je m'arrête devant ma chocolaterie et la contemple. Puis je ferme les yeux et visualise la boutique comme je m'en souviens, les lumières allumées, sans rubans de police, avec un flot continu de clients entrant et sortant par la porte. Le conseil de ma mémé résonne dans ma tête : *crée une image de ce que tu désires et conserve-la précieusement, même dans les moments difficiles. Si tu gardes la foi, ce que tu souhaites se matérialisera.*

« D'accord, Mémé, dis-je tout haut. Je garde la foi. Mais en attendant, il me faut un plan. »

Je tourne le dos à ma boutique sans lui accorder un autre regard. C'est la dernière fois que je viendrai ici avant d'être prête à rouvrir la chocolaterie. J'ai des loyers à payer et je n'ai pas d'argent pour les régler, donc il est temps de ravaler ma fierté et de chercher un emploi pour économiser. Je refuse de perdre cette entreprise et de donner raison à mes parents. Je suis une chef professionnelle et une entrepreneuse. Je serais un atout pour n'importe quelle entreprise, si j'arrive à les convaincre de m'engager au milieu de l'hiver. Taos est une ville touristique. À cette époque de l'année, les emplois se font rares.

Je connais bien un restaurant qui embauche. Dommage qu'il appartienne à mon ennemi juré, Rafe Lightfoot. Celui qui est intervenu pour me protéger quand les ennemis de Bing ont essayé de s'en prendre à moi, persuadés que j'avais de la drogue ou de l'argent. Il m'a dit que je ne risque plus rien maintenant que le cartel a assassiné Bing, mais il a insisté pour installer des systèmes de sécurité chez moi et m'a ordonné de m'en servir.

Ce qui est gentil, j'imagine. Bien qu'autoritaire et étouffant. Mais bon, c'est tout Rafe : autoritaire, arrogant, un je-sais-tout. Un ancien militaire — ses plus proches amis le surnomment *sergent.* Il s'imagine qu'il peut donner des ordres à tout le monde. Aucune femme indépendante qui se respecte ne voudrait travailler pour quelqu'un comme lui.

Je n'ai aucune envie de me rendre à son restaurant pour demander un emploi. Mais c'est ça, ou demander de l'aide à mes amies.

Je soupire et monte dans mon véhicule. Comme dirait Mémé : *personne n'aime manger son chapeau.*

Lisez maintenant: https://geni.us/revengefr

La Vengeance de l'Alpha ~ Prochainement

C'est de la folie. Bien qu'elle soit magnifique, cette humaine ne peut être ma compagne.

Je sais déjà ce que c'est de perdre ceux que l'on aime.

En tant qu'alpha, j'ai fait le serment que ça ne se reproduirait jamais.

Et surtout, j'ai juré de garder mes distances avec les civils, c'est-à-dire les humains.

Mais la fougueuse propriétaire de la chocolaterie me pousse à enfreindre mes propres règles.

Cette belle humaine met ma patience à l'épreuve... et mon sang-froid.

Je devrais rester à distance. Je ne peux pas protéger la meute si je succombe à mes désirs.

Mais... et s'il ne s'agissait pas seulement de désir ?

Et si le destin m'avait associé à cette humaine, et qu'elle était ma compagne ?

Si je ne la revendique pas, je perdrai tout. De la pire façon qui soit.

https://geni.us/revengefr

Livre gratuit - La Vierge et le Vampire

Abonnez-vous à la newsletter de Renee e Lee

Abonnez-vous à la newsletter de Midnight Romance pour recevoir livre gratuit, des scènes bonus gratuites et pour être averti·e de ses nouvelles parutions ! https://dl.bookfunnel.com/5p8orhhczq

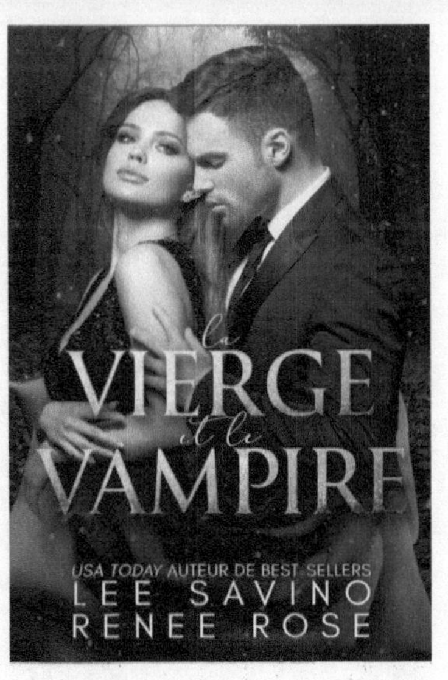

Livre gratuit de Renee Rose

Abonnez-vous à la newsletter de Renee

Abonnez-vous à la newsletter de Renee pour recevoir livre gratuit, des scènes bonus gratuites et pour être averti·e de ses nouvelles parutions !

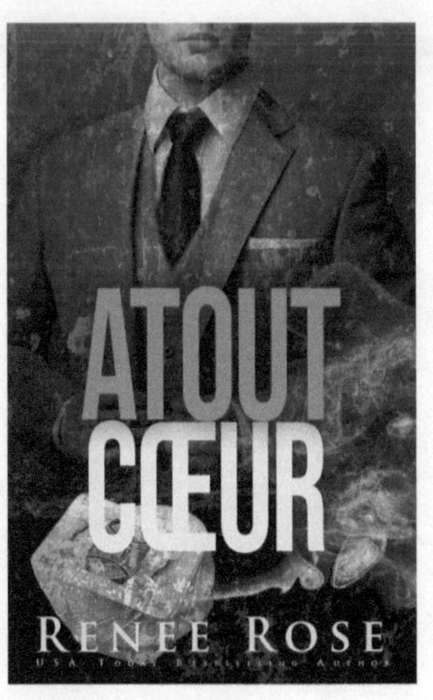

Livre gratuit de Renee Rose

https://BookHip.com/QQAPBW

Ouvrages de Renee Rose parus en français

www.reneeroseromance.com/francaise/

Alpha Bad Boys

La Tentation de l'Alpha

Le Danger de l'Alpha

Le Trophée de l'Alpha

Le Défi de l'Alpha

L'Obsession de l'Alpha

L'Amour dans l'ascenseur (*Histoire bonus de La Tentation de l'Alpha*)

Le Désir de l'Alpha

La Guerre de l'Alpha

La Mission de l'Alpha

Le Fleau de l'Alpha

Le Secret de l'Alpha

La Proie de l'Alpha

Le Sang de l'Alpha

Le Soleil de l'Alpha

La Lune de l'Alpha

La Serment de l'Alpha
La Vengeance de l'Alpha

Dompte-Moi

Son Maître Royal
Oui, Docteur
Son Maître Russe
Son Maître Marine
Soumise à leur Punition
Son Maître Pompier

La Bratva de Chicago

Prélude
Le Directeur
Le Stratège
Possédée
L'Homme de Main
Le Soldat
Le Hacker
Le Bookmaker
Le Nettoyeur
Le Coureur
Le Gardien

Les Nuits de Vegas

Roi de carreau
Atout cœur
Valet de pique
As de cœur
Joker Mortel
Dame de trèfle

Cartes sur Table
Bonne pioche

Alpha des montagnes
Le héros
Rebel
Le guerrier

Le Ranch des Loups
Brut
Fauve
Féral
Sauvage
Féroce
Impitoyable

Deux Marques
Indomptée (libre)
Tentée
Désirée
Séduite

Maîtres Zandiens
Son Esclave Humaine
Sa Prisonnière Humaine
Le Dressage de Son Humaine
Sa Rebelle Humaine
Sa Vassale Humaine
Son Compagnon et Maître
Animal de Compagnie Zandien
Sa Possession Humaine

Les Épouses Zandiennes

La Nuit des Zandiens
Achetée par les Zandiens
Dominée par les Zandiens

Toujours par Lee Savino

Romance paranormale

La Saga des Berserkers

Vendue aux Berserkers

Rien ne pourra empêcher ces féroces guerriers de revendiquer leur compagne.

Alpha Bad Boys

Le Tentation de l'Alpha avec Renee Rose

Mon loup veut la marquer et en faire sa compagne, mais elle est humaine et délicate : elle ne survivrait pas à une morsure de métamorphe.

* * *

Romance et science-fiction

Exilés sur la Planète-Prison

La Compagne des Draekons avec Lili Zander

Une romance extrarrestre à trois

Un vaisseau spatial écrasé. Une planète-prison. Deux imposants extraterrestres bronzés qui se transforment en dragons. Le mieux dans tout ça ? Les dragons prétendent que je suis leur compagne.

* * *

Romance contemporaine

Bad Boy Royal

Je ne suis pas du tout en train de tomber amoureuse de mon arrogant et agaçant dieu du sexe de patron. Non. Absolument pas.

Royally Fake Fiancé

Le duc de Nouvelle-Arcadie a un problème d'image que seule une fiancée peut régler. Et je suis la petite veinarde qu'il a choisie pour jouer les Cendrillons.

La belle & les bûcherons

Après cette saison au camp des bûcherons, j'arrête complètement de baiser. Parce que : j'ai mes raisons.

Papa à moi

Mon héros marin sexy veut que je l'appelle « papa »...

L'innocence brisée

Innocence avec Stasia Black

Une romance sombre de mafia

Je suis le roi des bas-fonds du crime.

Elle est à moi, et je ne la laisserai jamais partir.

Captive du milliardaire

La Belle et sa Bête avec Stasia Black

Une romance interdite

Elle expiera les péchés de sa famille… pour toujours.

Elle est la Belle, et je suis la Bête.

À propos de Renee Rose

RENEE ROSE, AUTEURE DE BEST-SELLERS D'APRÈS USA TODAY, adore les héros alpha dominants qui ne mâchent pas leurs mots ! Elle a vendu plus d'un million d'exemplaires de romans d'amour torrides, plus ou moins coquins (surtout plus). Ses livres ont figuré dans les catégories « Happily Ever After » et « Popsugar » de USA Today. Nommée *Meilleur nouvel auteur érotique* par Eroticon USA en 2013, elle a aussi remporté le prix d'*Auteur favori de science-fiction et d'anthologie* de Spunky and Sassy, e celui de *Meilleur roman historique* de The Romance Reviews. Elle a fait partie de la liste des meilleures ventes de USA Today sept fois avec ses livres Wolf Ranch et plusieurs anthologies.

Abonnez-vous à la newsletter de Renee pour recevoir des scènes bonus gratuites et pour être averti·e de ses nouvelles parutions!

https://www.subscribepage.com/reneerosefr

À propos de Lee Savino

Lee Savino a l'intention de conquérir le monde, mais la plupart du temps, elle n'arrive même pas à trouver ses clés ou son téléphone, alors elle préfère encore rester chez elle et écrire des romances smexy (smart + sexy). Elle adore le chocolat, passe sa vie en pantalon de yoga et porte les chapeaux comme personne.

Pour de bonnes tranches de rigolade, rejoignez son groupe sur Facebook en anglais, Goddess Group, ou rendez-vous sur **https://geni.us/BredBerserkerFR** pour vous inscrire à sa news-letter et recevoir un livre gratuit.

Site web : www.leesavino.com
Facebook Goddess Group :
https://www.facebook.com/groups/LeeSavino/

www.ingramcontent.com/pod-product-compliance
Lightning Source LLC
Chambersburg PA
CBHW050141120726
47903CB00002B/446

* 9 7 8 1 6 3 6 9 3 1 3 8 8 *